Patrick Rambaud
Die Schlacht

Aus dem Französischen von
Ina Kronenberger

Insel Verlag

Französischer Originaltitel: La Bataille

Erste Auflage 2000

Satz: Jung Satzcentrum, Lahnau
Druck: Graphischer Großbetrieb Pößneck
Printed in Germany
1 2 3 4 5 6 – 04 03 02 01 00

Für Madame Pham Thi Tieu Hong
aus Liebe,

Für Mademoiselle Xuan
aus Zuneigung,

Für Monsieur de Balzac
mit der Bitte um Verzeihung.

Erstes Kapitel

Wien 1809

Am Dienstag, dem 16. Mai 1809, verließ am frühen Vormittag eine von Reitern umringte Kutsche Schönbrunn, um in gemächlichem Tempo das rechte Donauufer entlangzufahren. Es war ein gewöhnlicher Wagen, olivgrün und ohne Wappenschilder. Die österreichischen Bauern nahmen ihre breitkrempigen schwarzen Hüte ab, wenn er an ihnen vorbeifuhr, aus Vorsicht, aber ohne Ehrerbietung, denn sie kannten die Offiziere, die auf ihren langmähnigen Arabern vorbeitrabten, ein Pantherfell unter den Schenkeln, mit ungarisch anmutenden Uniformen, weiß, scharlachrot und goldbeladen, eine Reiherfeder am Tschako: Die jungen Herren waren die ständige Begleitung von Berthier, dem Generalstabschef der Besatzungsarmee.

Durch das heruntergelassene Fenster kam ein Ärmel zum Vorschein und eine Hand, die ein kurzes Zeichen gab. Sogleich preßte Oberstallmeister Caulaincourt, der dicht neben der Wagentür ritt, die Knie fester zusammen, nahm mit akrobatischem Geschick Zweispitz und Handschuhe ab, löste sodann vom Knopf seiner Weste eine zusammengefaltete Karte über die Umgebung von Wien und streckte sie salutierend hin. Kurze Zeit später hielt der Wagen vor dem reißenden gelben Fluß.

Ein Mameluk mit Turban sprang vom Lakaiensitz, zog das Trittbrett heraus, öffnete die Tür und erging sich in unzähligen Verbeugungen. Der Kaiser stieg aus dem Wagen und setzte seinen Biberhut auf, dessen Fell vom vielen Aufbügeln einen rötlichen Schimmer angenommen hatte. Gleich einem Umhang hatte er sich den Überzieher über seine Grenadieruniform geworfen, dessen graues Tuch aus Louviers stammte. Seine Hose war mit Tinte befleckt, weil er die Unsitte besaß, seine Federn daran abzuwischen: Vor der Tagesparade hatte er einen Armvoll Dekrete unterzeichnen müssen, denn er wollte über alles entscheiden, angefangen von der Verteilung neuer Stiefel an die Garde bis hin zur Versorgung der Pariser Brunnen, tausend Kleinigkeiten, die selten mit dem Krieg in Zusammenhang standen, den er derzeit in Österreich führte.

Napoleon wurde allmählich beleibt. Seine Kaschmirweste spannte über einem nunmehr runden Bauch, er hatte kaum noch einen Hals und nahezu keine Schultern. Sein gleichgültiger Blick wurde nur noch feurig, wenn er in Wut geriet. Heute war er verdrossen, der Mund zusammengekniffen. Als er die Gewißheit erhalten hatte, daß sich Österreich gegen ihn rüstete, war er innerhalb von fünf Tagen von Valladolid nach Saint-Cloud zurückgekehrt und hatte im Galopp wer weiß wie viele Pferde zuschanden geritten. Er, der damals jede Nacht zehn Stunden schlief und noch zwei Stunden im Bad zubrachte, hatte dank seiner Rückschläge in Spanien und angesichts dieser neuen Herausforderung mit einem Mal seine Zähigkeit und Stärke wiedergefunden.

Berthier war nun seinerseits von der Kutsche geklettert und gesellte sich zu Napoleon, der auf dem Stumpf einer gefällten Steineiche Platz genommen hatte. Die beiden Männer waren ungefähr gleich groß und trugen den gleichen Hut, von weitem sahen sie einander zum Verwechseln ähnlich, aber der Generalstabschef hatte dichtes krauses Haar und ein rundes Gesicht mit weniger ebenmäßigen Zügen. Gemeinsam blickten sie auf die Donau.

»Sire«, sagte Berthier, der an seinen Nägeln kaute, »der Ort scheint geeignet.«

»Auf der Karte ist es ganz offensichtlich!« erwiderte der Kaiser und nahm sich die Nase voll Tabak.

»Bleibt noch die Tiefe zu ergründen mit ein paar Kähnen ...«

»Ihre Aufgabe.«

»... die Strömung zu messen ...«

»Ihre Aufgabe!«

Berthiers Aufgabe war es, wie gewöhnlich, zu gehorchen. Treu ergeben und vorbildlich führte er die intuitiven Eingebungen seines Herrn aus, was ihm eine enorme Macht einbrachte, gewisse Liebedienereien und nicht wenige Neider.

Vor ihnen teilte sich die Donau in mehrere Arme, wodurch die Strömung verringert wurde, und es gab Inseln, bedeckt mit Wiesen, Gestrüpp, üppig belaubten Eichenwäldern, Ulmen und Weiden. Zwischen dem Ufer und der Insel Lobau, der größten aller Inseln, konnte eine kleinere Insel als Stütze für die geplante Brücke dienen. Hinter dem Fluß, am Ende der Lobau, konnte man eine kleine Ebene erahnen, die bis zu den Dörfern Aspern und Eßling reichte, deren spitze Kirchtürme zwischen den Baumgruppen zu erkennen waren. Dahinter eine riesige Ebene mit noch grünen Saaten, die von einem Rinnsal bewässert wurden, das im Mai ausgetrocknet war, und ganz hinten links die bewaldeten Höhen des Bisambergs, wohin sich die österreichischen Truppen zurückgezogen hatten, nachdem sie die Brücken verbrannt hatten.

Die Brücken! Vor vier Jahren war der Kaiser als Retter in Wien eingezogen, die Bewohner waren vor seiner Armee hergelaufen. Dieses Mal, als er in die mangelhaft geschützten Vororte einfiel, hatte er die Stadt drei Tage lang belagern und sogar unter Beschuß nehmen müssen, bevor sich die Garnison zurückzog.

Ein erster Versuch, die Donau zu überqueren, war soeben nahe der zerstörten Brücke bei Spitz gescheitert. Fünfhundert Infanteristen der Division Saint-Hilaire hatten auf der Insel Schwarze-Laken Stellung bezogen, geführt von den Bataillonskommandeuren Rateau und Poux, die es jedoch mangels genauer Befehle und Absprache versäumt hatten, zusätzliche Männer als Reserve in einem großen Haus zu postieren, das wie ein kleines Fort die Landung der anderen sichern konnte: Die Hälfte der Männer war getötet worden, die anderen wurden verletzt oder von der feindlichen Vorhut gefangengenommen, die auf dem linken Ufer stationiert war und jeden Morgen die österreichische Hymne des Herrn Haydn spielte, um die Bewohner Wiens aufzurütteln.

Jetzt führte der Kaiser selbst den Befehl. Er beabsichtigte, die mittlerweile starke Armee des Erzherzogs Karl zu vernichten, bevor es ihr gelang, sich mit der des Erzherzogs Johann zu vereinigen, der im Eilmarsch aus Italien kam. Dazu hatte der Kaiser im Westen Davout mit seiner Reiterei als Beobachter abgestellt. Dieser konnte das Marchfeld überblicken, die unendlich weite Ebene hinter dem Fluß, die am Horizont in das Hochplateau von Wagram überging.

Ein einfacher Feldwebel mit falsch geknöpfter Uniform und einem gezwirbelten weißen Schnurrbart fuhr ihn in vorwurfsvollem Ton an, ohne dabei auch nur im geringsten Haltung anzunehmen:

»Du hast mich vergessen, mein Kaiser! Und meine Medaille?«

»Welche Medaille?« fragte Napoleon und lächelte zum ersten Mal seit einer Woche.

»Na, mein Offizierskreuz der Ehrenlegion! Ich hab's mir schon vor Ewigkeiten verdient.«

»So lange schon?«

»Rivoli! Akko! Austerlitz! Eylau!«

»Berthier ...«

Der Generalstabschef mit seinem Stift notierte sich den Namen des soeben beförderten Soldaten Roussillon, doch er war kaum fertig damit, als der Kaiser sich erhob und das Beil von sich warf, mit dem er seit ein paar Minuten den Baumstumpf traktiert hatte:

»Gehen wir! Ende der Woche will ich eine Brücke haben. Verteilen Sie die Brigaden der leichten Kavallerie in dem Dorf dort hinten.«

»Ebersdorf«, sagte Berthier nach einem Blick auf die Karte.

»Bredorf, wenn Sie so wollen, und drei Divisionen Kürassiere. Fangen Sie gleich damit an!«

Der Kaiser erteilte keinen Befehl und keine Rüge mehr direkt. Alles geschah durch Berthier, der, bevor er die Kutsche bestieg, einem seiner Adjutanten im Opernkostüm ein Zeichen gab:

»Lejeune, klären Sie das mit dem Herzog von Rivoli.«

»Jawohl, Euer Gnaden«, antwortete der Offizier, ein junger Oberst der Pioniertruppe von brauner Haut- und Haarfarbe, mit einer mitleiderregenden Narbe, die sich quer über die linke Stirnhälfte zog.

Lejeune bestieg seinen Araber, rückte seinen Gürtel aus schwarz-goldener Seide zurecht, entfernte ein Staubkorn vom Pelz seines Dolmans und schaute dem wegfahrenden kaiserlichen Wagen und seiner Eskorte hinterher. Er ließ sich Zeit. Mit sachkundigem Blick studierte er die Donau und ihre Inseln, gegen die die Strömung brandete. Er hatte schon den Bau von Pontonbrücken über den Po erlebt, mit Bohlen, Ankern und Flößen, trotz heftiger Regenfälle, aber wie sollte er in diesem schäumenden gelblichen Gewässer voller Strudel einen Halt finden?

Der größte Flußarm verlief südlich der Insel Lobau, und am anderen Ufer, das es zu erreichen galt, vermutete er sumpfiges Gelände und Morast, was der Fluß je nach Wasserstand in Form von Sandzungen zutage treten ließ.

Er wendete sein übernervöses Pferd in Richtung Wien. Nicht weit von Ebersdorf fiel sein Blick auf die geschützte Schlinge eines Bachs, wo man Pontons und Kähne zu Wasser bringen könnte; hinter dem Wäldchen würde man gut geschützt Gestelle, Ketten, Pfähle und Balken lagern können, eine ganze verborgene Baustelle. Dann wandte sich Lejeune, ohne zu zögern, den Vororten zu, in denen der Herzog von Rivoli lagerte, ein Draufgänger, den Napoleon ›meinen Cousin‹ nannte, raffgierig, gesetzlos, großmäulig, aber ein hervorragender Stratege, dessen Infanterie sich damals, von dem verrückten Hitzkopf Augerau mitgerissen, ausgezeichnet hatte, als sie die Brücke von Arcole erstürmte.

Es war Masséna.

Die Armeen Lannes' mit ihren drei Divisionen von Kürassieren bezogen in der Altstadt Quartier. Die von Masséna hatten vor den Vororten auf freiem Feld Stellung bezogen, wo sich der Marschall ein Sommerschlößchen mit barocken Türmchen gesichert hatte, das vornehme Wiener Bürger verlassen hatten, weil sie gezwungen waren, sichereren Boden oder das Lager des Erzherzogs Karl aufzusuchen. Als er den Schloßhof betrat, brauchte Lejeune sich nicht vorzustellen, denn nur die Adjutanten Berthiers hatten das Recht, rote Hosen zu tragen, die ihnen als Passierschein dienten: Sie übermittelten stets die Anweisungen des Generalstabs, das heißt die Weisungen Napoleons persönlich. Das hielt die einfachen Soldaten keineswegs davon ab, diese Privilegien mit wenig Sympathie zu betrachten, und der Dragoner, dem Lejeune sein Luxuspferd anvertraute, schielte voller Neid auf die Pistolentaschen und den vergoldeten Sattel. Überall hatten halbnackte Männer Lehnstühle und Gobelinsessel aus den Sälen im Erdgeschoß auf das Straßenpflaster geholt. Manche rauchten wie Korsare lange dünne Tonpfeifen. Sie stolzierten vor den Biwakfeuern einher, die sie mit herausgerissenen Ebenholzintarsien und Geigen beschickten. Einige tranken den Wein mit Strohhalmen direkt aus den Fässern und schlugen sich auf den Rücken, lachten, fluchten, spuckten dabei. Andere verfolgten eine Schar von schreienden Gänsen; sie versuchten ihnen mit ihren Säbeln im Flug den Hals abzuschneiden, um sie dann zu braten, ohne sie vorher auszunehmen, und überall flogen weiße Federn, die sie sich wie Kinder büschelweise ins Gesicht warfen.

In den Gebäuden hatten einige Haudegen zum Spaß Familienporträts zerschnitten; die Leinwand der Gemälde hing in jämmerlichen Fetzen herunter. Vor der Marmortreppe wies ein als Frau verkleideter, in ein Ballkleid gewickelter Artillerist Lejeune mit nachgeahmter Fistelstimme den Weg, unter dem glucksenden Gelächter seiner Mitplünderer, die sich ebenfalls verkleidet hatten, der eine mit einer gepuderten Perücke, die ihm bis auf die Nase fiel, der andere mit einem moirierten rotbraunen Überzieher, dessen Rückseite er beim Überstreifen gesprengt hatte; ein Dritter füllte seine Feldmütze mit silbernen Löffeln und Trinkbechern aus einem bauchigen Möbelstück, das er zertrümmert hatte. Angewidert stieg Lejeune zu dem Stockwerk hinauf, in dem der Marschall logierte. Seine Stiefel knirschten auf zerschmettertem Porzellan. In einem Salon, der auf einen Balkon mit Säulentorsos führte, plauderten Offiziere, Ordonnanzen und Kommissare in Zivil, während sie sich Kerzenhalter und Vasen aussuchten, die ihre Diener in mit Stroh ausgelegten Kisten verschlossen. Ein Husarenoberst schäkerte auf dem Sofa mit der Tochter eines Bauern aus der Nachbarschaft, die wie ihre Schwestern zur Bedienung einer Eskadron gezwungen worden war. Ein Kammerdiener mit weißen Handschuhen hatte eine Konsole aus Rosenholz bestiegen und schickte sich gerade an, einen Kronleuchter abzuhängen: Lejeune packte ihn an den Waden und forderte ihn auf, seine Ankunft anzukündigen.

»Dafür bin ich nicht zuständig«, sagte der Diener, der eifrig mit seinem Diebstahl beschäftigt war.

Da stieß Lejeune mit einem harten Stiefeltritt die Konsole um, und der Diener hing zappelnd und kreischend an seinem Kronleuchter zur großen Belustigung der ganzen Gesellschaft; man applaudierte Lejeune; ein Brigadegeneral, der plötzlich die Generalstabsuniform bemerkt hatte, bot ihm in einer Tasse deutschen Wein an, als sich eine zweiflügelige Tür öffnete.

Masséna betrat im Gewand und den Pantoffeln eines Sultans den Salon und schrie:

»Könnt ihr nicht leiser brüllen, Lumpenpack!«

Einäugig, mit dickem Gesicht, aber einer Hakennase, dichten, schwarzen Haaren, wie Titus kurzgeschoren, hatte der Marschall eine durchdringende Stimme, erntete aber anstelle von Stille nur lautes Geschrei, und als er Lejeune erblickte, den einzigen würdevollen Menschen in der Menge, befahl er ihm:

»Kommen Sie, Oberst.«

Er drehte ihm sodann einen leicht gekrümmten Rücken zu, um wieder in sein Zimmer zurückzukehren, gefolgt vom Boten des Kaisers. Nach einer Biegung im Flur blieb Masséna abrupt vor einer massiven Pendeluhr aus Gold und Vermeil stehen, auf der pummelige Engel dargestellt waren, die auf eine Art Gong einschlugen:

»Was halten Sie davon?«

»Von der Situation, Herr Herzog?«

»Aber nein, Sie Trottel, von dieser Uhr!«

»Auf den ersten Blick handelt es sich um ein hübsches Stück«, sagte Lejeune.

»Julien!«

Ein Diener in granatfarbener Livree tauchte aus dem Nichts auf.

»Julien«, sagte Masséna, »die nehmen wir mit.«

Er zeigte auf die Wanduhr, die der andere vorsichtig hochnahm, keuchend unter ihrem Gewicht. Endlich im Eckzimmer angekommen, setzte sich Masséna auf den Rand eines Himmelbetts aus Samt und fragte:

»Nun, junger Mann, wie lauten die Befehle?«

»Eine Pontonbrücke über die Donau bauen, sechs Kilometer südöstlich von Wien.«

Masséna konnte keine Aufgabe erschüttern. Mit seinen einundfünfzig Jahren hatte er schon alles Erdenkliche erlebt und mitgemacht. Er war als Dieb bekannt und galt als nachtragend, aber der Kaiser brauchte auch diesmal wieder seine militärische Erfahrung. Für gewöhnlich verachtete der Marschall all jene, die man ›Berthiers Gimpel‹ oder ›Eichelhäher‹ schimpfte, da er als Sohn eines Olivenölhändlers aus Nizza und ehemaliger Schmuggler nicht als Marschall oder Herzog geboren war wie diese Taugenichtse, die man in Banken oder bei den Aristokraten rekrutiert hatte, alle Marquis und Gecken, die in ihren Patronentaschen Salben und Toilettenartikel trugen, all jene Flahauts, Pourtalès, Colberts, Noailles, Montesquious, Girardins, Périgords ... Lejeune räumte er hingegen einen eigenen Platz ein: Er war der einzige Bourgeois dieser Truppe, auch wenn er wie die anderen bei Gardel, dem Ballettmeister der Oper, das Verbeugen gelernt hat. Und außerdem hatte er Talent als Maler, was Seine Majestät zu schätzen wußte.

»Haben Sie die Gegend erkundet?« fragte Masséna.

»Ja, Herr Herzog.«

»Wie sieht es aus? Wie breit?«

»Ungefähr achthundert Meter.«

»Das macht achtzig Boote, um die Brückendecke zu stützen ...«

»Ich habe einen kleinen Fluß ausgeguckt, Herr Herzog, wo wir sie verstecken können.«

»Und Bohlen, sagen wir neuntausend ... Es gibt in diesem verflixten Land genug Wälder zum Abholzen.«

»Auch viertausend Balken ungefähr und mindestens neuntausend Meter festes Tauwerk.«

»Ja, und ein paar Anker.«

»Oder Fischkästen, Herr Herzog, die wir mit Kanonenkugeln füllen können.«

»Mit den Kanonenkugeln, Herr Oberst, sollten wir sparsam umgehen.«

»Ich werde mich bemühen.«

»Schaffen Sie mir alles herbei, was schwimmt! Und zwar schnell!«

Lejeune wandte sich gerade zum Gehen, als Masséna ihn mit erregter Stimme zurückhielt:

»Lejeune, Sie, der Sie überall herumstöbern, sagen Sie ...«

»Herr Herzog?«

»Es wird behauptet, daß die Genueser hundert Millionen in Wiener Banken deponiert haben. Stimmt das?«

»Ich weiß es nicht.«

»Finden Sie das heraus. Ich bestehe darauf.«

Unter der Decke war ein grunzender Laut zu hören. Lejeune bemerkte ein paar helle Locken. Mit dem verschwörerischen Lächeln eines Pferdehändlers riß Masséna die gestickte Steppdecke zurück und zog eine junge schlaftrunkene Frau am Haarschopf hervor:

»Oberst, geben Sie mir bald Nachricht über das Geld der Genuesen, und ich vermache sie Ihnen. Das ist die Witwe eines korsischen Infanteristen, dem letzte Woche der Bauch aufgeschlitzt wurde, sie ist gefügig und rundlich wie eine Herzogin!«

Lejeune hatte für diese Kabarettstückchen nicht viel übrig, was auch in seinem verschlossenen Gesicht zu lesen stand. ›Ganz gleich wie‹, dachte Masséna, ›waren diese jungen zimperlichen Gestalten keine wahren Soldaten.‹ Er ließ die Frau in die Seidenkissen zurückfallen und sagte in schrofferem Ton:

»Abtreten! Schwingen Sie sich zu Daru!«

Graf Daru leitete die kaiserliche Intendantur. Er hatte sich mit seiner Abteilung in einem Flügel des Schönbrunner Schlosses einquartiert, in nächster Nähe zum Kaiser, eine halbe Meile vor Wien. Dort herrschte er mit lautem Gebrüll über ein ganzes Volk von Zivilisten, denn es war mittlerweile keine Armee mehr, die Napoleon folgte, sondern eine Horde, eine Stadt auf den Beinen, fünf Bataillone Troß, die zweitausendfünfhundert Wagen mit Verpflegung und Material vorwärtsbewegen sollten, und Kompanien von Bäckern, Ofenbauern, bayrischen Maurern, nahezu allen Berufssparten, umgeben von sechsundneunzig Kommissaren und Adjunkten: Diese waren zuständig für Quartier, Furage, Pferde, Wagen, Lazarette, Verpflegung, für alles. Daru mußte wissen, wo Boote aufzutreiben waren.

Lejeune überquerte eine breite, mit Sphinxen geschmückte Brücke über die Wien und trat durch ein hohes Tor, das von zwei rosafarbenen Obelisken flankiert wurde, auf denen Adler aus Blei thronten. Er betrat den viereckigen Hof des Schlosses Schönbrunn, in dem die Habsburger im Sommer ohne allzuviel Protokoll im Schatten eines Parks residierten, in dem sich zahme Eichhörnchen tummelten. Im Gewimmel der Truppen und Gardesoldaten wandte er sich an einen Korporal mit Schulterstücken aus grünem Wollstoff:

»Daru?« rief er ihm zu.

»Da lang, Herr Oberst, unter dem linken Säulengang durch, hinter dem großen Becken.«

Es war ein Wiener Palast, das heißt, er war gleichzeitig prunkvoll und anheimelnd, barock und streng, Versailles nachgebildet, ockerfarben, aber kleiner und unregelmäßiger. Lejeune fand Daru, der gestikulierend inmitten einer Gruppe stand; er beschimpfte gerade einen seiner Kommissare mit Klappzylinder; in Lejeune sah er nur einen Unheilsverkünder: Was wollte man jetzt schon wieder von ihm? Den Frack vorne über einem nicht unbedeutenden Bauch geknöpft, die Rockschöße geschürzt, stemmte er die Arme in die Seiten:

»Herr Graf«, setzte Lejeune an, während er vom Pferd stieg.

»Zur Sache! Was verlangt Seine Majestät mir Unmögliches ab?«

Er zog jede Silbe in die Länge, wie man es im Süden tut, und seine Stimme erhielt dadurch etwas Melodisches.

»Achtzig Boote, Herr Graf.«

»So! Mehr nicht? Und soll ich sie erfinden, diese Barkassen? Plant die Armee einen Ausflug auf der Donau?«

»Sie sollen eine Brücke tragen.«

»Ja, so etwas habe ich mir gedacht!« (*Zu den Umstehenden*:) »Steht nicht hier rum wie die Ölgötzen! Habt ihr nichts zu tun?« (*Und als die anderen sich mit ernster Miene entfernten*:) »Oberst, es gibt in ganz Wien keine Boote mehr. Nicht ein einziges! Die Österreicher sind doch nicht blöd! Sie haben die meisten Kähne versenkt oder flußabwärts nach Preßburg gebracht, damit wir sie nicht zu fassen kriegen. Nicht dumm, he? Auf dem linken Ufer ihrer Donau wollen sie uns nicht haben!«

Daru faßte Lejeune am Arm und zog ihn in ein Büro, in dem sich Kisten und Möbel türmten, legte seinen Filzhut mit der Kokarde auf den Tisch, verjagte brüllend zwei Adjunkte, die unglücklicherweise vor sich hin dösten, und wechselte dann den Ton wie ein Schauspieler, der nach einem Wutausbruch einen Schwächeanfall vortäuscht:

»Was für eine Schlamperei, Oberst, was für eine Schlamperei! Nichts klappt! Ich habe *nichts* als Probleme! Diese verdammte Blockade bricht uns das Genick, glauben Sie mir!«

Der Kaiser hatte in der Tat vor drei Jahren beschlossen, England zu isolieren, indem er dessen Produkte auf dem Kontinent verbot, was aber den Schmuggel nicht unterband: Die Mäntel der Armee waren im übrigen aus Stoff, der in Leeds gewebt war, und die Schuhe stammten aus Northampton; England beherrschte weiterhin den Welthandel, und es war das kaiserliche Europa, das sich selbst zur Autarkie verdammt hatte. Plötzlich fehlte es an Zucker, auch an Indigo, um die Uniformen blau zu färben, worüber Daru sich beklagte:

»Unsere Soldaten ziehen alles mögliche an, was immer sie in den Dörfern oder nach dem Gefecht auftreiben können. Wie sieht das bloß aus, he? Wie eine umherziehende Schauspieltruppe in Lumpen! Sie tragen graue Jacken, die sie den Österreichern abgenommen haben, und was passiert? Sie wissen es nicht? Ich werde es Ihnen sagen, Oberst, ich werde es Ihnen sagen ...« (*Er seufzte laut und vernehmlich.*) »Bei der ersten Wunde, und sei sie noch so winzig, verteilt sich das Blut über den hellen Stoff und wird sichtbar; ein Kratzer kommt Ihnen vor wie ein Bajonettstoß in die Gedärme, und das Blut, es demoralisiert die anderen, es jagt ihnen Angst und Schrecken ein, es lähmt sie!« (*Daru nahm mit einem Mal die Stimme eines Kleiderverkäufers an:*) »Während man auf dem Blau, einem schönen tiefdunklen Blau, diese üblen Flecken viel weniger sieht, weshalb sie einem auch viel weniger Schrecken einjagen ...«

Graf Daru ließ sich in einen Rokokosessel fallen, so daß das Holz ächzte; er entfaltete eine Generalstabskarte und fuhr mit seinem Vortrag fort:

»Seine Majestät möchte nahe bei Toulouse, Albi und Florenz Färberwaid anbauen ... Schön und gut. Früher wuchs er dort hervorragend, aber wir haben nicht die Zeit! Und haben Sie die neuen Rekruten gesehen? Die vom letzten Jahr wirken wie Veteranen daneben! Wir führen Krieg mit verkleideten Kindern, Oberst ...« (*Er warf einen Blick auf die Karte und änderte erneut den Ton:*) »Wo wollen Sie sie haben, die Brücke?«

Lejeune legte auf der ausgebreiteten Karte den Finger auf die Insel Lobau. Daru seufzte noch stärker:

»Wir werden uns darum kümmern, Oberst.«

»Schnell?«

»So schnell wie möglich.«

»Wir müssen auch Tauwerk besorgen und Ketten ...«

»Das ist leichter, aber ich nehme an, Sie haben seit heute morgen nichts zwischen die Zähne bekommen.«

»Das stimmt.«

»Lassen Sie sich von meinen Köchen verwöhnen. Sie haben heute ein Eichhörnchenragout zusammengebrutzelt, wie gestern, wie morgen; es ist nicht schlecht, es schmeckt so ähnlich wie Kaninchen, und außerdem gibt es im Park so viele davon! Danach, nun ja, danach essen wir die Tiger und Känguruhs aus der Menagerie des Schlosses! Das verheißt unseren abgestumpften Mägen ein paar Gefühlsregungen ... Wenden Sie sich an Kommissar Beyle, im Stockwerk über mir, ich lasse Sie jetzt allein, die Lazarette sind noch nicht fertig, die Verpflegung kommt nur zögerlich voran und Ihre verdammten Boote ... Ja, wie sagte noch der Dichter Horaz, mein geliebter Horaz, *in dem Unglück hofft und im Glück besorgt, wer weisen Sinn sich wahrt, des Geschickes Wechsel*.

»Eine Sache noch, Herr Graf.«

»Schießen Sie los.«

»Es scheint, als hätten die Genueser ...«

»O nein! Herr Oberst! Verschonen Sie mich mit diesen vermeintlichen Millionen! Sie sind der Dritte, den Masséna auf Erkundung ausschickt! Alles, was ich gefunden habe, abgesehen von den Kanonen des Arsenals, ist das hier ...«

Er stieß mit seinem Schnallenschuh eine Holzkiste

um. Österreichische Gulden verteilten sich über den Boden.

»Wir verdanken sie der sorgfältigen Arbeit von Monsieur Savary«, erklärte Daru. »Sie sind gefälscht. Ich verwende sie, um meine hiesigen Lieferanten zu bezahlen. Nehmen Sie sich ruhig ein, zwei Handvoll mit.«

»Henri!«

»Louis-François!«

Louis-François Lejeune und Henri Beyle, der sich noch nicht Stendhal nannte, kannten sich seit neun Jahren; in Mailand stationiert, hatten sie sich um eine kesse Lombardin gestritten; Lejeune hatte gewonnen, worüber Henri insgeheim froh war: Er hatte eine Vorliebe für das Unvollendete, und hätte diese allzu hübsche Italienerin das akzeptiert? Er hielt sich außerdem für übermäßig häßlich, und das verlieh ihm eine gewisse Schüchternheit trotz seiner grünen Uniform der 6. Dragoner und seines Helms mit Roßschweif, der mit einem Eidechsenband umwickelt war. Anläßlich einer Lotterie im Palais-Royal hatten sie sich später in Paris wiedergesehen und waren über die Boulevards flaniert, um bei Véry unter vergoldeten Armleuchtern Austern zu essen, zu zehn Sous das Dutzend. Lejeune hatte die Rechnung übernommen. Henri, der die Armee verlassen hatte und keinen Sou mehr besaß, hatte das ausgenutzt und ein Huhn verschlungen. Lejeune bereitete sich darauf vor, in Holland zu seinem Regiment zu stoßen; Henri träumte davon, Plantagenbesitzer in Louisiana, Bankier oder erfolgreicher Theaterschriftsteller zu werden, wegen der Schauspielerinnen . . .

Nun trafen sie sich vor Wien in gleicher Mission wieder. Der eine war überrascht, der andere nicht: Daß

Lejeune Oberst war, nichts einleuchtender als das, da er sich für eine Karriere entschieden hatte und sie hartnäckig verfolgte, aber Henri? Er war zur damaligen Zeit ein dicker Junge von sechsundzwanzig Jahren mit glänzender Haut, einem feinen, nahezu lippenlosen Mund, braunen Mandelaugen und sehr hoch ansetzenden Haaren, die ihm zerzaust in die breite Stirn hingen. Lejeune fragte ihn baß erstaunt, was er in der Intendantur zu suchen habe.

»Ah! Louis-François, es ist mir ein inneres Bedürfnis, bei großen Ereignissen dabeizusein, das macht mich glücklich.«

»Als Kriegskommissar?«

»Adjunkt, nur als Adjunkt.«

»Dabei hat Daru mich zu einem Kommissar Beyle geschickt.«

»Er ist zu gütig, er muß krank sein.«

Graf Daru hielt nicht viel von Henri; er schalt ihn ununterbrochen für seine Unbesonnenheit, nahm ihn hart ran und trug ihm Aufgaben auf, die unangenehm oder völlig uninteressant waren.

»Wie lauten die Befehle?« fragte er seinen Freund, einerseits erfreut, ihn wiederzusehen, andererseits beunruhigt, was er ihm wohl abverlangen könnte.

»Nichts Schlimmes: Du sollst mir auf Kosten des Grafen Daru Eichhörnchen in Soße reichen.«

»My God! Hast du darauf Lust?«

»Nein.«

Henri knöpfte seine blaue Jacke zu, ergriff seinen Hut mit der Trikolorekokarde und nutzte den unverhofften Glücksfall, um seinem Büro zu entkommen. Als er den angrenzenden Raum durchquerte, teilte er seinen Sekretären und Gehilfen mit, daß er an diesem Tag nicht mehr zurückkäme, und die anderen hüteten sich beim Anblick von Lejeunes Uniform davor, nach dem Grund zu fragen, hielten ihn für schwerwiegend. Draußen fragte Lejeune:

»Verstehst du dich mit diesen Schreiberlingen?«

»Überhaupt nicht, Louis-François! Glaub mir, sie sind ungehobelt, ränkesüchtig, dumm, unbedeutend . . .«

»Erzähle!«

»Wohin gehen wir?«

»Ich habe ein Haus in der Altstadt beschlagnahmt, dort wohne ich mit Périgord.«

»Gut, gehen wir dahin, wenn du dich nicht wegen meiner zivilen Kleidung und meines Pferdes schämst: Aber ich warne dich, es ist ein echter Kaltblüter.«

Auf dem Weg zu den Ställen erzählten sie einander von sich, vor allem Henri: Nein, das Theater gebe er nicht auf; wann immer sich die Gelegenheit biete, sogar im Wagen, studiere er Shakespeare, Gozzi und Crébillon d. J., aber das Stückeschreiben reiche nicht zum Leben, und er wolle nicht länger in der Schuld seiner Familie stehen. Er habe unterdessen Daru, einen entfernten Verwandten, als Gönner akzeptiert. Von der kaiserlichen Intendantur erhoffe er sich eine Anstellung als Sekretär beim Staatsrat, was an und für sich kein Beruf war, aber ein Sprungbrett auf dem Weg zu allerlei Posten; und vor allem ein Einkommen. Henri hatte gerade zwei Jahre in Deutschland verbracht, wo er seine Zeit zwischen der Verwaltung, der Oper, der Jagd und jungen Mädchen aufgeteilt hatte:

»In Braunschweig«, sagte er, »habe ich meine Schüchternheit abgelegt und die Jagd erlernt.«

»Kannst du gut mit dem Gewehr umgehen?«

»Auf meiner ersten Entenjagd habe ich zwei Raben geschossen!«

»Und keine Österreicher?«

»Ich habe noch keine richtige Schlacht miterlebt, Louis-François. Jena habe ich um wenige Tage verpaßt. Vor Neuburg glaubte ich, die Kanonen zu hören, doch es war ein Gewitter.«

Henri jedoch hatte die Brücke von Ebersberg überquert, als das Feuer in der Stadt langsam erlosch; sein Wagen war über Leichen gerollt, ohne Gesichter; unter den Rädern hatte er die Gedärme wegspritzen sehen; um sich lässig zu geben und Haltung zu bewahren, hatte er ohne Unterlaß weitergeredet, trotz eines nahezu unbändigen Brechreizes. Da sie gerade die Ställe der Intendantur betraten, rief Lejeune aus:

»Ist das hier dein Pferd?«

»Dasjenige, welches man mir zugeteilt hat, ja, ich habe dich gewarnt.«

»Du hast recht: Es fehlt nur noch der Pflug!«

So unterschiedlich ihre Kleidung und Reittiere auch waren, pfiffen die beiden auf das lächerliche Erscheinungsbild, das sie boten, und nahmen die Straße nach Wien, von dem man in der Ferne die Mauer und die hohe Turmspitze des Stephansdoms erkennen konnte.

Wien hatte zwei Befestigungsringe. Der erste, ein einfacher Erdwall, umschloß die stark bevölkerten Vororte, wo sich niedrige Häuser mit roten Dächern dicht aneinanderdrängten; der zweite umgab die Altstadt mit einer dicken Mauer, die mit Gräben, Bastionen, Kasematten und Wehrgängen versehen war; da aber die Wiener nicht länger die Türken und die ungarischen Rebellen fürchteten, waren entlang der Festungsmauern überall herrschaftliche Stadthäuser und Geschäfte entstanden, und auf dem Glacis hatte man Bäume gepflanzt, um Promenaden anzulegen.

Lejeune und Beyle ritten durch einen Torbogen und zwängten sich im Schritt durch die verwinkelten Straßen der Stadt, zwischen hohen, ausgedehnten Häusern hindurch, mittelalterlichen und barocken, die kunterbunt durcheinanderstanden, mit zarten italienischen Farben gestrichen und Fenstern voll blauer Blumen und Vogelkäfige. Das Schauspiel, das die Passanten boten, war für das Auge weniger erfreulich: Es gab allenthalben nichts als Soldaten.

›Ein Sieger ist schon etwas Unschönes‹, dachte Henri beim Anblick der ungleichen Truppen, die Wien beherrschten. Napoleon hatte ihnen gerade für vier bis fünf Tage die Stadt überlassen, die kaum größer war als ein Pariser Stadtviertel, und das nutzten sie weidlich aus. Man könnte meinen eine Meute Jagdhunde. Wohl hatten sie unzählige Male und unter unerfreulichen Umständen ihr Leben aufs Spiel gesetzt, die Leichen ihrer Freunde, Krüppel, Blinde zurückgelassen, einen Arm, ein Bein verloren, aber rechtfertigte die nachlassende Angst diese Ausschweifungen? Die Möbelstücke, die die Dragoner an Seilen auf die Straße hinunterließen, während ihre Kumpanen die Bestohlenen in Schach hielten, all das würde unweigerlich bedeuten, daß wir es uns gründlich mit einer Bevölkerung verscherzten, die eigentlich sanftmütig war. Ein Kürassier mit Eisenhelm, in einen langen, weißen österreichischen Mantel gehüllt, hatte Theaterkostüme auf den Boden geworfen, Klarinetten, gestohlene Pelzwaren, die er meistbietend zu verkaufen hoffte. Weitere Verkaufsstände reihten sich in einem Gäßchen aneinander, wo die Piraten ihre Beute absetzten, Ketten aus Glas oder Perlen, Kleider, Speisekelche, Stühle, Spiegel, zerkratzte Figuren; es war ein Gedränge wie auf einem Basar in Kairo, zwanzig Sprachen waren zu hören, aus zwanzig Ländern kamen sie, um zu einer einzigen arroganten Armee zu verschmelzen, Polen, Sachsen, Bayern, Florentiner, die man mit Spitznamen Kauderer nannte, ein Mameluk aus Kirman, der außer seiner Pluderhose nichts Arabisches an sich hatte, denn er war in Saint-Ouen geboren. Auf den Plätzen und Straßenkreuzungen waren Gewehre zu Pyramiden zusammengestellt. Infanteristen in zugeknöpften grauen Gamaschen schnarchten auf einem Kirchenvorplatz im Stroh. Jäger in dunkler Kleidung trieben ein paar Rappen vor sich her, und eine Gruppe Grenadiere zu Fuß rollte Rieslingfässer durch die Straßen. Ein paar Husaren stellten sich vor einem Café zur Schau, wo sie gekochtes Rindfleisch aßen, stolz über ihre himmelblauen Hosen und krapproten Westen, ihre schweren geflochtenen Zöpfe, die dazu dienten, Säbelhiebe abzufangen, und ihre überdimensionalen Federbüsche auf dem Tschako. Ein Infanterist mit einem Rosenkranz aus Würsten als Beutegut trat aus einer Vorhalle; er schwankte ein wenig, als er sich an die Mauer stützte, um zu pinkeln.

»Schau dir das an!« sagte Lejeune zu seinem Freund. »Man könnte meinen, man sei in Verona . . .«

Er deutete mit der Hand auf einen Brunnen, ein schmales Gebäude und die goldgelbe Beleuchtung, die die Fassaden an dem kleinen Platz hervortreten ließ. Lejeune tat, als sähe er sonst nichts. Er war kein gewöhnlicher Offizier. Von seinen Garnisonsstädten und Feldzügen hatte er eine Vielzahl Skizzen und gelungene Gemälde mitgebracht. Napoleon hatte ihm als Erster Konsul die ›Schlacht bei Marengo‹ abgekauft. Bei Lodi, bei Somo-Sierra, zog er in den Krieg, als hätte er ein Modell vor sich. Seine Figuren, in der Bewegung erfaßt, dienten als Staffage wie beim Sturm auf das Kloster Santa Engracia in Saragossa, wo sie sich im Vordergrund vor einer Jungfrau aus weißem Stein niedermetzelten; was an diesem Bild in Erinnerung blieb, waren das arabisierende Bauwerk, das Maßwerk des Kreuzgangs, der quadratische Turm und der Himmel. Abukir, das war grelles Licht auf einer Halbinsel, eine Hitze, die die Grau- und Gelbtöne zum Flimmern brachte. Louis-François kümmerte sich nicht um die Soldaten auf Sauftour, er bewunderte das Erscheinungsbild des Palastes Pallavicini, und der Giebel des Palais Trautson beschwor in ihm den Palladio herauf. Diese beständige Liebe zu schönen Dingen hatte Henri Beyle einst für Louis-François eingenommen, und genau daher rührte auch ihre Freundschaft, die weder an Kriegen noch Zeiten der Trennung zerbrach.

»Wir sind gleich da«, sagte Lejeune, als sie das eher elegante Viertel der Jordangasse betraten.

Nach einer Kurve reißt er jäh sein Pferd hoch. Vor ihnen gehen Dragoner in einem rosafarbenen Haus ein und aus, die Arme mit Tüchern, Geschirr, Flakons und geräuchertem Schinken beladen, die sie auf einen Armeekarren laden. »Diese Schweinehunde!« schreit Lejeune und gibt seinem Pferd die Sporen, um sich auf das Diebespack zu stürzen. Überrascht lassen sie eine Truhe fallen, die dabei zu Bruch geht. In dem Getümmel verliert einer den Helm, ein anderer landet unsanft an der Mauer. Henri kommt näher. Schon in der Diele des Hauses, aber noch zu Pferd, verteilt sein Freund Peitschenhiebe und Fußtritte.

»Die Stadt gehört uns, Herr Offizier!« sagt ein großgewachsener Kürassier in einem Mantel, aus der Kutte eines spanischen Mönches gearbeitet; er trägt Sporen an den Leinenschuhen und wirkt entschlossen, den Umzug fortzusetzen.

»Nicht dieses Haus!« brüllt Lejeune.

»Die ganze Stadt, Herr Offizier!«

»Verschwinde von hier, oder ich schlage dir den Schädel ein!«

Lejeune lädt seine Sattelpistole und zielt auf die Stirn des Großmauls, der lächelt:

»Na los, drück ab, Herr Oberst!«

Lejeune verpaßt ihm mit dem Lauf seiner Waffe einen gewaltigen Schlag ins Gesicht; der andere spuckt drei Zähne und Blut und zieht seinen Säbel, aber seine Kameraden umringen ihn und halten ihn am Handgelenk fest.

»Haut ab! Haut ab!« schreit Lejeune mit heiserer Stimme.

»Wenn du in den Kampf ziehst, Herr Offizier, dann dreh mir bloß nie den Rücken zu!« droht der Mann mit dem blutenden Gebiß.

»Hinaus! Hinaus!« brüllt Lejeune und verteilt wahllos Schläge auf Rücken und Köpfe.

Die Rabauken verlassen den verwüsteten Ort; sie lassen einen Großteil ihrer Beute zurück, besteigen die Pferde oder klammern sich an den abfahrenden Karren. Der großgewachsene Kürassier im braunen Gewand schüttelt die Faust und schreit, daß er Fayolle heißt und sehr gut zielt.

Lejeune zittert vor Wut. Endlich setzt er den Fuß auf die Erde und macht sein Pferd an einem Ring an der Tür zum Treppenabsatz fest. Ein Oberleutnant mit zerzaustem Haarschopf und ohne Jacke war auf die einzige Bank gesunken, atmet schwer und röchelt. Es ist seine Ordonnanz; er hat die aufgebrachte Menge nicht abhalten können. Henri stößt am Ende der unendlich langen und schmucklosen Diele auf ihn.

»Waren sie oben?«

»Ja, Herr Oberst.«

»Und Fräulein Krauss?«

»Bei ihrer Schwester und der Gouvernante, Herr Oberst.«

»Warst du allein?«

»Fast, Herr Oberst.«

»Ist Périgord da?«

»In seiner Wohnung im ersten Stock, Herr Oberst.«

Gefolgt von Henri, eilt Lejeune zur Haupttreppe, die geradewegs nach oben führt, während die Ordonnanz Eßwaren zusammensucht, die von den Dragonern zurückgelassen worden waren.

»Périgord!«

»Herein, alter Freund«, sagt eine Stimme, die in den leeren Gängen hallt.

Lejeune und hinter ihm Henri betreten einen geräumigen, möbellosen Salon, in dem Edmond de Périgord in roten Hosen und nacktem Oberkörper vor einem großen Stehspiegel mit Mahagonirahmen seinen Schnurrbart mit Wachs zwirbelt, unterstützt von seinem persönlichen Diener, einem Dicken mit Hängebacken, in Perücke und mit Silber betreßter Livree.

»Périgord! Sie haben diese Rüpel ins Haus gelassen!«

»Die Rohlinge sollen schließlich ihren Spaß haben, bevor sie ins Feuer marschieren . . .«

»Spaß haben!«

»Ein roher Zeitvertreib, ja. Sie haben Hunger, mein Lieber, sie haben Durst, sie sind nicht reich, und sie ahnen, daß sie zum Tode verurteilt sind.«

»Waren sie oben bei Fräulein Krauss?«

»Keine Bange, Louis-François«, sagte Périgord, während er seinen Kollegen in die Vorzimmer der ersten Etage zog. Zwei Dragoner lagen ausgestreckt auf den Stufen einer weiteren Treppe, die nach oben führte.

»Die beiden Dummköpfe wollten oben ein wenig plündern«, sagte Périgord mit müder Stimme. »Ich habe es ihnen untersagt. Sie haben versucht, sich mit Gewalt Durchgang zu verschaffen ...«

»Haben Sie sie getötet?«

»Nein, nein, ich glaube kaum. Sie haben im Vorbeigehen einen Stuhl ins Gesicht bekommen. Und glauben Sie mir, mein Lieber, diese Stühle sind verdammt schwer. Das heißt, im Fallen haben sie sich vielleicht den Hals verdreht, ich habe nicht weiter darauf geachtet. Ich werde sie auf alle Fälle wegschaffen lassen.«

»Danke.«

»Keine Ursache, mein Lieber, zuvorkommend wie ich bin, kann ich nicht anders.«

Henri, ein wenig verdutzt über die Szene, der er soeben beigewohnt hat, folgte seinem Freund die Treppe hinauf durch die Korridore, bis dieser zu einer massiven Tür gelangte, an die er laut rufend pochte:

»Ich bin's, Oberst Lejeune ...«

Périgord hatte einen Morgenmantel mit aufgenähten Ärmelaufschlägen und Brokat übergeworfen. Er war ihnen gefolgt, mit nur einem halb gezwirbelten Schnurrbart. Während Lejeune an die Tür klopfte, unterhielt er sich mit Henri, als befänden sie sich auf einer Abendgesellschaft im Trianon:

»Plünderungen gehören zum Krieg, meinen Sie nicht?«

»Ich wäre lieber anderer Meinung.«

»Denken Sie an die Geschichte des Veteranen von Antonius, der den Armenienfeldzug mitgemacht hat. Er hatte die Goldfigur der Göttin Anaitis beschädigt, um ein Bein mit nach Hause zu nehmen. Zu Hause hat er dann das Bein der Göttin verkauft, in der Gegend von Bologna ein Haus erstanden, Ländereien und Sklaven ... Wie viele römische Legionäre, mein Lieber, sind mit gestohlenem Gold aus dem Orient zurückgekehrt? Das hat zur Entwicklung der Industrie und der Landwirtschaft in der Poebene beigetragen. Zwanzig Jahre nach Actium florierte die Gegend ...«

»Es reicht, Périgord«, sagte Lejeune. »Hören Sie auf mit dem Geschichtsunterricht!«

»Das steht im Plinius.«

Die Tür öffnete sich schließlich und gab den Blick auf eine ältere Frau mit weißem Turban frei. Lejeune, der in Straßburg geboren war, sprach sie auf deutsch an, sie antwortete ihm in der gleichen Sprache, jetzt erst war der Oberst beruhigt; er gab Henri ein Zeichen, ihm ins Zimmer zu folgen.

»Ich ziehe mich zurück«, sagte Périgord. »In diesem unordentlichen Aufzug kann ich mich wohl kaum zeigen.«

Anna Krauss war siebzehn Jahre alt, hatte tiefschwarzes Haar und grüne Augen. Sie schloß das Buch, das sie zu lesen vorgab, richtete sich auf, als die Männer näherkamen, setzte sich auf den Rand des Sofas, streifte ihre römischen Sandalen über und erhob sich langsam und geschmeidig. Ihr langer Rock aus sehr feinem indischen Perkal war mit Jasminblüten bestickt; eine Agraffe nach antikem Vorbild hielt eine spitzenbesetzte Tunika über ihren runden Schultern zusammen; mit ihren Händen ohne Schmuck, ihrer ganzen Haltung, zerbrechlich und sicher, ihrer schmalen Taille und den breiten Hüften wirkte sie im Gegenlicht, das durch ihre leichten Kleider schien und den Körper abzeichnete, wie eine allegorische Gegendarstellung zum

Krieg. Lejeune betrachtete sie mit feuchten Augen; er hatte solche Ängste ausgestanden. Sie unterhielten sich nun auf deutsch miteinander, fast im Flüsterton. Henri im Hintergrund stand der Schweiß auf der Stirn, seine Wangen waren flammendrot, der Blick starr. Ihm war heiß. Ihm war kalt. Er hatte Angst, sich zu rühren. Er betrachtete Anna Krauss; ihr Gesicht von italienisch ovaler Form ähnelte einer Pastellzeichnung von Rosalba Carriera, die er kürzlich bei einem Hamburger Kunstsammler bewundert hatte, aber nein, ihre samtige Haut gab es wirklich, und die Sonnenstrahlen, die durch die Glasfenster gefiltert wurden, ließen sie noch sanfter erscheinen.

Nach einiger Zeit drehte sich Lejeune zu Henri, um ihm die Unterhaltung zu übersetzen, denn trotz seiner zwei Jahre in Braunschweig, wo alle Welt mit ihm französisch gesprochen hatte, mit Ausnahme der Dienerinnen, die er bestieg und nicht zu verstehen brauchte, hatte Henri sich nie an das Holprige dieser Sprache gewöhnt.

»Ich habe ihr gesagt, daß ich am Freitag zu den Brückenbaupionieren auf die Donau muß, dann weiter zum Generalstab, um auf der Insel Lobau ins Quartier zu gehen.«

»Ja«, sagte Henri.

»Ich habe ihr gesagt, daß sie während meiner Abwesenheit einen vertrauensvollen Menschen braucht, der ihr Haus vor möglichen Lumpenkerlen beschützt, die unsere Armeen im Schlepptau führen.«

»Lumpenkerle, ja . . .«

»Ich habe ihr gesagt, daß du dich hier einquartieren wirst, da du ja in Wien bleibst.«

»Oh . . .«

»Ist es dir nicht recht, Henri?«

»Nicht recht ...«

»Man kann sie in dieser besetzten Stadt nicht allein lassen!«

»Nicht allein lassen ...«

Henri hatte es die Sprache verschlagen, er begnügte sich damit, die Satzenden seines Freundes mit Nachdruck zu wiederholen.

»Hast du viele Sachen?«

»Sachen ...«

»Henri? Hörst du mir zu?«

Anna Krauss lächelte unverhohlen. Machte sie sich über diesen dicken, jungen Mann mit dem hochroten Gesicht lustig? Fand sich eine Spur von Zärtlichkeit in ihrem belustigten Lächeln? Eine Spur von Sympathie? Liebte Sie Lejeune? Und Lejeune? Letzterer packte Henri an den Schultern und schüttelte ihn:

»Bist du krank?«

»Krank?«

»Wenn du dich sehen könntest!«

»Nein, nein, mir geht es gut ...«

»He, antworte mir, du Esel! Hast du viele Sachen?«

»Eine italienische Grammatik von Veneroni-Gattel, den *Homer* von Bitaubé, Condorcet, das *Leben* von Alfieri, zwei oder drei Kleidungsstücke, ein paar Kleinigkeiten ...«

»Ausgezeichnet! Dein Diener soll morgen alles bringen.«

»Mein Diener hat mich im Stich gelassen.«

»Kein Geld?«

»Wenig.«

»Ich kümmere mich darum.«

»Daru muß ebenfalls zustimmen.«

»Das wird er. Bist du einverstanden?«

»Natürlich, Louis-François ...«

Lejeune übersetzte Anna Krauss in wenigen Worten das Gespräch, aber sie hatte das meiste schon verstanden und klatschte in die Hände wie bei einem Konzert. Henri, nach wie vor regungslos, beschloß, ernsthaft die deutsche Sprache zu erlernen, da er von nun an einen wahrhaftigen Grund dafür hatte. Im übrigen wandte sich Anna Krauss in ihrem Kauderwelsch an ihn, aber er konnte nur eine Melodie erkennen, der Sinn blieb ihm verborgen.

»Louis-François, was sagt sie?«

»Sie bietet uns Tee an.«

Am späten Abend, nachdem Lejeune den Befehl erhalten hatte, sich auf der Stelle nach Schönbrunn an die Seite Berthiers zu begeben, nahm Henri Périgords Einladung an, durch Wien zu spazieren; er hoffte eigentlich, ihm Details über Annas Leben zu entlocken, das einzige Thema, das ihm seit dem Nachmittag am Herzen lag. Lejeune hatte seinem Freund eins von Darus Bündeln falscher Banknoten überreicht, infolgedessen konnte er den stets geschwätzigen Périgord einladen, der die Stadt und ihre Bewohner aufgrund von früheren Aufenthalten gut kannte, und sie schlenderten zu den Gärten des Cafés Hugelmann, ans Ufer der Donau mit ihren abgebrannten Brücken. Trotz der Hitze badete kein Mensch; es gab keine Schleppkähne, keine türkischen Seeleute, dafür aber nichts als Soldaten. »In normalen Zeiten«, sagte Périgord, »tummeln sich buntbemalte Ausflugsboote auf dem Fluß, aber sie wurden entweder von unseren Männern beschlagnahmt oder von den Österreichern versenkt.« Henri interessierte das nicht, genausowenig wie der hochberühmte ungarische Billardspieler, zu dem die Leute strömten, um ihm zu applaudieren, und der ungeachtet der Feindseligkeiten weiterspielte; er konnte stundenlang die Kugel stoßen, ohne sein Ziel zu verfehlen, und darüber verloren unsere zwei Franzosen schließlich die Lust; sie beschlossen, zum nahegelegenen Prater in die Leopoldstadt zu gehen.

Périgord trug einen pelzgefütterten Mantel mit goldenen Tressen, schwarze Kniehosen in Stulpenstiefeln, und er hatte, um eventuell abfälligem Gelächter vorzubeugen, Henri ein anständiges Pferd besorgt. In Spanien waren ihm vor kurzem einige kostbare Pferde gestohlen worden, deshalb hatte er, während sie sich an Krebsen gütlich taten, einem ziemlich jungen Soldaten vorübergehend die Aufsicht über die Pferde übertragen. Folgsam wartete der Junge nun auf sie.

»Bravissimo!« lobte ihn Périgord. »Dein Name?«

»Füsilier Paradis, Monsieur, 2. Linienregiment, 3. Division General Molitor unter dem Oberbefehl von Marschall Masséna!«

Périgord steckte dem Füsilier ein paar Gulden zu und sagte zu Henri, der nachdenklich und abwesend wirkte, als wäre er von Sorgen geplagt:

»Mein Diener wird morgen Ihre Sachen abholen, Beyle, machen Sie sich darüber keine Gedanken.«

»Kennen Sie Anna Krauss?«

»Ich wohne seit drei Tagen bei ihr, das heißt, nein, seit zwei eigentlich, neugierig wie ich bin und offen wie sie ist ...«

»Ihre Familie?«

»Der Vater ist Musiker. Ein naher Verwandter von Herrn Haydn.«

»Wo hält er sich auf?«

»Er sei dem Hofstaat Franz von Österreichs gefolgt, der sich nach Böhmen abgesetzt hat, wird behauptet, aber ob man sich darauf verlassen kann?«

»Ihre Mutter?«

»Soviel ich weiß, ist sie tot. Sie bekam keine Luft mehr.«

»Also ist Fräulein Krauss allein in Wien geblieben?«

»Mit ihren jüngeren Schwestern und einer älteren Gouvernante.«

»Ihr Vater hat sie mitten im Krieg verlassen!«

»Die Wiener nehmen nichts sonderlich ernst, mein Lieber. Zum Beispiel finden sie den Montag traurig und meinen, daß er den Sonntag verdirbt, also machen sie an diesem Tag blau. Nicht schlecht, oder, alles auf die leichte Schulter zu nehmen?«

»Glauben Sie, daß Lejeune sie liebt?«

»Die Wiener?«

»Nicht doch! Das junge Mädchen.«

»Ich weiß es nicht, aber die Symptome sind eindeutig, er ist fiebrig, unruhig, halb ohnmächtig. Sie bekommen ja auch Herzklopfen.«

»Erlauben Sie mal, Monsieur . . .«

»Papperlapapp! Sie können nichts dafür und ich auch nicht, aber der Kampf zwischen Ihnen beiden verspricht schöner zu werden als der zwischen uns und den Truppen des Erzherzogs Karl! Sehen Sie, was ich am Krieg nicht mag, überhaupt nicht ausstehen kann, ist der Dreck, das schlechte Benehmen, das Elend, die Derbheit, die üblen Wunden. Unversehrt davonzukommen, o ja! Das ermöglicht einem, auf Bällen zu glänzen, mit falschen Herzoginnen zu tanzen und echten Bankiersfrauen . . .«

Sie gelangten zu den sandigen Alleen des Praters. Die großen Bäume waren lächerlichen Barrikaden zum Opfer gefallen. Auf dem Rasen standen Lauben, kleine Häuschen, Hütten, ein chinesischer Pavillon, eine Schweizer Sennhütte, Behausungen für Wilde, ein Sammelsurium, zum Zeitvertreib aufgestellt und normalerweise von einem buntgemischten Völkchen besucht; Wiener und Wienerinnen kamen dort mit Böhmen, Ägyptern, Kosaken und Griechen in Berührung; Kaiser Franz kam häufig auf seinen Spaziergängen vorbei, zu Fuß und ohne Eskorte, und zog vor seinen Untertanen den Hut zum Gruß – wie ein Bourgeois. An den Sommerabenden wurde man von Insektenschwärmen überfallen, und Périgord scherzte darüber: »Ein Deutscher hat mir kürzlich erklärt, daß die Liebesspielchen hier ohne die Insekten allzusehr überhandnehmen würden!«

Sie verweilten vor einem Wagen, der eine seltsame Vorführung bot, bei der die Rollen zwischen Marionetten und Zwergen aufgeteilt waren. Gespielt wurde vor einem Publikum aus französischen und verbündeten Soldaten, von denen die meisten den Text nicht verstanden, sich aber damit amüsierten, die Schauspieler auseinanderzuhalten, diejenigen aus Fleisch und Blut von denen aus Holz.

»Was wird da gespielt?« fragte Henri.

»Shakespeare, mein Lieber. Sehen Sie den Zwergwüchsigen mit seinem falschen Bart und seiner Pappkrone, er ist gerade bei dem berühmten Monolog angelangt: »Was fürcht' ich denn? Mich selbst?« (*Périgord sprach die Szene laut mit*) »Sonst ist hier niemand. Richard liebt Richard; das heißt: Ich bin Ich, Ist hier ein Mörder? Nein. – Ja, ich bin hier. So flieh. – Wie? vor dir selbst? Mit gutem Grund: Ich möchte rächen. Wie? mich an mir selbst? Ich liebe ja mich selbst. Wofür? für Gutes, Das je ich selbst hätt' an mir selbst getan? O leider, nein! Vielmehr hass' ich mich selbst, Verhaßter Taten halb, durch mich verübt.

»Und ich«, seufzte Henri, »ich hasse mich dafür, daß ich kein Deutsch kann!«

»Seien Sie unbesorgt, mein lieber Beyle, ich kann es auch nur stockend, aber der Titel des Stücks steht auf dem Schild, und ich kenne *Richard III.* auswendig.«

Auf der Bühne mühten sich die Zwerge und Marionetten um einen Thron aus gestrichenem Holz ab.

»V. Akt, 3. Szene«, ergänzte Périgord.

Im Lacksalon von Schönbrunn, in dem goldene Blumen und Vögel die Wände zierten, bohrte Napoleon in seiner Tabakdose aus Schildpatt und stopfte sich die Nase. Im Schlafrock aus weißem Molton, einen zusammengerollten Madras auf dem Kopf, einem Tuch von den Antillen gleich, studierte er die Karte. Die verschiedenfarbigen Nadeln zeigten die aktuelle Stellung der Truppen an sowie die der Lager für Proviant, Furage und Schuhe, den Artilleriepark ...

»Monsieur Constant!«

Der erste Kammerdiener eilte herbei, ein großer Mann mit schweren Lidern, lautlos, als gleite er. Der Kaiser zeigte auf sein Glas, und der Diener füllte es mit Chambertin, der mit Wasser verdünnt war.

»Mein Poulet, Monsieur Constant.«

»Sofort, Sire.«

»Schnell!«

»Sire ...«

»Hat dieser verdammte Roustan schon wieder mein Poulet verspeist, wie letztens erst?«

»Nein, Sire, nein, das Poulet ist unter Verschluß in einem Weidenkörbchen, und ich trage den Schlüssel bei mir ...«

»Was sonst?«

»Sire, der Fürst von Neuchâtel, Seine Exzellenz, der Generalstabschef ...«

»Fassen Sie sich kurz, Monsieur Constant! Sagen Sie Berthier.«

»Er wartet draußen, Sire ...«

»Ich weiß, ich habe ihn bestellt. Er soll reinkommen, der Rüpel, und mein Poulet gleich hinterher!«

Tadellos in seiner prunkvollen Uniform, gefolgt von Lejeune, betrat Generalstabschef Berthier das Büro und legte seinen Zweispitz auf einen kleinen runden Tisch. Der Kaiser drehte ihnen den Rücken zu, und sie waren gezwungen, seinem Monolog zu lauschen, ohne sich zu rühren:

»Die englische Flotte liegt vor Neapel auf Reede, Tirol rebelliert, Fürst Eugène hat Probleme in seinem Königreich Italien, und der Papst begehrt auf. Der beste Teil unserer Armee erschöpft sich in Spanien. Werde ich noch lange auf die Neutralität des Zaren zählen können? Die Engländer finanzieren überall Aufstände. In Frankreich weht ein aufrührerischer Geist, und die Zensur hält die Auswüchse an Unverschämtheiten nicht mehr im Zaum. Talleyrand und Fouché, so wertvoll sie sind, haben gegen mich intrigiert und wollten mich durch diesen Hampelmann von Murat ersetzen lassen, aber ich halte sie wie alle anderen bei ihrer Angst und ihren Interessen! Die Staatsgelder gehen aus, die Desertionen nehmen zu, meine Gendarmen legen die Rekruten in Ketten, um sie zu den Kasernen und Schlachtfeldern zu führen. Uns fehlt es an Unteroffizieren, man muß sie an den Schultoren auflesen ...«

Der Kaiser reißt dem Hähnchen, das Constant soeben auf den schwarzen Tisch gestellt hat, einen Schenkel aus. Er beißt hinein, besudelt das Kinn mit Fett und grunzt:

»Was sagen Sie zu diesem düsteren Bild?«

»Es ist leider vollkommen zutreffend, Euer Majestät«, sagte Berthier.

»Zum Teufel auch, ich weiß es nur zu gut! Ich mußte erneut diesen raffgierigen Masséna bemühen und Lannes zwingen, der sich lieber auf seinen Schlössern ausruhen würde! Kommen Sie näher!«

Mit dem Hähnchenknochen deutet Napoleon auf seiner Karte auf die Insel Lobau:

»In drei Tagen lassen wir uns auf dieser vermaledeiten Insel nieder. Die Brücke?«

»Sie wird über die Donau gelegt«, antwortet Lejeune, »wie Sie es wünschen.«

»Gut. Freitag werden Molitors Füsiliere dort landen und sie von den wenigen österreichischen Dummköpfen befreien, die dort nach wie vor biwakieren. Sehen Sie genügend Kähne vor. Mit dem Material, das Sie in der Zwischenzeit in Bredorf zusammengetragen haben ...«

»Ebersdorf, Sire«, verbesserte Berthier.

»Kümmern Sie sich um Ihren eigenen Dreck! Habe ich Sie nach Ihrer Meinung gefragt? Was sagte ich gerade?«

»Sie sprachen von dem Material, Sire.«

»Ja. Wir legen unverzüglich die Pontonbrücke über den Hauptarm des Flusses, um die Insel Lobau mit unserem Ufer zu verbinden. Lasalles Kavalleristen verstärken sofort Molitors Männer, die ihrerseits auf das linke Ufer übergehen und die zwei Dörfer besetzen.«

»Eßling und Aspern.«

»Ganz wie Sie wollen, Berthier! Samstag abend sind beide Brücken, die große und die andere, die von der Insel zum linken Ufer führt, fertig und einsatzbereit.«

»Zu Befehl, Sire.«

»Sonntag im Morgengrauen nisten sich unsere Truppen in Ihren verfluchten Dörfern, wie auch immer sie heißen, ein, verschanzen sich und warten ab. Der Erzherzog entdeckt uns. Er wacht auf. Er hält mich für einen Idioten, daß ich meine Truppen über den Fluß zwinge. Er greift an. Masséna empfängt ihn mit Kanonenfeuer. Mit Lannes, Lasalle und Espagne greifen Sie an, Berthier, durchbrechen das österreichische Zentrum und schneiden die österreichische Armee in zwei Teile. Dann überquert Davout die große Brücke mit seinen Reservesoldaten, verstärkt Ihre Angriffe, und wir zerschmettern diese Trottel!«

»Auf daß es so geschehe, Euer Majestät!«

»So wird es geschehen. Ich sehe es vor mir, und ich will es so. Sie stimmen mir nicht zu, Lejeune?«

»Ich höre Ihnen zu, Majestät, und indem ich Ihnen zuhöre, lerne ich dazu.«

Der Kaiser gab ihm einen harten Klaps auf die Wange, um zu demonstrieren, daß er mit der Antwort zufrieden war und sich nicht hinters Licht führen ließ. Er haßte Vertraulichkeiten und Stellungnahmen anderer, verlangte von seinen Offizieren wie von seinen Höflingen blinden Gehorsam. Lannes und Augereau waren die einzigen, die kein Blatt vor den Mund nahmen. Ansonsten hatte er sich einen Hofstaat mit falschen Fürsten und erfundenen, kompromittierten, ungehobelten und durchtriebenen Herzögen zugelegt: Er verlangte nichts als Bücklinge, die er mit Schlössern, Titeln und Gold belohnte. Constant trat vor der Tür zum Salon von einem Bein aufs andere, was Napoleon nicht verborgen blieb. Brummend sagte er:

»Was ist das für ein neuer Tanz, Monsieur Constant?«

»Sire, Fräulein Krauss ist soeben eingetroffen ...«

»Sie soll sich ausziehen und auf mich warten.«

Als dieser Name fiel, glaubte Lejeune in Ohnmacht

zu sinken. Was? Anna war in Schönbrunn? Sie würde die Nacht im Bett des Kaisers verbringen? Nein. Das war undenkbar. Das sah ihr überhaupt nicht ähnlich. Lejeune betrachtete seinen Herrn, der den Rest des Hähnchens verspeiste und sich die Finger und den Mund am Vorhang abwischte. Was konnte Lejeune tun? Nichts. Als Napoleon Berthier und ihn wie zwei Lakaien mit einem Handzeichen entließ, bat er eiligst um Erlaubnis, nach Wien zurückkehren zu dürfen.

»Nur zu, mein Freund«, antwortete ein väterlicher Berthier. Lassen Sie sich ruhig Zeit, aber gehen Sie sparsam mit Ihren Kräften um, wir werden sie noch brauchen.«

Lejeune salutierte und verschwand sofort. Berthier sah, wie er aufs Pferd sprang und davonpreschte. ›Ob wir nächste Woche noch am Leben sind?‹ fragte sich der Generalstabschef.

Lejeune galoppierte bis vor das rosafarbene Haus im Viertel der Jordangasse. Er stürzte nach oben zu dem Zimmer, in dem Anna Krauss schlafen sollte, trat ohne zu klopfen ein, näherte sich leise und mit angehaltenem Atem dem wie ein Sarkophag geformten Bett, in dem sie träumte, denn sie war tatsächlich da, von einer dünnen Mondsichel beschienen, ruhig, fast lächelte sie. Ihr Atem ging ruhig und gleichmäßig. Dann stöhnte sie leicht, streckte sich ein wenig, ohne aufzuwachen. Lejeune zog einen Stuhl ans Bett und sah ergriffen zu, wie sie schlief. Später erfuhr er, daß die Demoiselle, die den Kaiser besuchte, zwar den gleichen Namen trug, allerdings mit nur einem s, daß ihr Vorname jedoch Eva lautete; es handelte sich um die Adoptivtochter eines Kriegskommissars; dem Kaiser war sie eines Morgens bei der Parade im Hof des Palastes aufgefallen: Zwischen den vielen Frauen in bunten Farben war sie als einzige ganz in Schwarz gekleidet, wie ein beunruhigendes Omen.

Auch Henri konnte in seinem Zimmer in einem Gasthof vor Wien, das er sich mit einem anderen Adjunkten teilte, kein Auge zutun. Dieser schnarchte mit voller Lautstärke. Beim Schein einer Kerze packte Henri nun seinen Lederkoffer für den bevorstehenden Umzug. Er blätterte seine Bücher eins nach dem anderen durch, bevor er sie wegpackte, und stieß zufällig auf eine Seite aus dem *Naufrage* von Alberti: »Wir wußten nicht, in welche Richtung wir auf dem riesigen Ozean trieben, aber es kam uns schon wie ein Wunder vor, mit dem Kopf über Wasser atmen zu können.« Diese Zeilen aus der Zeit der Renaissance entsprachen gänzlich seiner augenblicklichen Verfassung. Als er vorhin mit Périgord beim Schein einer Fackel in den Katakomben unter der Augustinerkirche umhergelaufen war, hatten sie aufgeschichtete Leichen gefunden, sitzend oder stehend, trocken, wie durch ein Wunder ganz erhalten und ohne das geringste Anzeichen von Verwesung, und gemeinsam mußten sie an jenen König von Neapel denken, der auf seine einbalsamierten, wie Marionetten daliegenden Feinde spuckte in einer Zeit, in der ein Visconti molossische Hunde darauf dressierte, Menschen in Stücke zu reißen, und die Rasse, die damals in Italien aufkam, Klauen und Fangzähne hatte. Schließlich beschloß Henri, sich auf die Matratze zu legen, und kurz vor Morgengrauen schlief er ein, in voller Montur und im Gedächtnis das sanfte Bild von Anna Krauss, das ihn nicht losließ.

Zweites Kapitel

Wovon Soldaten träumen

Es war herrliches Wetter, und die Akazien dufteten angenehm. An diesem Samstag, dem Tag vor Pfingsten, ruhte sich der Soldat Paradis auf der Uferböschung der Insel Lobau aus. Er hatte seine Uniformjacke abgelegt, neben sich den Tschako mit gelbgrünem Federbusch, seinen Tornister und den ganzen Plunder, in den er eingeschnürt war; sein zusammengerollter Soldatenmantel diente ihm als Kopfkissen. Er war ein stattlicher, rothaariger Bauernjunge mit einem dünnen Flaum auf der Oberlippe und riesigen Händen, die sicher besser mit einem Pflug umzugehen wußten als mit Waffen. Das Gewehr hatte er bisher nur benutzt, um Wölfe zu vertreiben. Er dachte darüber nach, wie er noch vor der Ernte desertieren könnte, um in sein Land zurückzukehren, wo er mehr gebraucht wurde, aber wie sollte es ihm gelingen angesichts der bevorstehenden Gefechte? In einem Monat schon mußte der Hafer gemäht werden, im August dann der Weizen; sein Vater würde es allein niemals schaffen, und sein älterer Bruder war vom Krieg nicht zurückgekehrt. Er kaute auf einem Zweig und überlegte, daß er nicht einmal die Zeit gefunden hatte, seine Gulden auszugeben, die er sich neulich abends in Wien verdient hatte, als er die Pferde von Edmond de Périgord bewachte. Plötzlich verstummte das Lied der Vögel. Er stützte sich im Gras auf die Ellbogen: Das 4. Armeekorps Massénas überquerte auf der großen Brücke die Donau, die die Pioniertruppe gegen Mittag fertiggestellt hatte. Nichts anderes war mehr zu hören als das Geräusch von dreißigtausend Stiefeln im Gleichschritt auf den Planken.

Mit Hilfe von Bootshaken und Rudern, aufrecht auf unsicheren Beinen, an ihre leichten Boote gebunden, um nicht in die Strudel zu fallen, versuchten Pioniere die Baumstämme, die der Fluß mit sich führte, abzutreiben, damit sie die Vertäuung nicht durchtrennten. Die Donau schwoll an. Vorgestern, nach Einbruch der Dunkelheit, hatte die Division des Füsiliers Paradis lange Boote und Flöße bestiegen, um den Fluß bei heftigem Wellengang zu überqueren. Die Soldaten hatten unvermittelt auf der Insel angelegt, um die etwa hundert Österreicher, die dort Wache hielten, zu vertreiben. Es war zu einem kurzen Schußwechsel gekommen, Bajonettstößen im Dickicht, einige Gefangene waren in der Dunkelheit ergriffen worden, nicht wenige Soldaten geflohen ...

Paradis war geschickt im Auslegen von Schlingen und im Umgang mit der Schleuder, und auf der Insel Lobau, einem Gebiet, in dem seit langer Zeit die Jagd verboten war, fehlte es nicht an Niederwild. Er hatte heute morgen einen Vogel geschossen, den er nicht kannte, einen Pirol womöglich mit gelbem Kopf, der auf dem Ast einer Weide gesessen hatte. Der Vogel briet auf seinem Bajonett, und er stand auf, um ihn über dem Holzfeuer zu drehen. Auf der anderen Seite der Insel hatte Paradis in einem toten Seitenarm der Donau auch Hechte und Plötze ausmachen können; einem Kameraden, der zwar gebildeter war als er, sich aber in der Natur nicht auskannte, hatte er versprochen, das Angeln beizubringen. Er zuckte mit den Schultern, denn er wußte, daß ihm die Zukunft, auch die ganz nahe, nicht mehr gehören würde. Die Stimme des Feldwebels Roussillon bestätigte im übrigen diesen schmerzlichen Gedanken:

»He, du Faulpelz! Deine Arme werden gebraucht!«

Über die große Brücke wurden jetzt auf Karren Pontons und kleine Boote transportiert, die zum Bau der zweiten Brücke zwischen der Insel Lobau und dem linken Ufer vorgesehen waren, fünfzig Meter in einer reißenden Strömung. An ihren Uniformen, die in der Sonne glänzten, erkannte Paradis von weitem die Marschälle Lannes und Masséna, die, umgeben von ihren federgeschmückten Offizieren, dem Konvoi vorausgingen.

»Und ein bißchen Beeilung!« brüllte Feldwebel Roussillon, stolz über sein neuerworbenes Kreuz der Ehrenlegion, das gut sichtbar auf seiner Brust angebracht war und über das er zuweilen mit einem zufriedenen Seufzer strich.

Paradis nahm den halbgaren Vogel vom Bajonett, verbrannte sich dabei die Finger, trat das Feuer aus, das daraufhin zu qualmen begann, sammelte sein Zeug zusammen und folgte Roussillon, der dreißig Füsiliere am Rand eines Laubwaldes zusammengetrommelt hatte. Sie waren in Hemdsärmeln oder mit freiem Oberkörper und trugen Holzfälleräxte bei sich. Man ging daran, für die kleine Brücke Bäume zu fällen, denn es fehlte an Brückenböcken, Versatzhölzern und Bohlen, worauf man die Decke aus Brettern legen wollte.

»Vorwärts, Leute!« trieb der Feldwebel sie an. »In zwei Stunden müssen wir fertig sein!«

Die Männer spuckten in die Hände und machten sich daran, die Ulmenstämme zu bearbeiten; die Rinde fiel, die Späne flogen.

»Achtung!« brüllte Roussillon, selbst stocksteif wie ein Pfahl.

»Rührt euch!« sagten die beiden Offiziere, die sich im hohen Gras näherten, wie aus einem Munde.

Oberst Lejeune, der die Arbeiten seit Tagen aus

nächster Nähe verfolgte, war in Begleitung von Sainte-Croix, der Ordonnanz Massénas. Dieser fragte den Feldwebel:

»Sind das Molitors Männer?«

»Jawohl, Herr Oberst!«

»Was haben sie mit den Äxten vor?«

»Die zweite Brücke zu bauen, Herr Oberst, wir haben keine Zeit zu verlieren.«

»Aber das ist doch Aufgabe der Pioniere.«

»Die sind zu erschöpft, wie man mir gesagt hat.«

»Mir egal! Sie können sich hinterher ausruhen. Ich will diese Männer hier auf dem linken Ufer, dort sollen sie einen Brückenkopf errichten. Befehl von Marschall Masséna!«

»Habt ihr gehört, ihr Faulpelze?« schrie der Feldwebel. »Zurechtmachen!«

Paradis seufzte, als er seine Axt abstellte. Er hatte an seinem Baum gute Vorarbeit geleistet und war zufrieden damit, aber egal. Beim Militär ging eben alles mal so und mal so zu: Gewehr absetzen, wieder aufnehmen, Koppel anschnallen, marschieren, nochmals marschieren, irgendwo zwei Stunden Schlaf, in den Hinterhalt legen, warten, marschieren wie ein Hampelmann, und all das, ohne zu murren oder über schmerzende Knöchel zu klagen, zu verschnaufen oder etwas anderes zu sich zu nehmen als diese unsäglichen, dicken Bohnen, die man zu zweit aus dem gleichen Napf aß. Paradis schaute nach, ob der Inhalt seiner Patronentasche vollständig war, fünfunddreißig Patronen, ein paar Feuersteine. Er zog die Gamaschen, die ihn drückten, über die Waden, holte sein Gewehr aus der Pyramide und ordnete sich in die Reihe der Kameraden ein, um das Unterholz auf dem gegenüberliegenden Donauufer anzusteuern.

»Oje!« sagte Sainte-Croix zu Lejeune. »Das Wasser steigt, und die Strömung nimmt zu ...«

»Sie haben recht, und genau das macht mir Sorgen.«

»Wir sollten keine Zeit verlieren. Ich muß diese Burschen im Boot auf die andere Seite bringen. Sie haben sicher eine günstige Stelle für die Brücke ausgeguckt?«

»Wenn sie dort hinten rauskommt, wird sie von den kleinen Wäldern, wie Sie sehen, vor möglichen österreichischen Spionen verborgen.«

In diesem Moment hörte Lejeune mit halbem Ohr ein Gespräch in den Reihen der Füsiliere mit. Paradis erklärte seinem Nebenmann, daß es zehn Meter weiter flußaufwärts eine Fähre gegeben habe. Lejeune rief den Jungen zu sich:

»Was hast du gerade gesagt?«

»Dort ist früher eine Fähre verkehrt, Herr Offizier, auf Höhe dieses Schilfbüschels.«

»Wie kommst du darauf?«

»Na ja, ganz einfach, Herr Offizier. Schauen Sie sich die Böschung an, man kann darauf die Spuren von Feldwegen erkennen, die zum Fluß hinunterführen.«

»Ich sehe nichts.«

»Ich auch nicht«, sagte Sainte-Croix trotz seines kleinen Fernglases.

»Doch!« beharrte der Soldat. »Das Gras ist geknickt und viel kürzer. Es wurde lange Zeit niedergetrampelt, deshalb wächst es anders. Dort hat es Wege gegeben, ich schwör's.«

Lejeune sah den Soldaten dankbar an:

»Aber du bist ja richtig wertvoll für uns!«

»Nein, nein, Herr Offizier, ich bin ein einfacher Bauernjunge.«

»Sainte-Croix«, sagte Lejeune und drehte sich zu Massénas Ordonnanz, »ich lasse Sie mit den Füsilieren übersetzen, aber den hier behalte ich« (*er zeigt auf Paradis*). »Er hat ein gutes Auge, das werde ich auf meinen Erkundungen brauchen können.«

»In Ordnung. Ich brauche nicht mehr als zweihundert Mann, um den Pontonniers Deckung zu geben.«

Paradis wußte nicht, wie ihm geschah.

»Wie heißt du?« fragte Lejeune.

»Füsilier Paradis, Herr Offizier, 2. Linienregiment, 3. Division General Molitor!«

»Du hast doch auch einen Vornamen, oder?«

»Vincent.«

»Also gut, Vincent Paradis, mir nach!«

Lejeune und seine Entdeckung hielten auf die Mitte der Insel zu, während Sainte-Croix den Befehl erteilte, die kleinen Boote vorsichtig von den Karren zu nehmen und flottzumachen. Ein paar Tirailleure, bis zum Oberschenkel im Wasser, hielten sie in der Strömung fest, damit die Kompanie hineinklettern konnte, ohne daß Pulver und Waffen naß wurden.

Hundert Meter weiter, auf einer Lichtung, die von Posten bewacht wurde, bauten weitere Männer das große Generalstabszelt auf, ein echtes Gemach aus Segeltuch, in dem Berthier die Befehle des Kaisers entgegennehmen und an seine Offiziere weitergeben sollte. Das Mobiliar stand noch im Gras, aber Berthier wartete nicht ab, bis alles an Ort und Stelle war, um die Operationen in die Hand zu nehmen. Er saß in einem Fauteuil im Freien, seine Adjutanten breiteten die Karten aus und beschwerten sie mit Steinen, damit sie nicht davonflogen. Vor Berthier nahmen die österreichischen Gefangenen der letzten Nacht Aufstellung, die er ausfragen wollte. Lejeune kam gerade rechtzeitig, um zu dolmetschen. Verloren inmitten der vielen Offiziere, wußte der Füsilier Paradis nicht recht, welche Haltung er einnehmen sollte, und er rang linkisch die Hände, hochrot vor Aufregung. Er hatte sich wichtig gefühlt, als Lejeune den Wachposten aufklärte, der sich ihm in den Weg stellte:

»Der gehört zu mir. Ein Aufklärer.«

»Seine Uniform sieht nicht danach aus, Herr Oberst.«

»Die kriegt er noch.«

›Wie könnte eine Aufklleruniform aussehen?‹ fragte sich Vincent Paradis.

Die Wangen von einem Dreitagebart bläulich gefärbt, schmutzig in ihrer zerrissenen hellen Uniform, blieben die sechzehn Österreicher, alle ohne Dienstrang, mitten auf der Lichtung stehen, unbeholfen, aneinandergedrückt wie Hühner, erstaunt, noch am Leben zu sein. Folgsam antworteten sie auf die Fragen Lejeunes, der sich in seiner Rolle sehr wohl fühlte und ihre Informationen nach und nach an Berthier weitergab:

»Sie gehören zum 6. Armeekorps von Baron Hiller.«

»Gibt es noch weitere Vorposten?« fragte der Generalstabschef.

»Davon wissen sie nichts. Sie sagen, daß das Gros der Truppen oben auf dem Bisamberg kampiert.«

»Das wissen wir. Wie viele?«

»Sie sagen, mindestens zweihunderttausend.«

»Maßlose Übertreibung. Die teilen wir durch zwei.«

»Sie sprechen von fünfhundert Kanonen.«

»Sagen wir dreihundert.«

»Interessanter ist, daß sie behaupten, die Armee des Erzherzogs Karl sei kürzlich durch Detachements aus Böhmen und zwei Regimenter ungarischer Husaren verstärkt worden.«

»Woher wissen sie das?«

»Die Ungarn haben Kundschafter zur Donau geschickt. Sie haben ihre Uniformen erkannt und sogar mit ihnen gesprochen.«

»Gut«, sagte Berthier. »Schickt sie nach Wien, sie können in unseren Spitälern mit anpacken.«

Wenig später, noch bevor sich Lejeune nach einer neuen Uniform für Vincent Paradis erkundigen konnte, davon ausgehend, daß er sie bekommt, kam die Nachricht, die kleine Brücke sei fertig. Die Kavallerie Lasalles und Espagnes Kürassiere sollten sie sogleich passieren, um die Dörfer auf dem linken Ufer zu besetzen, gefolgt vom Rest der Division Molitor. Lejeune sollte die Befehle weitergeben.

Er hielt sich jetzt am Kopf der in aller Eile errichteten Brücke, die in den Fluten hin und her schaukelte. Man hatte die Bretter verdoppelt, die meisten Stützpontons waren durch dicke Trossen mit dem Ufer verbunden, doch das Wasser stieg weiter, und allzuviel Improvisation mißfiel Lejeune. Aber was soll's, es schien zu halten. Die Jäger Lasalles passierten nach ihrem General die Brücke, er mit seiner unverwüstlichen Pfeife mit gebogenem Mundstück und dem buschigen Schnurrbart, und nach ihrer Ankunft am anderen Ufer zwangen sie ihre Pferde die Böschung hinauf, um zwischen den Bäumen zu verschwinden. Da war Espagne, großgewachsen, mit eckigem Gesicht, sehr blaß, die Wangen von einem dichten schwarzen Backenbart bedeckt, wie er seinen Kürassieren beim Überqueren der schwankenden Brücke zusah. Er schien besorgt, aber alles verlief reibungslos. Einer der Kavalleristen kreuzte absichtlich Lejeunes Blick. Der große Kerl mit dem roßschweifgeschmückten Helm und dem braunen Mantel war Fayolle, dem Lejeune neulich ins Gesicht geschlagen hatte, als er das Haus von Anna Krauss plünderte. Von der Masse mitgerissen, blieb Fayolle nichts anderes übrig, als die Stirn zu runzeln und nun seinerseits die kleine Brücke zu überqueren, um mit seiner Eskadron in das Dickicht der Uferböschung vorzudringen. Dann folgte, wie es der Plan des Kaisers vorsah, der nun von Berthier umgesetzt wurde, die Division Molitor, alle Mann hoch, ausgenommen Paradis, der froh darüber war und zusah, wie seine Kameraden von gestern nacht Geschütze von Hand vorwärtsbewegten. Der Füsilier klebte an den Rockschößen Lejeunes, weil er fürchtete, dieser würde ihn vergessen, und er wagte ein:

»Und was mach' ich, Herr Oberst?«

»Du?« fragte Lejeune, aber er hatte nicht die Zeit, weiterzusprechen: Auf dem linken Ufer ertönten Schüsse.

»Aha! Es geht los . . .«, sagte Kürassier Fayolle zu seinem Pferd und tätschelte ihm den Hals. Nein, nicht wirklich. Unsere Infanteristen hatten am Waldrand das Feuer auf Ulanen eröffnet, und man sah sie im Galopp in den grünen Saatfeldern fliehen. General Espagne schickte Fayolle und zwei seiner Kameraden hinterher, das Terrain zu sondieren. Zwar hatten die Dorfbewohner Aspern und Eßling verlassen, man hatte ihre Flucht mit dem Fernglas verfolgen können, ihre überladenen Fuhrwerke, ihr Vieh, ihre Kinder; aber vielleicht waren noch ein paar Freischärler zurückgeblieben, die ihnen nun auflauerten, um aus dem Hinterhalt auf sie zu schießen. Fayolle und die beiden anderen durchkämmten im Schritt die Gegend, die von Wiesen, einzelnen Baumgruppen und Wasserlachen übersät war, gelegentlich von Hochwäldern geschützt wurde, selten offen dalag. Zuerst erreichten sie Aspern, das sich bis zum Fluß hinunter ausdehnte; zwei breite Straßen führten hinein zu einem kleinen Platz vor dem viereckigen Glockenturm der Kirche. Sie fürchteten vor allem die kleinen Querstraßen hinter den niedrigen gleich gebauten Steinhäusern, mit einem Hof nach vorne und einem von Hecken umgebenen Garten nach hinten. Die Kirche war von einer Mauer umgeben, hinter der man vor Schützen in Deckung gehen konnte, nicht jedoch vor Kanonen; an den Friedhof grenzte ein mächtiges Haus mit einem Garten, der von einer Ziegelmauer eingeschlossen war, es diente anscheinend als Pfarrhaus. Sie registrierten diese Details. Beim Herannahen der Pferde flogen ein paar Vögel auf. Sonst nichts, kein menschlicher Laut. Die Kürassiere sahen sich noch ein wenig um, nahmen vor allem die Fenster in Augenschein und stießen dann auf eine Patrouille von Lasalles Jägern, denen sie das Auskundschaften des Ortes überließen, um sich selbst zum benachbarten Kirchturm von Eßling aufzumachen, den man im Osten in ungefähr fünfzehnhundert Meter Entfernung erkennen konnte. Sie preschten über freies Feld und wichen dabei den Wasserlöchern aus.

Fayolle erreichte als erster das verlassene Dorf.

Eßling ähnelte dem vorhergehenden Dorf, war etwas kleiner, mit einer einzigen Hauptstraße und Häusern, die weniger dicht zusammenstanden, aber ganz ähnlich aussahen. Man brauchte seine Augen überall, mußte dem geringsten ungewöhnlichen Laut nachgehen. Es war sicherlich nichts zu befürchten, aber diese Geisterdörfer riefen ein Unbehagen hervor. Fayolle versuchte, sie im Geiste mit Leben zu füllen, mit Männern und Frauen unter den Eichen der Allee und in den Gärten, über das Gemüse gebeugt. Hier mußte es einen Markt gegeben haben, da waren ein paar Ställe, dort ein Speicher. ›Nun‹, sagte er sich, ›und wenn ich die Speicher visitiere? Bestimmt haben sie nicht alles mitgenommen.‹ In diesem Augenblick traf ein Sonnenstrahl seinen Helm und sein Auge. Er hob den Kopf und blickte zum zweiten Stock eines weißen Hauses. War der Sonnenstrahl von den Fensterscheiben zurückgeworfen worden, oder hatte sich jemand versteckt und ein Fenster aufgestoßen? Nichts regte sich. Er übergab einem seiner Kameraden sein Pferd und versuchte gemeinsam mit dem anderen, die Holztür zu öffnen. Die Tür war verriegelt. Vergeblich trat er mit dem Fuß gegen das Schloß, das standhielt, kehrte dann zurück, um seine Pistole aus dem Halfter zu holen und das feste Schloß zu sprengen.

»Nicht gerade unauffällig«, sagte der andere Kürassier mit Namen Pacotte.

»Wenn hier jemand ist, hat er uns gesehen. Wenn es nur eine Katze oder eine Eule war, kann es uns egal sein!«

»Na ja, daraus machen wir einen schönen Braten.«

Sie waren ganz auf der Hut, als sie das Haus betraten, die entsicherte Pistole in der einen Faust, den Säbel in der anderen. Fayolle stieß mit der Schulter die Fensterläden auf, um besser sehen zu können. Das Zimmer war spärlich möbliert, ein klobiger Tisch, zwei Rohrstühle, eine offene, leere Holztruhe, Asche im Kamin. Die Asche war kalt. Eine steile Treppe führte nach oben.

»Gehen wir hinauf?« fragte Fayolle den Kürassier Pacotte.

»Wenn es dir Spaß macht.«

»Hörst du was?«

»Nein.«

Fayolle verharrte reglos. Er hatte etwas knarren hören, eine Tür oder eine Diele.

»Das ist der Wind«, sagte Pacotte, jetzt mit leiserer Stimme. »Ich kann mir nicht vorstellen, daß jemand die Idee hatte, in diesem Rattenloch zu bleiben.«

»Eine Ratte eben«, sagte Fayolle. »Sehen wir nach . . .«

Er setzte den Fuß auf die erste Stufe, zögerte, spitzte die Ohren. Pacotte stieß ihn an, sie stiegen hinauf. In dem dunklen Zimmer oben konnte man nur undeutlich ein Bett erkennen. Fayolle tastete sich an der Wand entlang, bis er mit den Fingern das Fenster fand und mit dem Ellbogen zerbrach, woraufhin er den Fensterladen öffnen konnte, ohne seinen Säbel aus der Hand zu legen. Er drehte sich um. Sein Kamerad war oben angelangt. Sie waren allein. Pacotte zog eine niedrige Tür auf, und Fayolle bückte sich, um in das Zimmer nebenan zu treten, als jemand über ihn herfiel. Er wehrte sich und hörte, wie ein Messer über das Metall seines Bauchgurtes schrammte, nachdem es seinen braunen Mantel durchschnitten hatte; er stieß seinen Angreifer mit den Armen gegen die Wand; im Halbdunkel rammte er ihm seinen Säbel in den Bauch; so wenig er auch sah, spürte er nun, wie das warme Blut über seine Hand lief, die die Waffe im Körper des anderen festhielt, der von Krämpfen geschüttelt wurde; dann zog er blitzschnell den Säbel heraus, und sein Gegner ging zu Boden. Kürassier Pacotte war indes herbeigeeilt und hatte das Fenster geöffnet, um die Szene zu beleuchten: Ein dicker glatzköpfiger Mann in Lederhosen lag röchelnd am Boden, das Blut kam stoßweise aus seinem Mund, die weißen Augen glichen geschälten hartgekochten Eiern.

»Nicht übel, die Schnürstiefel, oder, Fayolle?«

»Die Jacke auch, ein bißchen kurz, aber dieses Schwein hat sie besudelt!«

»Ich will die Hosenträger. Aus Samt, alle Achtung ...«

Und er bückte sich, um sie an sich zu nehmen, da fuhren sie zusammen. Hinter ihnen hatte jemand einen unterdrückten Schrei ausgestoßen. Es war ein Bauernmädchen in kurzem Faltenrock, das in einer Ecke hinter einem Bettpfosten kauerte. Sie hielt sich beide Hände vor den Mund, ihre schwarzen Augen waren aufgerissen. Kürassier Pacotte legte das Gewehr an und zielte auf das Mädchen, aber Fayolle drückte seinen Arm nach unten:

»Hör auf, du Idiot! Nicht nötig, sie umzubringen, zumindest nicht gleich.«

Er geht auf sie zu. Von seinem Degen tropft Blut. Die Österreicherin krümmt sich. Fayolle hält ihr die Säbelspitze unter das Kinn und befiehlt ihr, aufzustehen. Sie bewegt sich nicht. Sie zittert.

»Sie versteht nur ihre Mundart, Fayolle. Wir müssen ihr helfen.«

Pacotte ergreift ihren Arm, um sie an der Wand aufzurichten, gegen die sie sich mit wackeligen Knien stützt. Die beiden Soldaten betrachten sie eingehend. Pacotte pfeift vor Bewunderung, sie ist ganz nach seinem Geschmack gebaut. Fayolle dreht seinen Säbel herum und wischt die Rückseite am blauen Mieder des Bauernmädchens ab, dann sprengt er mit der Schneide die Silberknöpfe, zerreißt das Spitzentuch, löst anschließend mit einem Griff ihre Haube. Die Haare der Österreicherin fallen ihr auf die Schultern, sie schimmern goldbraun wie indische Seide, glatt und glänzend.

»Bringen wir sie zu den Offizieren?«

»Bist du verrückt!«

»Hier sind vielleicht noch mehr von diesen verfluchten Kuhbauern, die uns mit Messern und Sensen auflauern.«

»Laß uns überlegen«, sagte Fayolle, während er den Unterrock und die Reste des Tuchs zerriß. »Hast du schon mal eine Österreicherin gehabt?«

»Bis jetzt noch nicht. Nur Deutsche.«

»Die Deutschen sagen nie nein.«

»Da hast du recht.«

»Und die Österreicherinnen?«

»Ihrem Gesichtsausdruck nach wird sie uns mindestens nein sagen, wenn nicht noch mehr.«

»Meinst du?« (*Zu dem Mädchen*:) »Sind wir nicht prächtige Kerle?«

»Machen wir dir angst?«

»Das heißt«, sagte Fayolle glucksend, »wenn ich sie wäre, würde mir deine Fratze auch Angst einjagen!«

Draußen rief der dritte Kürassier nach ihnen, und Fayolle stürzte ans Fenster:

»Schrei nicht so! Hier gibt es Heckenschützen ...«

Mitten im Satz hielt er inne. Der Kürassier unten war nicht allein. Ein Geklirre, Staub, Stiefelgetrampel, die Kavallerie hatte Eßling besetzt, und General Espagne höchstpersönlich wartete vor dem Haus:

»Habt ihr welche aufgespürt?« fragte er.

»Allerdings, Herr General«, sagte Fayolle. »Hier ist ein ganz Dicker, der mich bei lebendigem Leib zerhakken wollte.«

Kürassier Pacotte zog die Leiche des Bauern zum Fenster, legte sie auf das Fensterbrett und stieß sie hinunter. Die Leiche schlug wie ein weiches Bündel unten auf, und Espagnes Pferd machte einen Satz zur Seite.

»Sind da noch mehr?«

»Wir haben nur diesen außer Gefecht gesetzt, Herr General . . .«

Zwischen den Zähnen zischte Fayolle seinem Kameraden zu:

»Was bist du dämlich. Wir hätten wenigstens seine Schnürstiefel behalten können, die sahen ganz stabil aus, besser als meine Leinenschuhe jedenfalls . . .«

»Ihr zwei da oben!« rief der General erneut. »Kommt herunter! Wir müssen alle Buden durchgehen und das Dorf von Feinden säubern!«

»Zu Befehl, Herr General!«

»Und das Mädchen?« wandte Pacotte sich an Fayolle.

»Die halten wir uns warm.«

Bevor sie sich der Eskadron wieder anschlossen, rissen Fayolle und sein Kamerad den blauen Unterrock und das Spitzentuch in schmale Streifen, um das Bauernmädchen damit anzubinden; sie stopften ihr die Haube in den Mund und machten sie im Nacken mit den samtenen Hosenträgern fest, die sie dem Toten abgenommen hatten. Dann stießen sie sie auf die Roßhaarmatratze. Bevor sie sich davonstahlen, küßte Fayolle sie auf die Stirn:

»Sei brav, mein Täubchen, und mach dir keine Sorgen. Bei deiner Figur können wir dich nicht vergessen. He! Unsere Kriegsbeute hat eine glühendheiße Stirn . . .«

»Hat wohl Fieber.«

Lauthals lachend gesellten sie sich zu ihren Kameraden.

Vincent Paradis hantierte mit ein paar glühenden Holzscheiten:

»Man braucht bloß zu blasen, dann fangen sie wieder an zu brennen, Herr Oberst.«

»Sie haben uns gesehen und haben sich verzogen . . .«

»Glaub' ich nicht. Wir sind nur zu zweit. Sie waren viel mehr. Schauen Sie sich an, wie sie mit ihren Pferden das Gestrüpp niedergetrampelt haben.«

Mit seinem neuen Aufklärer hatte Lejeune die Erkundung bis hinter die Dörfer getrieben und witterte hinter jeder Baumgruppe Spione.

»Das waren bestimmt die Ulanen von vorhin, die da getürmt sind«, sagte er.

»Oder andere, die nicht weit sind. In dieser Gegend ist es leicht, sich zu verstecken.«

Ein Rascheln im Laub versetzte sie in Alarm, und Lejeune entsicherte die Pistole.

»Haben Sie keine Angst, Herr Oberst«, sagte Paradis. »Das war nur ein Tier, das auf die Buche geklettert ist. Es hat sich mehr erschrocken als wir.«

»Hast du Angst?«

»Noch nicht.«

»Dabei siehst du nicht aus, als würdest du dich in deiner Haut wohl fühlen.«

»Ich mag es nicht, Getreide zu zertrampeln.«

Lejeune hatte sich ein Artilleriepferd geborgt, um seinen Schützling in der Füsilieruniform darauf zu setzen. Er musterte ihn und sagte:

»Morgen werden wir uns in dieser grünen Ebene gegenseitig mit Kanonen umbringen. Es wird viel Rot zu sehen sein, und keineswegs von Blumen. Wenn der Krieg zu Ende ist . . .«

»Wird es einen anderen geben, Herr Oberst. Der Krieg wird nie zu Ende gehen, bei unserem Kaiser.«

»Du hast recht.«

Sie machten kehrt und ritten nach Eßling zurück, nicht überstürzt, aber stets wachsam. Lejeune hätte sich mit seinem Skizzenheft gern mehr Zeit gelassen, um die liebliche, menschenleere Landschaft einzufangen. Im Dorf strömten weitere Truppen herbei. Auf dem Platz vor der Kirche erkannte Lejeune Sainte-Croix und einige von Massénas Offizieren. Der Marschall konnte nicht weit sein. Tatsächlich besichtigte er den öffentlichen Speicher. Am Ende einer mit Eichen gesäumten Allee stand der Speicher drei Stockwerke hoch, aus Ziegel- und Quadersteinen, durch einen von einer Mauer eingefaßten Garten mit einem großen Bauernhof verbunden; er hatte ein paar Dachluken, Giebel mit runden, vergitterten Öffnungen, hinter denen sich Tirailleure in den Hinterhalt legen könnten.

»Ich habe achtundvierzig Fenster gezählt«, berichtete Masséna Lejeune. »Die Mauern sind mehr als einen Meter dick, die Türen und Fensterläden mit Blech verstärkt: Solide Arbeit ist das. Wenn es soweit sein sollte, könnten wir uns dahinter verschanzen und die Stellung halten. Sehen Sie hier, Lejeune, ich habe genaue Messungen vornehmen lassen. Überbringen Sie dem Generalstabschef die Daten . . .«

Masséna drückte dem Oberst das Papier in die Hand, das dieser kurz überflog: Das Gebäude war sechsunddreißig Meter lang und zehn Meter breit, die Fenster im Erdgeschoß befanden sich einen Meter fünfundsechzig über der Erde . . .

»Bleiben Sie in Eßling, Herr Herzog?«

»Ich habe keine Ahnung«, sagte Masséna, »aber auf dieser Uferseite, soviel ist sicher. Bis wohin sind Sie vorgedrungen?«

»Zu diesen Buchen dort hinten.«

»Und? Was erwischt?«

»Spuren, aber keinen Menschen.«

»Tja, Lasalle sagt das gleiche. Espagne auch. Seine Kürassiere haben einen einzigen getötet, aber weshalb ist dieser Dummkopf auch geblieben? Ich rieche Österreicher überall um uns herum, und ich habe eine Nase dafür!«

Masséna trat näher und flüsterte Lejeune ins Ohr: »Haben Sie die Information für mich eingeholt?«

»Welche, Herr Herzog?«

»Tölpel! Die Millionen der Genuesen, natürlich!«

»Daru behauptet, daß es sie nicht gibt.«

»Daru! Natürlich! Dieser Lügner heimst alles ein, was glänzt! Wie eine Elster! Daru brauchen Sie nicht zu fragen! Sie können gehen.«

Masséna kehrte brummend in den öffentlichen Speicher zurück.

Im Haupthof von Schönbrunn saß Daru auf einer Wagenachse, öffnete aufs Geratewohl einen Sack vom ersten Karren des Konvois und schrie wutentbrannt:

»Gerste!«

»Es gibt keinen Hafer mehr, Herr Graf«, sagte ein Adjunkt ganz verlegen.

»Gerste! Unmöglich! Die Kavallerie braucht Hafer!«

»Das Getreide steht noch nicht hoch genug, wir haben nur Gerste gefunden.«

»Wo bleibt Monsieur Beyle? Es war seine Aufgabe, zum Teufel noch mal!«

»Ich vertrete ihn, Herr Graf.«

»Und der Faulpelz selbst?«

»Sicher im Bett, Herr Graf.«

»Und mit wem, bitte schön?«

»Sein übliches Fieber, Herr Graf, hier habe ich ein Attest, das ich Ihnen aushändigen soll ...«

Daru riß das Schreiben auf und las eine ordnungsgemäße Beurlaubung, unterzeichnet von Carino, einem deutschen Arzt, und gegengezeichnet vom obersten

Chirurgen der Garde. Da er nichts dagegen einwenden konnte, rang Daru nach Luft, nahm eine Handvoll Gerste und warf sie dem Adjunkt ins Gesicht:

»Dann fressen unsere Pferde eben Gerste! Verschwinden Sie!«

Und er gab dem Konvoi ein Zeichen, sich Richtung Lobau in Bewegung zu setzen.

Wieder einmal hatte Henri also schlimme Migräneanfälle, die er mit Belladonna behandelte, im Grunde aber litt er an Syphilis, dieser Geschlechtskrankheit, für die es kein anderes Wort gab, die schmerzhaft war, aber nicht schwer, über die man unter Burschen lächelte, die einen aber bei den Damen in Verlegenheit brachte. Dieses Übel, an das er sich schließlich gewöhnt hatte, hielt ihn jedoch nicht davon ab, seinerseits andere Schlachten zu schlagen, denn er war nicht im Bett, trotz seiner ständigen Müdigkeit und seiner unangenehmen Schweißausbrüche: Er wartete unweit vom Prater in einem verfallenen Jagdpavillon, nicht weit von seltsamen Bauten, die die Gotik imitierten. Vor wenigen Monaten hatte er sich in Paris in eine Komödiantin verliebt, Valentina, die sich privat schlicht Louise nannte. Sie war wie viele ihrer Genossinnen den Truppen bis nach Wien gefolgt. Henri hatte diese Verabredung getroffen, um mit ihr zu brechen, da er einzig von Anna Krauss träumte, und seine Fieberanfälle diese neue Liebe lodern ließen. Wie konnte er Valentina loswerden? Sie wurde allmählich lästig. Henri wollte völlig frei sein. Wie sollte er ihr das Ende beibringen? Brutal? Das war nicht seine Stärke. Mit gespieltem Überdruß? Eiskalt? Henri fing an, in sich hineinzulächeln. Wie eifersüchtig er auf Valentina gewesen war! Er fragte sich, wie er es hatte riskieren können, sich mit ihrem offiziellen Liebhaber zu duellieren, einem zähen Hauptmann der berittenen Artillerie: Auch damals hatten ihn seine Migräneanfälle vor einer Verletzung oder einer peinlichen Blöße bewahrt. Valentina verspätete sich. Vielleicht hatte sie ihn vergessen? Sie war ihm diesen Winter im Pariser Theater Feydeau aufgefallen; sie sang in *L'Auberge de Bagnières*, einer erfrischenden, unprätentiösen Opéra-comique der Herren Jalabert und Catel:

> Mein Mäntelchen hatt' ich genommen,
> Mein Kleid aus amarantrotem Krepp bestícht,
> Rote Stola, rote Schuhe hatt' ich bekommen,
> Sie rückten meine Kleidung recht ins Licht.

Sie kam in einer Kalesche, fast wie in ihrem Lied gekleidet, das heißt genauso leicht, aber ihr Kreppkleid war hortensienblau, sie trug Halbstiefel aus Satin, ein besticktes Kleid, und aus ihrem schwarzen Samthäubchen ragten zwei lange Federn heraus. Ihre braunen Haare kringelten sich an den Schläfen. Blaß, wie die Mode es verlangte, aber rundlich, zog sie die Nase kraus, wackelte mit den Hüften und lachte, wobei sie kokett ihre makellosen Zähne zeigte.

»Amore mio!« sagte sie in einem Italienisch, das sich mit ihrem Vorortakzent vermischte.

»Valentina ...«

»Es ist soweit! Das Theater am Kärntner Tor wird wiedereröffnet, und das an der Wien ebenfalls!«

»Valentina ...«

»Ich werde dort spielen, Henri! Ein Traum! Ich auf der Bühne, hier, in der Hauptstadt des Theaters! Kannst du dir das vorstellen, mein Hase?«

Und wie sich der Hase das vorstellen konnte, aber es gelang ihm nicht, auch nur einen Satz anzubringen, und er besaß nicht den Mut, den Überschwang der hübschen Schauspielerin zu dämpfen.

»Dort gibt es vier Reihen mit Logenplätzen! Und das Bühnenbild wechselt vor den Augen der Zuschauer! Auf der Bühne wird sogar der Ausbruch des Vesuvs zu sehen sein!«

»Eine Oper über Pompeji?«

»Wo denkst du hin, wir spielen *Don Juan*.«

»Von Mozart?«

»Von Molière, Mensch!«

»Aber Valentina, du bist doch vor allem Sängerin.«

»Das Stück wird von Anfang bis Ende gesungen, mein Dickerchen.«

»*Don Juan*? Von Molière?

»Genau, du Dummerchen!«

Henri verzog das Gesicht. Er fand sich keineswegs dumm und verabscheute Anspielungen auf sein Gewicht. Er rettete sich in ein Ausweichmanöver, im Glauben, daß Flucht zuweilen die eleganteste Lösung sei, zumindest in Liebesdingen. Er klapperte mit den Zähnen, zitterte vor Kälte trotz der angenehm lieblichen Maiwärme, und das wollte er sich zunutze machen. Er fuhr sich mit dem Taschentuch über die Stirn, und sein schmerzverzerrtes Gesicht war kaum gespielt:

»Valentina, ich bin krank.«

»Ich werde dich pflegen!«

»Nein, nein, du mußt die Liedertexte für Molière lernen.«

»Das schaffen wir schon. He, du kannst mir beim Auswendiglernen helfen!«

»Ich will dir kein Klotz am Bein sein.«

»Mach' dir darüber keine Sorgen, mein Hase, ich bin tüchtig genug, um zwei Dinge gleichzeitig zu bewältigen, meine Karriere und dich, ich meine: dich und meine Karriere!«

»Davon bin ich überzeugt, Valentina...«

»Einverstanden?«

»Nein.«

»Mußt du weg aus Wien?«

»Das ist gut möglich.«

»Nun gut, dann geh ich mit dir!«

»Aber nimm doch Vernunft an...«

›Was bin ich aber auch für ein Esel‹, dachte Henri in dem Moment, als er das aussprach, ›wie konnte man nur an Valentinas Vernunft appellieren? Alles andere hatte sie, nur das nicht.‹ Er verstrickte sich immer mehr. Je bemitleidenswerter er sich gab, um so aufmerksamer und liebevoller wurde sie. In sämtlichen Kirchen begannen die Glocken zu läuten.

»Fünf Uhr schon!« sagte Valentina.

»Sechs«, log Henri, ich habe mitgezählt...«

»Oh, dann bin ich ja schrecklich spät dran!«

»Beeil dich, du mußt schnell zur Anprobe und deine Rolle lernen.«

»Ich nehme dich in meiner Kutsche mit!«

»Nein, ich nehme dich mit.«

Henri setzte die Schauspielerin in Wien vor dem Theater ab, in dem sie aufzutreten hoffte. Bevor sie sich trennten, umarmte sie ihn stürmisch; er schloß die Augen und beantwortete ihren Kuß, indem er sich die Lippen einer anderen vorstellte, die er allzusehr liebte und von der er nur allzuweit weg war. Valentina eilte zum Eingang des Theaters und drehte sich in der Säulenhalle noch einmal kurz um, um ihm mit ihrer behandschuhten Hand ein letztes Mal zuzuwinken. Henri seufzte. ›Was bin ich für ein Feigling!‹ dachte er, dann gab er dem Kutscher die Adresse zu dem rosafarbenen Haus in der Jordangasse, wo er seit drei Nächten logierte. Er vergaß den Krieg und sein Leiden, seine Freunde, er träumte nur noch von Fräulein Krauss, die alle denkbaren Vorzüge in aller Vollkommenheit in sich vereinte. Er sah sie jede Sekunde vor sich. Er, der Cimarosa über alle anderen Musiker stellte, hatte sich vergangene Woche dabei ertappt, wie er plötzlich Mozart vor sich hin summte: Anna und ihre Schwestern spielten ihn abends auf der Geige ganz allein für ihn in ihrem großen leeren Salon.

Auf der Insel Lobau gab es nur ein einziges Steinhaus, ein ehemaliger Treffpunkt, wo die Habsburger Prinzen vor plötzlichen Gewittern Zuflucht suchten. Monsieur Constant schichtete in der oberen Etage Holzscheite im Kamin. Diener putzten, fegten, plazierten Möbel, die im geschlossenen Wagen vom benachbarten Ebersdorfer Schloß herbeigeschafft worden waren, wo der Kaiser die Nacht verbracht hatte. Die Köche packten ihre Töpfe und Spieße aus, den obligatorischen Parmesan, den Seine Majestät zu allem nahm, seine Lieblingsmakkaroni, seinen Chambertin. Zwei Lakaien stellten das Eisenbett auf. Die Kammerdiener überwachten alles und trieben die Vorbereitungen voran:

»Beeilt euch!«

»Das Geschirr! Die Leuchter!«

»Den Teppich hier rauf, die Treppe hoch!«

»Bedaure, Herr Marschall, aber das ist das Haus des Kaisers!«

Marschall Lannes war zwar weniger vollendet gekleidet, aber um ein vielfaches größer und um ein vielfaches stärker als der Kammerdiener, der ihm den Weg verstellte; er packte ihn am versilberten Revers seiner Uniform und stieß ihn heftig zur Seite. Constant kam angelaufen, als er den Diener kreischen und den Marschall schelten hörte, dessen durchdringende Stimme er kannte. Gegen solche Unverfrorenheit kam niemand an, und Lannes quartierte sich in einem niedrigen, mit Stroh ausgelegten Raum im Erdgeschoß ein. Er nahm sogar einen Leuchter, einen Stuhl und einen Tisch an sich, auf den er seinen Säbel und seinen federgeschmückten Zweispitz warf. Lannes war berüchtigt für seine unterdrückte Wut, die ihm die Röte ins Gesicht trieb; ansonsten blickte er friedlich drein, hatte ein eckiges Gesicht und helle Haare mit kurzen, gelockten Strähnen. Trotz seiner vierzig Jahre hatte er noch keinen Bauch und hielt sich aufgrund seines steifen Nackens, einer Verletzung, die er sich bei Akko zugezogen hatte, gerade ... Er wurde daran erinnert, wenn die alte Wunde ihn zwang, eine Hand auf den Nacken zu legen ... Beim zwölften Angriff auf die Zitadelle war es passiert; er hatte die Umzäunung mit seinen Grenadieren im Sturmschritt genommen. Sein Freund, General Rambaud, war fast bis zum Serail des Djezzar-Pascha vorgedrungen, hatte aber nicht die gewünschte Verstärkung erhalten; er hatte sich mit seinen Mannen in einer Moschee verbarrikadiert. Lannes sah die Gräben vor sich, gefüllt mit den Leichen der Türken. General Rambaud war gefallen. Ihn selbst hatte ein Kopfschuß getroffen, und man hatte ihn für tot gehalten. Am nächsten Tag stieg er wieder in den Sattel und führte seine Soldaten zu den Hügeln Galiläas ...

Der Marschall war müde von fünfzehn Jahren der Schlachten und Gefahren. Er hatte gerade die schreckliche Belagerung von Saragossa hinter sich. Reich wie er war, verheiratet mit der schönsten und zartesten Herzogin am Hofe, der Tochter eines Senators, hätte er sich am liebsten mit der ganzen Familie in seiner

Gaskogne zur Ruhe gesetzt und seine Söhne heranwachsen sehen. Er war es leid, immer wieder loszuziehen, ohne je zu wissen, ob er noch einmal anders als in einer Kiste zurückkehren würde. Weshalb verweigerte ihm der Kaiser diese Ruhe? Gleich ihm sehnten sich die meisten Marschälle nach einem friedlichen Landleben. Aus den ehemaligen Abenteurern wurden mit der Zeit Spießbürger. Davout baute in Savigny Strohhütten für seine Rebhühner und kroch auf allen vieren, um sie mit Brot zu füttern; Ney und Marmont liebten die Gartenarbeit; MacDonald und Oudinot fühlten sich nur noch im Kreise ihrer Dorfbewohner wohl; Bessières ging auf seinen Ländereien in Grignon auf die Jagd, wenn er nicht mit seinen Kindern spielte. Masséna sagte von seinem Gut in Rueil, von dem aus man einen direkten Blick auf das nahegelegene Malmaison hatte, wohin sich der Kaiser zurückzuziehen pflegte: »Von hier aus kann ich auf ihn runterpinkeln!« Auf einen Befehl hin hatten sie sich nach Österreich begeben, als Anführer bunt zusammengewürfelter, junger Truppen, die keinen rechten Drang verspürten zu töten. Das Kaiserreich verfiel allmählich und war doch kaum fünf Jahre alt. Sie spürten es, und noch gehorchten sie.

Lannes' Wut verflog schnell wieder, und er war dem Kaiser von neuem zugeneigt. Einmal schrieb er seiner Frau, der Kaiser sei sein größter Feind: »Er liebt dich nur zum Schein, wenn er dich braucht«; dann überschüttete ihn der Kaiser mit Gunstbezeugungen, und sie fielen sich gegenseitig in die Arme. Ihre Schicksale blieben miteinander verknüpft. Es war nicht lange her, da hatte sich der Kaiser an den steilen Abhängen einer spanischen Sierra an seinen Arm geklammert. Zu Fuß unterwegs im Schnee, den der Sturm ihnen ins Gesicht peitschte, rutschten sie mit ihren hohen Lederstiefeln ab. Gemeinsam hatten sie ein Kanonenrohr bestiegen und wurden von den Grenadieren wie auf einem Schlitten zum Paß von Guadarrama hochgezogen. Bewegende Erinnerungen mischten sich mit Alpträumen. Lannes bedauerte zuweilen, daß er nicht Färber geworden war. Er war früh zu den Fahnen geeilt. Er war aufgefallen durch seine Kühnheit in der Alpenarmee, die unter Augereaus Kommando stand, ganz zu Beginn des Abenteuers ... Zusammengekauert im Stroh, dachte er gerade an hundert widersprüchliche Episoden in seinem Leben, als Berthier das Zimmer betrat:

»Wenn es irgendwo Krach gibt, bist du beteiligt.«

»Du hast recht, Alexandre, schick mich in Arrest, damit ich in Ruhe schlafen kann!«

»Seine Majestät betraut dich mit der Kavallerie.«

»Und Bessières?«

»Er wird dir unterstellt.«

Lannes und Bessières haßten sich genausosehr wie Berthier und Davout. Der Marschall lächelte, und seine Laune änderte sich:

»Soll er nur angreifen, der Erzherzog! Wir werden ihn mit dem Säbel empfangen!«

In diesem Augenblick kamen Périgord und Lejeune, völlig außer Atem, um dem Generalstabschef zu verkünden:

»Die kleine Brücke ist gebrochen!«

»Wir sind vom linken Ufer abgeschnitten. Dreiviertel der Truppen sitzen auf der Insel fest.

Eine Mondsichel erleuchtete schwach die Hauptstraße von Eßling, aber unter den Bäumen auf dem Weg zum öffentlichen Speicher, auf dem Vorplatz und an den Feldrändern hatte der Kaiser Biwakfeuer zugelassen:

Der Feind sollte ruhig wissen, daß die Grande Armée die Donau überquert hatte, das sollte ihn ermuntern, wie vom Schlachtplan vorgesehen, anzugreifen, auch wenn der Erzherzog Karl für seine Zurückhaltung in der Offensive bekannt war. So loderten rundherum Flammen auf. Marketenderinnen füllten die Becher randvoll mit Schnaps und erhielten von verschiedenen Seiten einen Klaps auf die runden Hintern, schmutzige Lieder wurden angestimmt, die Rationen verschlungen, es wurde gescherzt, um sich Mut vor der Schlacht am nächsten Tag zu machen. Die Männer hatten ihre Kürasse abgelegt und ihre roßschweifgeschmückten Helme abgesetzt, die im Feuerglanz rötlich schimmerten. Sie richteten sich darauf ein, gleich ihren Pferden, unter freiem Himmel zu schlafen, beschützt von ein paar wenigen Wachposten, die die Ebene absuchten, ohne etwas zu sehen, und die zumeist leicht angetrunken waren. Einzelne hatten etwas Mehl aufgespürt, eine Flasche, eine Ente, Kleinigkeiten nur, denn die Dorfbewohner hatten fast alles mitgenommen, ihr Federvieh, ihre Fässer, ihr Korn. Die Kürassiere hausten allein im Dorf. Masséna war vor Einbruch der Dunkelheit nach Aspern zurückgekehrt, zur kleinen Brücke, die von den Fluten zerstört worden war und die die Pioniere im Licht der Fackeln reparierten, im eiskalten, aufgewühlten Wasser, das sie durchnäßte, mit Schlamm bespritzte und ihre Finger abfrieren ließ.

Gemeinsam mit General Espagne hatten die Offiziere für die Nacht in der Kirche von Eßling Zuflucht gesucht; mit der bemalten Holzbalustrade, die das Kirchenschiff teilte, beschickten sie die Kohlenbecken, die qualmten und an den Wänden infernalische Silhouetten zeichneten. In seinem Mantel auf den Altar gestützt, stand Espagne ein wenig abseits, und die Gestalten an den Wänden, die im Feuerschein zitterten, beruhigten ihn keineswegs. Seit Wochen plagten ihn dunkle Vorahnungen. Er mochte diesen Feldzug nicht. Furchtlos, aber wie ein zum Tode Verurteilter, schwieg er und dachte an sein Ende. Die Kürassiere kannten die abergläubischen Vorstellungen, die ihren General in Angst und Schrecken versetzten, auch wenn sie seiner ernsten Miene nicht zu entnehmen waren. Jeder einzelne respektierte sein Schweigen. Jeder rief sich seine seltsame Geschichte in Erinnerung ...

Die Soldaten Fayolle und Pacotte hatten aus dem gleichen Napf eine dickliche, undefinierbare Suppe gelöffelt, die den Bauch wenigstens füllte. Sie unterhielten sich gerade über ihren General. Pacotte wußte von nichts, er war noch nicht lange genug im Regiment; Fayolle hingegen kannte sich aus:

»Es war im Schloß von Bayreuth. Wir kommen spät an, er ist müde, legt sich schlafen. Ich war nicht weit, im Treppenhaus mit den anderen, plötzlich hören wir Schreie, mitten in der Nacht.«

»Hat jemand versucht, den General zu ermorden?«

»Warte! Sie kamen tatsächlich aus seinem Zimmer, und die Ordonnanzoffiziere eilen herbei, ich mit den Wachposten hinterdrein. Die Tür ist von innen verschlossen. Wir nehmen ein Sofa als Prellbock und brechen sie auf...«

»Und dann?«

»Warte! Was sehen wir da?«

»Was siehst du da?«

»Das Bett lag umgekippt im Raum, der General darunter.«

»Und er schreit.«

»Nein, er ist bewußtlos. Unser Arzt macht ihm schnell einen Aderlaß, wir sehen ihn an, er öffnet die

Augen, voller Entsetzen, er sieht uns an, er ist kreidebleich, er braucht ein Beruhigungspulver. Dann sagt er, halt dich gut fest, Pacotte, er sagt: ›Ich habe ein Gespenst gesehen, das mir die Kehle durchschneiden wollte!‹«

»Oh?«

»Hör auf zu lachen, Idiot. Bei seinem Kampf mit dem Gespenst ist das Bett umgestürzt.«

»Das glaubst du?«

»Wir bitten ihn, sein Gespenst zu beschreiben, was er bis ins Detail macht, und weißt du, was es war, he? Nein, du weißt es nicht. Ich werd's dir sagen. Es war die Weiße Dame der Habsburger!«

»Wer ist das?«

»Sie geht in den Wiener Palästen um, wenn ein Prinz des Hauses Habsburg sterben muß. Drei Jahre zuvor war sie in Bayreuth erschienen. Prinz Ludwig von Preußen hatte mit ihr gekämpft, wie unser General.«

»Und ist er daran gestorben?«

»Jawoll, Mössiö! Bei Saalfeld, ein Husar hat ihm den Hals durchbohrt. Der General war leichenblaß, ganz leise sagte er: ›Ihr Erscheinen verheißt mir einen baldigen Tod‹, und er legte sich anderswo schlafen.«

»Glaubst du an das alberne Gerede?«

»Das werden wir morgen sehen.«

»Du glaubst also dran, Fayolle!«

»Gut jetzt! Ich habe doch gesagt, daß wir abwarten müssen, um sicher zu sein.«

»Und wenn der General getötet wird?«

»Und wir?«

»Wir, das wäre Pech . . .«

Pacotte blieb dem Vorfall gegenüber sehr skeptisch. In Ménilmontant, wo er herkam, glaubte man nicht so sehr an derart albernes Zeug. Als Schreinerlehrling zum Zeitpunkt seiner Einziehung war er an das Konkrete gewöhnt: Tischbeine drechseln, Bretter annageln und seinen Lohn in Tanzlokalen verprassen. Er klopfte Fayolle, den die Geschichte sehr mitnahm, auf den Rücken:

»Wir sollten mal auf andere Gedanken kommen, Alter. Wie wär's, wenn wir unserer Österreicherin einen Besuch abstatten würden? Sie wartet auf uns. Gefesselt, wie wir sie zurückgelassen haben, kann ich mir nicht vorstellen, daß sie sich in ein Gespenst verwandelt.«

»Erinnerst du dich an die Stelle?«

»Die finden wir schon. In diesem Dorf gibt's nur eine Straße.«

Sie nahmen die Laterne von einem der Karren und machten sich auf den Weg nach Eßling, wo sich die Häuser allesamt glichen. Zweimal verirrten sie sich. »So ein Ärger!« brummte Fayolle. »Das finden wir im Leben nicht!« Ein Stück weiter erkannte Pacotte im Laternenschein den Leichnam ihres Angreifers, den kein Mensch begraben hatte. Sie lächelten sich an und stießen die Tür auf. Pacotte verfehlte eine Stufe, und die Kerze in der Lampe erlosch.

»Du Tölpel, Mann!« raunzte Fayolle und umwickelte seine Hand mit dem Umhang, um das glühendheiße Glas abzunehmen, während Pacotte sein Feuerzeug schlug. Endlich oben, gingen sie in das hinterste Zimmer, wo sich das Mädchen nicht von der Stelle gerührt hatte.

»Wie sagt man ›Guten Tag, mein Täubchen‹ auf deutsch?« fragte Pacotte.

»Keine Ahnung«, sagte Fayolle.

»Sie schläft ganz schön fest . . .«

Sie stellten die Laterne auf einen dreibeinigen Schemel, und Fayolle trennte mit dem Säbel die Fesseln auf. Kürassier Pacotte entfernte den Knebel, steckte die samtenen Hosenträger, die im Nacken verknotet waren, in die Tasche, beugte sich vor und küßte die Gefangene mitten auf den Mund. Er zuckte zurück:

»Verflucht!«

»Kriegst du sie nicht wach?« fragte Fayolle spöttisch.

»Sie ist tot!«

Pacotte spuckte auf den Boden, bevor er sich mit dem Ärmel den Mund abwischte.

»Dabei hat sie nicht einmal kalte Füße, unser Püppchen«, fuhr Fayolle fort und tätschelte das Mädchen.

»Rühr sie nicht an, das bringt Unglück!«

»An meine Gespenster glaubst du nicht, aber hier klapperst du mit den Zähnen? Mach Platz, du Schwächling.«

»Hier bleib ich nicht.«

»Dann hau halt ab! Laß mir die Laterne.«

»Hier bleib ich nicht, Fayolle, das macht man nicht, so was ...«

»Und du willst ein Krieger sein!« spottete Fayolle, während er den Gürtel öffnete.

Pacotte stürzte im Dunkeln die Treppe hinunter. Draußen lehnte er sich an die Hauswand. Er atmete mehrmals tief durch. Ihm war speiübel. Es kribbelte ihm in den Beinen. Er wagte nicht, an seinen Kameraden zu denken, der sich an diesem armen Bauernmädchen verging, das erstickt war, weil er den Knebel wohl zu fest gezogen hatte. Auch wenn er ein Aufschneider war, hatte er niemals töten wollen. In der Schlacht, gut, dort ging es nicht anders, aber hier?

Die Minuten verstrichen nur langsam.

Weiter vorn bei der Kirche sangen ein paar Soldaten.

Nun kam auch Fayolle nach draußen. Sie verloren

kein Wort über die Österreicherin, aber Pacotte bat ihn:

»Gib mir das Licht, ich muß kotzen.«

»Dabei brauchst du doch nichts zu sehen, im Gegensatz zu mir.«

»Was willst du sehen?«

»Meine neuen Latschen.«

Er zeigte auf die Leiche im Hof:

»Das ist der Moment, den Kerl um seine Schnürstiefel zu erleichtern. Ich brauche sie mehr als er, oder?«

Fayolle bückte sich und stellte die Laterne auf die Erde. Er nahm seine Sporen ab, um an den Schuhen des Toten Maß zu nehmen, und fluchte: Die passen nicht! Enttäuscht erhob er sich und rief:

»Pacotte!«

Seine Laterne in der ausgestreckten Hand, trat er auf die Straße und knurrte:

»Kannst du mir nicht antworten, du Dreckspatz?«

An einem Baum konnte er eine Gestalt erkennen und ging geradewegs auf sie zu:

»Brauchst du einen Baum, um deine Gedärme zu entleeren?«

Mit weitausladenden Schritten trampelte er das Gras und die Brennesseln am Wegrand nieder, als er an ein Hindernis stieß, einen Baumstumpf wahrscheinlich. Er trat dagegen. Es war kein Holz. Es war weich wie ein Mensch. Er bückte sich und beleuchtete eine Uniform. Da der Soldat mit dem Gesicht nach unten lag, drehte er ihn um: Voller Erbrochenem und blutverschmiert lag sein Freund Pacotte auf der Erde, ein Messer in der Kehle.

»Alarm!«

Im Schatten, wenige Schritte entfernt, duckten sich

ein paar Österreicher von der Landwehr, jener Volksmiliz in mausgrauem Rock und einem schwarzen Hut mit Eichenlaub bedeckt, um über die Felder zu verschwinden.

Masséna hatte ein Kohlenbecken anzünden und an den Stützpfosten Lampen anbringen lassen. Die goldbestickte Uniform und den Zweispitz hatte er seiner Ordonnanz anvertraut und überschlug sich regelrecht, um die Wiederherstellung der kleinen Brücke voranzutreiben. Die Stiefel im Uferschlamm, bekam er einen Brückenbaupionier am Hals zu fassen, der im Strudel des Flusses halb ertrunken war. Masséna hatte die Kraft eines Ochsen. Er kletterte über Balken, schleppte Bretter, riß andere durch sein beispielhaftes Vorgehen mit und machte die Arbeit von zehn Männern. Noch nie war er krank gewesen. Doch, einmal, in Italien: es war ihm gelungen, Einfuhrlizenzen zu fälschen, was ihm drei Millionen Francs eingebracht hatte. Davon in Kenntnis gesetzt, hatte der Kaiser ihn gebeten, ein Drittel davon an die Staatskasse abzuführen; der Marschall hatte seinen Ersparnissen hinterhergeweint, seine Familie koste ihn ein Vermögen, er sei verarmt, verschuldet. Da riß dem Kaiser schließlich die Geduld, und er konfiszierte das gesamte Vermögen, das bei einer Bank in Livorno angelegt war. Daraufhin erkrankte Masséna.

War er im Einsatz, vergaß der Marschall seine räuberischen Aktivitäten, seinen Geiz und das Gold der Genuesen, das er in einem Wiener Tresor vermutete; darüber würde er sich später Gedanken machen. Ohne Anzeichen von Anstrengung hob er einen riesigen Balken hoch, damit die Pioniere ihn mit ihren Trossen an einem der Boote befestigen konnten, die, mit Kanonenkugeln beschwert, auf den gewaltigen Wellen tanzten. Ein paar Planken lösten sich von der unfertigen Brückendecke und verschwanden in der Strömung. Masséna brüllte wie der Teufel. Gegenüber auf der Insel versuchten weitere Brückenbaupioniere, die Verbindung wiederherzustellen; die zwei Mannschaften sollten sich in der Mitte dieses wilden Seitenarms treffen. Sie waren kurz davor, warfen sich Seile zu, an denen sie Steine befestigt hatten, diejenigen auf der anderen Seite fingen sie in der Luft auf, um sie als provisorisches Brückengeländer zu spannen. Darunter stieg das Wasser und brodelte noch immer, und so näherten sie sich langsam einander an, Balken für Balken, Planke für Planke, sie zogen, sie knoteten, sie nagelten im schwachen rötlichen Licht der großen Feuer, durchnäßt von den Wassermassen, die sich an ihrem Werk brachen, völlig erschöpft, steif und klamm, angeseilt in einer Menschenkette. Masséna feuerte sie an und beschimpfte sie wie ein Dompteur, großartig mit seiner Krawatte, die bis unters Kinn aufgewickelt war, und den Ärmeln seines Seidenhemds bis zu den Ellbogen hochgekrempelt. Am äußersten Ende der wiederhergestellten Brückendecke hielt er in der rechten Hand eine Kette und warf sie einem Unteroffizier zu, der an einem Ponton angeseilt war: »Um diesen Pfosten!« Der Unteroffizier hatte eiskalte Hände, und es gelang ihm nicht, die Kette um den angegebenen Pfosten zu legen, sein Boot schwankte, ihm schlugen die kalten Wellen ins Gesicht, er war kurz davor, das Gleichgewicht zu verlieren. Masséna ließ sich an einem Seil zu ihm hinab, schob den Unfähigen zur Seite und befestigte die Kette. Ein Windstoß drückte den Rauch nach unten, die Männer husteten, die Arbeit wurde blind fortgeführt. »Nach rechts! Weiter nach rechts!«

schrie Masséna, als ob er mit seinem einen Auge in der Nacht mehr sah als die Brückenbaupioniere, die mit dieser Übung vertraut waren. Auf der anderen Seite, der Insel Lobau, wartete der Rest der Armee darauf, die Brücke überqueren zu können, den Tornister auf dem Rücken, Gewehr bei Fuß. Die aus der ersten Reihe konnten ihren Marschall erkennen, und auch wenn sie ihn nicht mochten, in dieser Nacht bewunderten sie ihn; andere beteten darum, daß die verdammte Brücke niemals halten möge, daß die Donau sie auseinandertreiben würde und sie selbst nach Hause zurückkehren könnten.

Zweihundert Meter weiter, auf einer Lichtung in der Mitte der Insel, ruhten sich die Offiziere des Generalstabs und ihre Leute auf dem Rasen aus. In kleinen, kunstvoll gearbeiteten Schachteln verwahrten viele von ihnen Ringe, Miniaturbilder oder eine Haarlocke ihrer Geliebten, deren Vorzüge sie anpriesen, um die aktuelle Situation zu vergessen. Einige sangen im Chor nostalgische Strophen:

> Sie verlassen mich, um Ruhm zu erlangen,
> Mein liebevolles Herz folgt Ihrem Schritt ...

Lejeune saß unter einer Ulme und schwieg. Während seine Ordonnanz auf allen vieren in die Glut eines Holzfeuers blies, zog Vincent Paradis zwei Hasen das Fell ab, die er mit der Schleuder erlegt hatte. Inspiriert von dieser Nacht auf dem Lande, der Ruhe und dem Grün, begann Périgord schließlich, Jean-Jacques Rousseau abzuhandeln:

»Schlafen im Gras unter den Sternen im Sommer, meinetwegen, aber nicht zu oft. Es gibt Ameisen. Und dann wecken einen die Vögel im Morgengrauen mit ihrem Lärm. Man liegt besser in Decken gebettet, das Fenster gut verschlossen, vorzugsweise in Gesellschaft, mich fröstelt leicht.«

Dann wandte er sich an Paradis:

»Heb mir das Fell auf, mein Junge. Es wird mir beim Stiefelputzen einen exzellenten Dienst erweisen... Hasen! Jedesmal, wenn ich diese Viecher sehe, muß ich an die mißglückte Jagd in Grosbois denken! Was ist er auch dumm, unser Generalstabschef!«

»Ungeschickt vielleicht«, korrigierte Lejeune, ziemlich verdrossen, »aber nicht dumm. Übertreiben Sie nicht, Edmond. Und außerdem waren wir bei der Jagd nicht dabei.«

»Wovon sprechen Sie?« fragte ein Husarenoberst, der sich schon auf den Tratsch freute.

»Von dem Tag, an dem, um dem Kaiser zu schmeicheln ...«

»Um ihm zu gefallen«, stellte Lejeune richtig.

»Das ist das gleiche, Louis-François!«

»Keineswegs.«

»Um Seiner Majestät zu schmeicheln, der Marschall ...« wiederholte der Husar, der den verleumderischen Périgord ermuntern wollte.

»Hatte Marschall Berthier«, nahm dieser den Faden wieder auf, »den Kaiser auf seine Ländereien in Grosbois zu einer Hasenjagd eingeladen. Nun gab es zwar Wild, aber keinen einzigen Hasen. Was macht der Marschall? Er bestellt tausend Stück. An besagtem Tag werden die Hasen losgelassen, aber anstatt davonzusausen, um den Gewehren zu entkommen, laufen die Viecher geradewegs auf die Gäste zu, begrüßen sie stürmisch, drängen sich zwischen ihre Stiefel, sind alles andere als wild und bringen um ein Haar Seine Majestät zu Fall. Der Marschall hatte versäumt, darauf hinzuweisen, daß er Wildhasen haben wollte, man hatte ihm Stallhasen geliefert: Und als sie den Menschenauflauf sahen, waren sie der Meinung gewesen, es sei Fütterungszeit.«

Périgord lachte Tränen, ebenso der Husar. Lejeune hatte sich vor dem Ende der Geschichte erhoben, die er schon zu häufig gehört hatte und die ihn nicht mehr amüsierte. Berthier galt in den Augen aller als Dummkopf, und das ging ihm nahe; er verdankte ihm seinen Dienstgrad und seine Position. Er war zuerst junger Unteroffizier der Infanterie in Holland, anschließend Pionieroffizier gewesen, als Berthier auf sein Talent aufmerksam wurde und ihn zu seinem Adjutanten machte. Seine erste Mission, erinnerte sich Lejeune, hatte darin bestanden, einigen Geistlichen im Wallis Goldsäcke zu überbringen, da sie ihnen helfen sollten, die Artillerie über die Alpen zu bringen ... Anschließend war Lejeune dem Marschall überallhin gefolgt; er wußte um seine Qualitäten und seine Vergangenheit, seine Gefechte auf seiten der aufständischen Amerikaner in New York, in Yorktown, sein Treffen mit Friedrich II. in Potsdam, seine Verbundenheit seit dem Italienkrieg mit dem jungen General Bonaparte, dessen Schicksal er erahnte, schließlich mit jenem Napoleon, dem er abwechselnd als Vertrauensmann, als Getreuer, als Ersatzmutter oder als Prügelknabe diente. Seit Wochen setzten Davout und Masséna zu Unrecht häßliche Gerüchte über ihn in Umlauf. Zu Beginn des Österreichfeldzuges, das ist wahr, gründete Berthier seine militärischen Operationen allein auf die Depeschen, die der Kaiser aus Paris schickte, doch häufig kamen die Anweisungen reichlich spät, und vor Ort änderte sich die Situation schnell, was zu einigen gefährlichen Manövern führte, die die Armee um ein Haar ins Unglück gestürzt hätten. Der Kaiser ließ Berthier anklagen, und dieser unterließ es wie immer, sich zu rechtfertigen, wie an jenem Tag in Rueil, als der Kaiser aufs Geratewohl auf eine Schar Rebhühner zielte und dabei Masséna ein Auge ausschoß. Er wandte sich zu dem ihm treu ergebenen Berthier:

»Sie haben soeben Masséna verletzt!«

»Keineswegs, Sire, das waren Sie.«

»Ich? Alle haben gesehen, wie Sie danebengeschossen haben!«

»Aber, Sire . . .«

»Leugnen Sie nicht!«

Der Kaiser hatte immer recht, vor allem, wenn er log; es war undenkbar, ihm zu widersprechen. Massénas Haßgefühle gegenüber Berthier waren jedoch schon älter. Sie gingen auf die Zeit zurück, als dieser die Armee in Rom anführte und allein zu seinem Profit den Quirinal, den Vatikan, Klöster und Paläste plünderte. Die Armee war ohne Sold und meuterte gegen den Kriegsgewinnler. Die mißhandelten Römer des Trastevere, die auf Schwarzbrot rationiert waren, machten einen Aufstand und profitierten von der Unordnung. Vor dem Pantheon des Agrippa übertrugen die rebellischen Offiziere die Befehlsgewalt an Berthier, der sie annehmen mußte, um die Gemüter zu beruhigen, und der das Direktorium bitten mußte, Masséna abzuberufen. Dieser hatte fliehen müssen, um dem Zorn seiner eigenen Armee zu entgehen, und das verzieh er ihm niemals.

Lejeune zuckte mit den Schultern. Rivalitäten dieser Art fand er kleinlich. Wie gern wäre er in Wien geblieben, hätte seine auffallende Uniform ausgezogen, wäre mit seinem Skizzenblock losgezogen, um in den Hügeln umherzustreifen, hätte Anna mitgenommen, um mit ihr zu reisen, mit ihr zu leben, sie immerzu anzuschauen. Ehrlich, wie er war, war sich Oberst Lejeune jedoch auch darüber im klaren, daß aus einem Übel etwas Gutes hervorgegangen war, daß er dem Mädchen ohne diesen Krieg niemals begegnet wäre. Lautes Geschrei riß ihn aus seinen Träumereien. Auf der großen Schiffsbrücke erreichte der Kaiser hinter dem Stallmeister Caulaincourt, der sein Pferd an den Zügeln führte, die Insel Lobau, von seinen Truppen umjubelt.

Im zweiten Stock eines rosafarbenen Hauses in Wien bewunderte Henri Beyle beim Schein einer Kerze Porträts, die sein Freund Lejeune von Anna Krauss gezeichnet hatte. Bereitwillig, ohne sich zu genieren, hatte das Mädchen Modell gesessen. Henri bewunderte die Ähnlichkeit. Er starrte auf die Skizzen, bis es ihm gelang, sie mit Leben und Bewegung zu füllen. Da war Anna in weiter Tunika, wie sie eine ihrer schwarzen Haarlocken zurückstrich; Anna gedankenverloren, im Profil, die wie abwesend aus dem Fenster blickte; Anna schlafend, in ihre Kissen gebettet; Anna im Stehen, nackt wie eine von Phidias geschaffene Göttin, zugleich auf irreale Weise vollkommen und provokativ in ihrer Haltung: hingebungsvoll und ungehemmt; hier noch in einer anderen Pose, von hinten; und da, zusammengekauert auf dem Rand eines Sofas, das Kinn auf den Knien, den Blick freimütig auf den Künstler gerichtet, der sie gerade zeichnete. Henri war betört und doch peinlich berührt, als hätte er die Wienerin beim Bad überrascht, aber er konnte sich nicht von den Skizzen losreißen. Und wenn er eine mitnahm? Würde Louis-François es merken? Es gab so viele davon. Würde er sie als Vorlagen für Gemälde verwenden? Und schließlich plagten ihn schreckliche Gedanken, die er vom Verstand her verwarf (so er denn noch bei Verstand war!), denn irgendwie wünschte er sich, ohne es in Worte zu fassen, daß Louis-François in der Schlacht fiele, damit er Anna Krauss trösten und seinen Platz bei ihr einnehmen könnte, denn das Modell – das wurde deutlich – mußte den Maler lieben.

Das Fenster stand ein wenig offen, die Nacht war friedlich. Henri vernahm die Klänge eines Klaviers, zart und andächtig, und wollte sich gerade vorbeugen, um herauszufinden, woher die Musik kam.

»Sie mögen diese Musik, Monsieur?«

Henri fuhr herum, als hätte man ihn auf frischer Tat ertappt. Ein fremder junger Mann hatte sein Zimmer betreten. Im Kerzenlicht konnte Henri ihn nur schlecht erkennen.

»Wie sind Sie hier hereingekommen?« fragte er ihn.

»Ihre Tür stand offen, und ich habe bei Ihnen Licht gesehen.«

Henri ging ein paar Schritte auf den ungebetenen Gast zu und nahm ihn in Augenschein. Er hatte fast mädchenhafte Züge und helle, klare Augen. Er sprach französisch mit härterem Akzent als die Wiener.

»Wer sind Sie?«

»Mieter hier im Haus, wie Sie, ich wohne unterm Dach.«

»Sind Sie auf der Durchreise?«

»Sozusagen.«

»Wo kommen Sie her?«

»Aus Erfurt. Ich arbeite für ein Handelshaus.«

»Aha«, sagte Henri, »Sie sind Deutscher. Ich bin zuständig für den Armeebedarf.«

»Ich habe nichts zu verkaufen«, sagte der junge Mann. »Ich bin nicht zum Arbeiten in Wien.«

»Sie sind gewiß ein Freund der Familie Krauss?«

»Wenn Sie so wollen.«

Während er seine Fragen stellte, hatte Henri Lejeunes Zeichnungen umgedreht, um sie zu verstecken, aber der junge Deutsche hatte sie keines Blickes gewürdigt; statt dessen fixierte er Henri:

»Ich heiße Friedrich Staps. Mein Vater ist evangelisch-lutherischer Pfarrer. Ich bin nach Wien gekommen, um Ihren Kaiser zu treffen. Glauben Sie, das ist möglich?«

»Bitten Sie um Audienz, falls er nach Schönbrunn zurückkehrt. Was wollen Sie von ihm?«

»Ihn treffen.«

»Sie bewundern ihn also?«

»Nicht so, wie Sie glauben.«

Das Gespräch nahm eine unerfreuliche Wendung; Henri wollte es beenden:

»Nun gut, Monsieur Staps, wir sehen uns sicher morgen. Da ich krank bin, verlasse ich selten das Haus.«

»Der Klavierspieler von gegenüber ist ebenfalls krank.«

»Kennen Sie ihn?«

»Es ist Monsieur Haydn.«

»Haydn!« sagte Henri und trat näher ans Fenster, um den berühmten Musiker besser spielen zu hören.

»Er hat sich ins Bett gelegt, als er die französischen Uniformen in den Straßen seiner Stadt erblickte«, fuhr Friedrich Staps fort. »Er steht nur noch auf, um die österreichische Hymne zu spielen, die er komponiert hat.«

Mit diesen Worten löschte der junge Mann die Kerze. Henri blieb im Dunkeln zurück. Er hörte, wie seine Tür geschlossen wurde, und fluchte:

»My god! Er ist verrückt, dieser Deutsche! Wo ist bloß mein Feuerzeug geblieben?«

Um drei Uhr morgens überquerten die Truppen endlich die wiederhergestellte kleine Brücke und ließen sich auf dem linken Donauufer in den Orten Aspern und Eßling nieder. Man hielt Wache, schlief wenig oder schlecht. Marschall Lannes ließ seine prunkvolle Uniform, die auf dem Stuhl lag und deren Goldbesatz im Kerzenlicht funkelte, nicht aus den Augen. Er würde sie bei Tagesanbruch überziehen, wohl um seine Kavalleristen in ein Gemetzel zu führen, aber wenigstens würde er darin gut aussehen. An der Spitze der Truppen wollte er seine Abzeichen tragen, auch das Schulterband des heiligen Andreas, das ihm der Zar überreicht hatte. Sein Aufzug würde ihn dem Feind verraten, das wußte er, das strebte er regelrecht an: Sich wenigstens elegant niedersäbeln lassen, das war seine Pflicht. O ja, ihm reichte es. Was er in Spanien erlebt hatte, ging ihm heute noch nahe; er hatte seitdem keinen ruhigen Schlaf mehr gefunden. Dort gab es keine regulären Schlachten und sauber aufgereihte Truppen, sondern einen anonymen Krieg, ohne Parolen, der gleichzeitig in Oviedo und Valencia stattfand, und man sah plötzlich vor sich Armeen auftauchen, die aus zwanzig Bauern bestanden, angeführt von ihrem Bürgermeister. Bald waren es mehrere Millionen. Die andalusischen Ochsentreiber mit ihren Stierkampflanzen hatten ihn mit nach Baylen genommen, und schließlich brachen überall in den Bergen Guerilla-Kriege aus: voller Haß. In Saragossa glitten Knaben unter die Pferde der polnischen Lanzenreiter, um ihnen die Bäuche aufzuschlitzen, Mönche fertigen in ihren Klöstern Patronen, sie kratzten die Erde in den Straßen auf, um

Salpeter zu gewinnen. Lannes' Soldaten wurden mit Glasscherben und Pflastersteinen beworfen, und wenn sie das Pech hatten, gefangengenommen zu werden, schnitt man ihnen die Nase ab oder begrub sie bis zum Hals in der Erde, und ihre Köpfe dienten als Kegel. Wie viele wurden auf den Schiffsbrücken von Cádiz vom Ungeziefer aufgezehrt? Wie viele wurden zwischen zwei Brettern zersägt, ins Feuer geworfen, verstümmelt? Wie vielen wurden die Augen ausgestochen, der Kopf abgeschnitten, die Zunge ausgerissen? Wie viele waren ohne Nase, ohne Ohren?

»Woran denkst du, Herr Herzog?«

Lannes, Herzog von Montebello, vermied es, sich Rosalie anzuvertrauen, dieser Abenteurerin, von denen es so viele gab und die sich an die Nachhut der Armeen hefteten, um ihr Glück zu finden, ein paar Münzen zu erhalten, ein bißchen Flitterkram, Geschichten zum Weitererzählen. Lannes war keineswegs untreu, er liebte seine Frau abgöttisch, doch sie war so weit weg, und er fühlte sich allzu einsam. Er hatte dem großen blonden Mädchen nicht widerstehen können, das seine Haare offen trug und vor wenigen Augenblicken seine Kleider ins Stroh geworfen hatte. Er antwortete nicht. Es gab noch mehr Schreckensbilder, die ihn verfolgten. Er sah Kinder vor sich, von Bajonetten in ihrer Wiege durchbohrt, und jenen Grenadier, der ihm anvertraute: »Am Anfang ist es nicht leicht, Herr Marschall, aber man gewöhnt sich dran.« Lannes konnte sich nicht daran gewöhnen.

»Es ist nicht meinetwegen, oder? Es ist wegen ihm da oben ...«

Rosalie hatte nicht unrecht. Der Kaiser lief im Stockwerk darüber auf und ab, und das Geräusch seiner Schritte zerrte an den Nerven des Marschalls. Sollte mich morgen, überlegte er, eine Kugel zerreißen, könnte ich wenigstens schlafen, ohne zu träumen!

»Komm, er geht weg!« sagte Rosalie.

Der Kaiser kam tatsächlich die Treppe herunter, gefolgt von den Mameluken, die ihn wie Doggen immerzu umgaben. Lannes hörte, wie die Wachposten das Gewehr präsentierten. Er erhob sich, um einen Blick auf seine Golduhr zu werfen, in die eine Inschrift eingraviert war. Es war halb vier. Wann würde die Sonne aufgehen und über was für einem Schauspiel?

Rosalie ließ nicht locker:

»Komm!«

Dieses Mal gehorchte er.

Napoleon war auf dem Weg zu Masséna, der sich als Beobachter im Kirchturm von Aspern befand.

»Sie rüsten sich zum Kampf, Sire«, sagte der Marschall.

Der Kaiser antwortete nicht, er nahm Masséna das Fernglas aus den Händen und schaute hindurch, wobei er sich auf die Schulter eines Dragoners stützte: Biwakfeuer übersäten den Horizont mit rot flackernden Punkten. Er stellte sich die Schlacht auf ihrem Höhepunkt vor, er hörte die Kanonen, die Schreie, jenes Höllenspektakel, das Europa in Angst und Schrecken versetzte. ›Ein großes Spektakel‹, dachte er, ›sorgt für großes Ansehen. Je mehr Lärm man macht, um so weiter wird er getragen. Gesetze, Institutionen, Denkmäler, Nationen, Menschen, sie alle vergehen, aber das Getöse überdauert die Jahrhunderte ...‹ Auf dem Marchfeld, der Ebene, die vor ihm lag, hatte Marc Aurel – wie Napoleon wußte – die Markomannen des Königs Vadomar vernichtet, so wie er selbst die Österreicher des Erzherzogs vernichten würde. Die Vorstellung gefiel ihm. Zu Zeiten des Römers gab es hier keine Getreidefelder, sondern Sumpfgebiete, Schilf, Fischreiher, Abhänge voller Heidekraut. Die Legionen verließen Hals über Kopf die böhmischen Wälder, durch die sie sich mit der Axt vorwärtsgekämpft und für ihre Verpflegung Bären und Bisons gejagt hatten. Das war schon nicht mehr jene berühmte Armee von Bauern aus Latium, schwerfällig, in Reih und Glied, sondern zusammengewürfelte Hundertschaften, die den Hornbläsern folgten, den Oberkörper halb bedeckt mit Tierfellen, marokkanische Kavalleristen, gallische Armbrustschützen, Bretonen, Iberer, darauf aus, unter ihren Gefangenen diejenigen auszuwählen, die sie zur Ausbeutung ihrer Silberminen nach Asturien schicken würden: Griechen, Araber, Syrer, diese Hyänen, Geten mit strohblondem Haarschopf voller Läuse, Thraker in Hanfröcken. Und mitten in diesem Strom, ohne Waffen, ohne Harnisch, Marc Aurel, den man schon von weitem an seinem Purpurmantel erkennen konnte ...

Drittes Kapitel

Der erste Tag

Bei Tagesanbruch lag Frühnebel über der Ebene. Kein Windhauch bewegte das Korn. Vor den Dörfern im Hintergrund, wo seine Armee die Vorbereitungen traf, betrachtete Napoleon, gebeugt auf seinem hellen Pferd, umgeben von seinen Marschällen, ihren Offizieren, den Ordonnanzen und Stallmeistern, die allzu ruhige Landschaft. Sie bildeten eine ausgezeichnete Zielscheibe, die versammelten Befehlshaber: Berthier, Masséna, Lannes, Bessières, der aus Wien gekommen war, und die Generäle, herausgeputzt wie für eine Parade, Espagne mit verzerrtem Kiefer, Lasalle, den Schnurrbart gezwirbelt und auf seiner kalten Pfeife kauend, Boudet, Claparède, Mouton, Saint-Hilaire, der in seinem Kragen versank, Oudinot, eigensinnig dreinblickend, kurzgeschoren, aber mit buschigen Augenbrauen, Molitor mit struppigem Haar und Bartwuchs und einer Nase, dünn wie eine Rasierklinge, der beleibte Marulaz, den Bauch in eine knallrote Schärpe gezwängt. Die große Anspannung verbot jede Bewegung, jedes Wort. Unbeweglich auf ihren Pferden, die still dastanden und sanft ihre Mähnen schüttelten, gaben diese Helden, ganz in Federn und Farben geschmückt, herausgeputzt, bis zu den Stiefeln mit Gold behangen, die vom frischen Wachs glänzten, ein anachronistisches Bild ab, das Lejeune zu seinem großen Bedauern nicht festhalten konnte, nicht einmal mit dem Bleistift auf die schnelle, so sehr ihn auch die große Diskrepanz zwischen der Natur und den Soldaten faszinierte, die Gelassenheit der einen gegenüber der Ungeduld der anderen. Nichts geschah. Lejeune grübelte über die

Macht des äußeren Rahmens, der den Sinn und den Einsatz der Figuren vorzugeben vermochte. Er sah eine seiner früheren Geliebten vor sich, eine Deutsche mit rosigem Teint, wie sie in einem bayrischen Wildbach badete: in ihrer natürlichen Anmut in der freien Natur war sie nur schön, aber nachts, als sie von neuem ihren Rock lüftete in einem Salon, der mit Behängen, Nippsachen und dunklen Möbeln überladen war, genauso nackt, aber ernster, war sie betörender; ihre Hingabe, ihre Anmut, ihre Kleider auf dem Teppich bildeten einen Kontrast zu dem strengen Dekor. ›Es ist spaßig‹, dachte Lejeune, ›ich denke an die Liebe, während ich auf den Krieg warte . . .‹ Er lächelte. Die Stimme des Kaisers holte ihn in die Realität des Krieges zurück:

»Die schlafen ja! Dieses österreichische Pack! Diese Schurken!«

Niemand sagte etwas dazu, niemand pflichtete ihm bei; die Stunde der Unterwürfigkeit war vorüber; vor Einbruch der Nacht waren einige dieser Fürsten, Barone, Grafen und Generäle wahrscheinlich nicht mehr am Leben. Der Nebel verzog sich, er hing nur noch in Fetzen über den Feldern. Das Blau des Himmels wurde klarer, das Getreide grüner. Am Horizont, auf den Abhängen von Gerasdorf, hatten die Österreicher die Gewehre zu Pyramiden zusammengestellt.

»Worauf warten sie noch!« schrie der Kaiser.

»Auf die Suppe«, sagte Berthier, ein Auge an seinem Fernrohr.

Lannes brummte:

»Das ist nur eine Nachhut, Sire, überrennen wir sie!«

»Meine Kavallerie«, fuhr Bessières fort, »hat im ganzen Umkreis nichts feststellen können.«

»Nein«, fiel Masséna ein, »die österreichische Armee ist ganz in unserer Nähe.«

»Sechzigtausend Mann, mindestens«, sagte Berthier, »wenn meine Informationen stimmen.«

»Deine Informationen!« Lannes knurrte: »Sie haben dir einen Bären aufgebunden, die Gefangenen! Sie wurden doch auf dieser verdammten Insel festgehalten, was wissen sie von den Absichten des Erzherzogs Karl?«

»Heckenschützen haben diese Nacht einen meiner Männer ermordet«, meinte Espagne mit tonloser Stimme.

»Genau«, wiederholte Lannes, »Heckenschützen, Plünderer, und das Gros des Regiments bleibt in Böhmen im Warmen!«

»Wahrscheinlich«, fügte Bessières hinzu, »warten sie auf Verstärkung von ihrer Italienarmee...«

»Genug!«

Verärgert hatte es der Kaiser geschrien. Er war es leid, ihr Geschwätz zu hören. Er brauchte ihre Ansichten nicht. Er gab Berthier mit der Hand ein Zeichen und zog sich zurück, begleitet von seinem Stallmeister Caulaincourt, dem jungen Grafen Anatole de Montesquiou, seiner Ordonnanz mit dem weichen Gesicht und den obligatorischen Mameluken, die er von Ägypten mitgebracht hatte und die sich mit ihren federgeschmückten Turbanen, ihren scharlachroten türkischen Pluderhosen und ihren Luxusdegen im Gürtel wichtig machten. Da ergriff Berthier mit lauter Stimme das Wort, ohne die Marschälle auch nur eines Blickes zu würdigen:

»Seine Majestät hat sich einen Plan ausgedacht, der umgehend von allen umgesetzt werden soll. Es darf keinerlei Schwachstellen geben. Wir stehen mit dem Rücken zum Fluß, von wo der Nachschub an frischen Truppen, die Verpflegung und die Munition kommt.

Wichtig ist, daß wir dem Feind zwischen den zwei Dörfern eine ununterbrochene Linie entgegenstellen. Masséna hält Aspern, zusammen mit Molitor, Legrand und Carra-Saint-Cyr. Lannes besetzt Eßling mit den Divisionen Boudet und Saint-Hilaire. Das offene Terrain zwischen den Dörfern muß versperrt werden: Unter Bessières' Befehl marschieren Espagnes Kürassiere und die leichte Kavallerie Lasalles' dort auf. Los geht's!«

Es gab keinerlei Diskussion. Die Gruppe löste sich auf, und alle schickten sich an, den für sie vorgesehenen Posten einzunehmen. Nachdenklich schlug Berthier den Weg zu seinem Lager ein. Lejeune und Périgord ritten rechts und links neben ihm. Der Generalstabschef fragte:

»Was halten Sie davon, Lejeune?«

»Nichts, Euer Durchlaucht, nichts.«

»In der Tat.«

»Diese Beleuchtung reizt mich zum Malen.«

»Und Sie, Périgord?«

»Ich? Ich gehorche.«

»Wir sind alle zum Gehorchen gezwungen, Kinder«, seufzte Berthier.

Sie überquerten einer nach dem anderen die kleine Brücke, die in der Strömung schaukelte. Auf der Insel brachte Périgord sein Pferd auf Höhe Lejeunes und flüsterte in vertraulichem Ton:

»Er sieht ziemlich düster aus, unser Generalstabschef.«

»Das muß die Ungewißheit sein. Der Kaiser scheint sich für die Defensive entschieden zu haben, wir verschanzen uns und warten ab. Ob die Österreicher angreifen? Der Kaiser glaubt es. Er muß seine Gründe haben.«

»Bei Gott«, sagte Périgord und hob die Augen zum Himmel, »hoffen wir, daß er weiß, wohin er uns führt! Trotz alledem, lieber Freund, ginge es uns in Paris oder in Wien besser, und erst unserem Generalstabschef auf seinen Ländereien mit seinen zwei Frauen! Nebenbei bemerkt: ich bin sicher, er denkt an die Visconti...«

Lejeune antwortete nicht. Alle Welt wußte, daß Berthier ein Dreiecksverhältnis hatte und daß es ihm Qualen bereitete. Seit dreizehn Jahren war er bis über beide Ohren in eine grauäugige Mailänderin verliebt, die leider mit dem Marchese Visconti verheiratet war, einem rechtschaffenen, betagten und ausgesprochen diskreten Diplomaten, den die ständige Untreue seiner allzu hübschen und allzu heißblütigen Gemahlin wenig berührte. Als Berthier sich entschloß, Bonaparte nach Ägypten zu folgen, zerriß ihm der Abschied von seiner Geliebten fast das Herz. In einem Zelt mitten in der Wüste hatte er für seine Giuseppa eine Art Altar errichtet und schrieb ihr pausenlos lüsterne Liebesbriefe. Das dauerte an. Auf die Dauer fand Napoleon diese nicht enden wollende Verliebtheit lächerlich. Als Fürst von Neuchâtel war Berthier letztendlich gezwungen, eine echte Fürstin zu wählen, um eine Art Dynastie begründen zu können. Gefügig und unglücklich entschied er sich unter Tränen für Elisabeth von Bayern, die einen spitzen Mund hatte und kein Kinn: Giuseppa Visconti würde ihr gegenüber keinerlei Eifersucht empfinden. Und was geschah zwei Wochen nach der obligatorischen Zeremonie? Der Marchese starb in seinem Bett, und Berthier konnte seine Witwe nicht mehr heiraten. Er wurde daraufhin von Fieberanfällen geschüttelt, war am Rande eines Nervenzusammenbruchs, hatte getröstet, gestützt, entschädigt werden müssen, auch wenn seine beiden Frauen miteinander auskamen, sich trafen und zusammen Whist spielten. Das war es, weshalb Berthier an diesem 21. Mai 1809, als alle auf das österreichische Kanonenfeuer warteten, einen Seufzer von sich gab.

Marschall Bessières seufzte aus ähnlichen, wenngleich anderen unbekannten Gründen. Kühl, von ausgesucht seltener Höflichkeit, wenig redselig, ohne erkennbare Emotionen, über den Verdacht eines jeglichen Seitensprungs erhaben, war es ihm gelungen, unbehelligt von allen Klatschmäulern ein Doppelleben zu führen. Deshalb trug er unter seinem blaugoldenen Uniformrock zwei Medaillons. Das eine ließ ihn an seine Frau Marie-Jeanne denken, die fromm, sehr sanftmütig und bei Hofe geschätzt war; das andere stellte seine Liebhaberin dar, Virginie Oreille, genannt Letellier, Tänzerin an der Oper, für die er Millionen ausgab.

Hinter seinem Gebaren nach Art des Ancien Régime, den langen gepuderten Haaren, die er über seine Schläfen nach vorne zog, ließ Bessières niemals etwas von seinen weniger militärisch geprägten Gedanken durchscheinen, die ihn häufig heimsuchten. Als er das erste Mal an der Seite von General Espagne Eßling betrat, hob er zuerst den Blick zum Kirchturm. Was für ein Pfingstfest! Es war mitnichten der Heilige Geist, der heute auf ihre Köpfe niederfahren würde, sondern Feuerzungen ganz anderer Art, die Granaten und Kanonenkugeln des Erzherzogs. Auf dem Platz fraßen die schon gesattelten Pferde Gerste, die in mehreren Haufen verstreut lag. Die Kavalleristen halfen sich gegenseitig in ihre Kürasse, einige reinigten ihre Waffen mit Vorhangstoff, den sie von den Fenstern gerissen hatten.

»Espagne, unterrichten Sie Ihre Offiziere über die

Wünsche Seiner Majestät«, sagte Bessières, während er vom Pferd stieg.

Dann schritt er nachdenklich zur Kirche hinüber und trat ein. Der Chorraum war in ein Feldlager verwandelt, und von zwei Betstühlen verbrannten soeben die letzten Reste vor dem Altar, der seines Schmucks beraubt war. Bessières blieb vor dem Kruzifix stehen, das jemand herauszureißen versucht hatte, erfolglos jedoch; er neigte den Kopf, kramte in seinem Rock und betrachtete die Medaillons seiner beiden Lieben, eins in jeder Hand. Marie-Jeanne befand sich jetzt sicher in der Messe der Schloßkapelle von Grignon; Virginie schlief um diese Zeit in ihrer großen Wohnung, die er ihr in der Nähe des Palais-Royal gekauft hatte. Und er selbst, was machte er bloß in dieser halbzerstörten österreichischen Kirche? Er war Marschall des Kaiserreichs und dreiundvierzig Jahre alt. Bis jetzt war ihm das Schicksal hold gewesen. Was hatte er nicht alles in so kurzer Zeit erreicht! In jungen Jahren, in der Garde Ludwigs XVI., hatte er sich bemüht, die königliche Familie während des Aufruhrs vom 10. August zu beschützen. Er hatte weder die Vulgarität der Revolution noch die Unterwerfung der Geistlichkeit je gebilligt. Eine Zeitlang mußte er sich auf dem Lande beim Herzog von Rochefoucauld verstecken, bevor er sich der Pyrenäenarmee anschloß, sodann der von Italien, im Gefolge jenes Bonaparte, dem er bei seinem Staatsstreich behilflich war und für den er ein Korps an Prätorianern ersann, das später zur kaiserlichen Garde wurde ... In einer Stunde würde er auf dem Pferd sitzen. Die Soldaten mochten ihn. Die Feinde auch, wie die Mönche von Saragossa, die er vor seinen eigenen Regimentern beschützt hatte. War er zum Befehlshaber geboren? Bessières wußte es nicht.

Draußen war Espagne schon in Aktion getreten. Er erteilte die Befehle, trieb die Vorbereitungen voran, inspizierte Pferde und Waffen. Da bemerkte er, daß die Kürassiere unter den Ulmen am Ende der Hauptstraße ein Grab schaufelten, und er schickte einen Hauptmann hin, der das Begräbnis so schnell wie möglich durchführen lassen sollte. Hauptmann Saint-Didier ging zu Fuß, ohne sich allzusehr zu beeilen.

Drei Kürassiere hatten gerade mit Schaufeln, die sie in einem Schuppen gefunden hatten, das Loch ausgehoben. Im Gras lag der Soldat Pacotte, weiß und starr.

»Beeilung, Jungs«, sagte Hauptmann Saint-Didier.

»Was sein muß, muß sein, Herr Hauptmann«, gab Fayolle nur zurück und stach mit der Schaufel in den Erdhaufen, der die Grube umgab.

»Wir verlassen dieses vermaledeite Dorf!«

»Wir begraben unseren Bruder, Herr Hauptmann«, ergriff Fayolle abermals das Wort, »damit ihn die Füchse nicht auffressen.«

»Wir haben unsere Prinzipien«, fügte einer der Kürassiere hinzu, ein kräftiger Schmied namens Verzieux.

»Und der Kerl, dem ihr gestern abend in seinem Haus den Bauch aufgeschlitzt habt, den begrabt ihr nicht?«

»Ach der«, sagte Fayolle, »der ist Österreicher!«

»Wenn ihn die Füchse fressen, ist das sein Problem«, sagte der dritte Soldat, ein kleiner feixender Braunhaariger, den der Hauptmann anherrschte:

»Genug, Brunel!«

»Sind Sie gläubig, Herr Hauptmann?« fragte Fayolle jetzt spöttisch und strich über seine schwarzen Hosenträger, die er in Pacottes Tasche gefunden hatte und um den Hals trug wie eine Krawatte, ein Souvenir oder eine Trophäe.

»In einer Viertelstunde will ich euch alle drei in eurem Zug sehen!« ordnete Hauptmann Saint-Didier an und drehte sich auf dem Absatz um, ungehalten, weil er derart ungehobelte Kerle zu befehligen hatte.

Sobald er hundert Schritte entfernt war, fragte Brunel die anderen:

»Saint-Didier, das ist doch ein aristokratischer Name, oder nicht?«

»Vielleicht wird er uns vor dem Schlimmsten bewahren«, sagte Fayolle. »Ich habe ihn vor Regensburg bei der Arbeit gesehen. Er versteht sein Handwerk.«

»Ach nee!« wiederholte Verzieux, während er weitergrub. »Ich hab die Schnauze voll von diesen Hasenfüßen, die man am Schultor aufsammelt und uns zwei Wochen später als Offiziere vorsetzt, nur weil sie Latein können!«

Ein Stückchen weiter, in der Nähe des Donauufers, kreischten lachend die Möwen. Fayolle, der sich gerade den braunen Mantel über die Schultern warf, zog eine Grimasse:

»Das kann ja noch heiter werden, wenn sich sogar schon die Vögel über uns lustig machen ...«

Die Kavallerieregimenter, die in Wien im Quartier lagen, brachen allesamt am frühen Morgen auf, und die Erde bebte unter ihnen. Friedrich Staps drückte sich an die Mauer, um die Dragoner, die sich in Galopp gesetzt hatten, vorbeizulassen, da sie ihn sonst, ohne mit der Wimper zu zucken, niedergeritten hätten, dann verschwand er in den alten Gassen um den Stephansdom. Er stieß die Glastür zu einer Eisenwarenhandlung auf, die gerade geöffnet und schon den ersten Kunden empfangen hatte, einen korpulenten Herrn, dunkel gekleidet, mit schütterem langen und grauen Haar, das von seinem Kragen abstand. Der Kunde sprach französisch, und der Verkäufer riß die Augen auf, wobei er ihm auf wienerisch, diesem melodiösen Deutsch, zu erklären suchte, daß er kein Wort verstand. Der Franzose zog ein Stück Kreide aus der Tasche und zeichnete etwas auf den Ladentisch, mehr schlecht als recht anscheinend, denn der Händler begriff nach wie vor nicht. Staps näherte sich und bot seine Hilfe an:

»Ich spreche Ihre Sprache ein wenig, Monsieur, und wenn ich Ihnen behilflich sein kann ...«

»Ah, junger Mann, Sie sind meine Rettung!«

»Was haben Sie da gezeichnet?«

»Eine Säge.«

»Sie wollen eine Säge kaufen?«

»Ja, eine ziemlich lange, kräftige, nicht zu biegsame, mit feinen Zähnen.«

Von Staps informiert, eilte der Händler zu seinen Kartons, um verschiedene Modelle hervorzuholen, die der Franzose in die Hand nahm. Staps musterte ihn voller Neugier:

»Monsieur, ich kann mir überhaupt nicht vorstellen, daß Sie Zimmermann oder Schreiner sind.«

»Da haben Sie auch recht! Entschuldigen Sie bitte, ich habe es heute morgen so eilig, daß ich mich nicht einmal vorgestellt habe: Doktor Percy, Chefchirurg der Grande Armée.«

»Brauchen Sie die Säge, um Ihre Kranken zu pflegen?«

»Pflegen! Das würde ich gern, aber in einer Schlacht pflegt man nicht, man repariert, man jagt den Tod, man amputiert Arme und Beine, bevor sich der Brand darin festsetzt. Kennen Sie das Wort Brand?«

»Ich glaube nicht, nein.«

»Bei dieser Hitze«, sagte Percy und schüttelte seinen

dicken Kopf, »verfaulen die verwundeten Glieder, junger Mann, und es ist besser, sie vorher abzutrennen, bevor sich der ganze Körper von innen auflöst.«

Doktor Percy wählte eine Säge, die ihm zusagte und die der Händler einwickelte; er holte aus seinem Koffer ein Bündel Gulden hervor, entnahm ihm einen Schein, mit dem er zahlte, verstaute dann sein Rückgeld, bedankte sich und stülpte sich einen schwarzen Dreispitz mit Kokarde über. Durch das Ladenfenster blickte Staps ihm nach, wie er in der Kärntner Straße verschwand und eine Kutsche bestieg.

»Und für Sie, mein Herr?« fragte der Händler. Staps drehte sich um und sagte:

»Ich brauche ein großes, spitzes Messer.«

»Um Fleisch zu schneiden?«

»Ganz genau«, antwortete er mit kaum wahrnehmbarem Lächeln.

Als er die Eisenwarenhandlung verließ, verstaute Friedrich Staps sein Küchenmesser, das in graues Papier gewickelt war, in der Innentasche seines zerknitterten Überziehers und lief mit großen Schritten durch die Stadt, die sich in hellem Aufruhr befand; Eskadronen strebten nach wie vor zu den Toren Wiens, um die Straße nach Ebersdorf, zur Donau und zur großen Pontonbrücke zu nehmen. An dem rosa getünchten Haus in der Jordangasse angekommen, stieß Staps auf Männer mit nacktem Oberkörper, eine Feldmütze auf dem Kopf, die einen Planwagen der Intendantur abluden. Ohne zu fragen, folgte er zweien von ihnen; sie schwitzten, während sie einen großen Korb die Treppe hinauf in die Küchenräume schleppten, wo er nach ihnen eintrat. Hähnchen, kleine Flaschen, runde Brote, Gemüse türmten sich auf dem langen braunen Tisch. Die Schwestern Krauss und ihre Gouvernante rupften, schnitten, schälten, wuschen, während Henri Beyle, obwohl er schlecht aussah, mit zwei Eimern voller Wasser von der Pumpe zurückkehrte, Staps nahm sie ihm aus der Hand:

»Ruhen Sie sich aus, Sie sind krank.«

»Sehr freundlich von Ihnen, Monsieur Staps.«

Und während er mit einer Armbewegung auf die Eßwaren zeigte, erklärte Henri:

»Meine Kollegen von der Intendantur kümmern sich ebenfalls um meine Gesundheit, wie Sie sehen.«

»Und um die der Damen.«

Henri musterte Staps, seine Engelsmiene, sein zweideutiges Lächeln; dieser allzu höfliche junge Mann war ihm unangenehm. Man konnte hinter jedem seiner Worte einen Hintersinn vermuten. Mußte man sich vor ihm in acht nehmen? Weshalb? Henri vergaß seine Bedenken, als er Anna Krauss mit ihren jüngeren Schwestern scherzen hörte, ohne daß er begriff, über wen oder was. Bald mischte sich Staps in das Gespräch, auf deutsch, woraufhin er Henri, der am Tischende ihrem Lachen beiwohnte, ohne daran teilzuhaben, endgültig zuwider war. Er erblaßte und biß die Zähne zusammen, versuchte sich zu erheben, da wurde ihm übel, ihn fröstelte. Besorgt eilte Anna zu ihm. Als sie ihm den Arm bot und er ihre Wärme an seinem Körper spürte, wurde Henri plötzlich rot wie eine Tomate.

»Er nimmt wieder Farbe an!« rief Friedrich Staps auf französisch aus.

Am liebsten hätte Henri diesen Dummkopf gefressen.

Die Jacke offen, die Hosenbeine über den lehmverschmierten Holzpantinen hochgekrempelt, sah Vincent Paradis nicht mehr wie ein Füsilier und noch nicht wie ein Aufklärer aus; man hätte ihn für einen verkleideten Zivilisten halten können. Die Ordonnanz von Oberst Lejeune hatte ihn rütteln müssen, damit er aufwachte. Er gähnte, reckte sich vor der gelben Donau, einem Fluß, wie er noch keinen zweiten gesehen hatte, breit wie ein Meeresarm und unberechenbar wie ein Gebirgsbach, mit seiner Launenhaftigkeit und plötzlichen Gewalt. Die Sonne begann allmählich zu stechen, und Paradis nahm seinen Tschako hoch, setzte ihn auf und zog den Kinnriemen aus goldenem Leder fest. Wer hatte wohl derart hohe Hüte erfunden? Unter dem Schutz eines Stabsoffiziers wähnte er sich auf der Insel Lobau sicher und amüsierte sich über den Lärm, den er in weiter Ferne auf dem anderen Ufer hörte und der von den zusammengepferchten Häusern und Bauernhöfen von Ebersdorf herüberdrang. Dann hörte er Musik. Vor den Truppen, die jetzt den Weg auf die wackelige große Brücke einschlugen, spielten die Klarinetten der kaiserlichen Garde einen Marsch von Cherubini, der eigens für sie komponiert worden war. Dahinter folgten die Fahnen in dreifarbigen Rauten mit dem aufgestickten Adler, der die Flügel ausgebreitet hatte, im Anschluß daran die Gardegrenadiere in vollendeter Kleidung. Kein Mensch in der ganzen Armee mochte sie. Sie durften alles und nutzten dies schamlos aus. Der Kaiser verwöhnte sie, das machte sie hochnäsig. Sie gingen nie in der vordersten Linie, es sei denn am Ende der Schlacht, um zwischen den Männer- und Pferdeleichen zu paradieren, sie besaßen eigene Näpfe, reisten zumeist in mit Stroh ausgelegten Wagen oder Fiakern, um sich nicht zu beschmutzen. In Schönbrunn, wo sie Quartier bezogen hatten, hatte ihnen die Intendantur gezuckerten Wein in Kochtöpfen gereicht. Sie trugen gleich dem Kaiser Hosen aus Kaschmir unter

Gamaschen aus weißem Tuch. Dorsenne, ihr Kommandeur, elegant bis zum Anschlag, schwarze, mit der Brennschere gewellte Haare und dem hochnäsigen Gesicht eines Salonlöwen, überprüfte die Uniformknöpfe, die Falten und die Sauberkeit der Bajonette, über die er mit behandschuhtem Finger strich.

Die Gardegrenadiere überquerten in drei Reihen die unendlich lange Brücke aus Booten unterschiedlicher Größe und Form, die in der Strömung schaukelten und über die man Bretter gelegt hatte. Während der Überquerung, die im Gleichschritt und langsam vonstatten ging, warfen sie ihre Zweispitze ins Wasser, die eilends davontrieben, und ein jeder entnahm dem Sack des Vordermanns die berühmte Bärenfellmütze im Etui, um seinen Kopf damit zu bedecken.

»Was für ein Schauspiel!« sagte Lejeunes Ordonnanz, der hinter Paradis stand und der Szene beiwohnte.

»Ja, Herr Oberleutnant.«

»Da wird einem warm ums Herz!«

»Ja, Herr Oberleutnant«, wiederholte der Füsilier Paradis, um seinen Gönnern nicht zu widersprechen, die ihn vor der Front bewahrten, aber dieses affektierte Zeremoniell erboste ihn.

Dem Fußvolk brachte man weniger Aufmerksamkeit entgegen, es lebte immer im Dreck, stets unter den Waffen gebeugt, die Beine und den Rücken zerschunden, und schlief selbst bei Regen auf dem Erdboden, stritt sich um einen warmen Platz nicht allzuweit weg von den Biwakfeuern.

Lejeune näherte sich, die Hände auf dem Rücken, mit verdrießlichem Gesichtsausdruck. Dies verhieß nichts Gutes. Er packte Paradis allzu liebevoll an der Schulter und schob ihn ein Stück zur Uferböschung hinüber. Plötzlich tat Lejeune einen Satz nach hinten, er war auf eine Schlange getreten, die zwischen den Grasbüscheln verschwand.

»Keine Angst«, sagte Paradis mit einem Lächeln, »das ist eine Ringelnatter, die frißt nur Frösche und Molche.«

»Du weißt aber auch Dinge.«

»Sie auch, Herr Oberst, nur nicht die gleichen.«

»Du warst mir sehr nützlich.«

»Ich sage, was ich weiß, das ist alles.«

»Hör zu ...«

»Sie sehen ganz betreten aus.«

»Ich bin es.«

»Ach so, na klar, ich hab schon verstanden!«

»Was hast du verstanden?«

»Sie brauchen mich nicht länger.«

»Doch ...«

»Und?«

»Die Österreicher werden angreifen, weil der Kaiser es glaubt. Du wirst jetzt in deiner Division mehr gebraucht.«

»Genau das hatte ich verstanden, Herr Oberst.«

»Die Entscheidung ist nicht von mir.«

»Ich weiß. Kein Mensch entscheidet.«

»Nimm deine Sachen ...«

Der Füsilier kehrte zum Offizierslager zurück, legte sein Lederzeug an, sah seine Waffen und Patronen durch und marschierte, ohne sich umzudrehen, zu der kleinen Brücke, der Verbindung zum linken Ufer. Lejeune hätte ihm am liebsten hinterhergerufen, daß er nichts dafür kann, aber das stimmte nicht ganz, also schwieg er betrübt, als hätte er das Vertrauen eines braven Jungen mißbraucht. Dabei setzten sie alle, hier wie im Gestrüpp vor Aspern, wo Paradis wieder zur Division Molitor stoßen würde, ihr Leben aufs Spiel.

»Aha! Sie setzen sich in Bewegung! Endlich! Auf daß wir dem Ganzen ein Ende bereiten!«

Beunruhigt und zufrieden zugleich, mit der Art von Aufregung, wie sie einer jeden Schlacht vorausgeht, bevor das Blut endlich fließt, reichte Berthier Lejeune sein Fernglas, damit dieser ihm versichern konnte, daß er sich nicht täuschte. Sie befanden sich auf dem Kirchturm von Eßling, von wo sie die ganze Ebene überblicken konnten. Lejeune blieb nichts, als ebenfalls zu bestätigen: Im Schritt stieg die österreichische Armee in einem Kreisbogen in die Ebene herab.

»Unterrichten Sie unverzüglich Seine Majestät!«

Lejeune stürzte die hölzerne Wendeltreppe hinunter, stieß um ein Haar mit dem Kopf gegen einen Balken, und seine Füße verfingen sich in den Sporen, dann durchmaß er im Laufschritt die Kirche, durchquerte das offenstehende Portal und fand den Kaiser auf dem Vorplatz, der in einem Fauteuil saß, die Ellbogen auf dem Tisch, auf dem eine detailgetreue Karte der Region ausgebreitet war, die jede kleinste Erhebung und nahezu sämtliche vom Getreide verborgenen Pfade zeigte.

»Sire!« rief Lejeune, »die Österreicher rücken vor!«

»Wie spät ist es?«

»Mittag.«

»Wo sind sie?«

»Auf den Hügeln.«

»Hervorragend! Sie werden nicht vor einer Stunde hier sein.«

Der Kaiser erhob sich, rieb sich die Hände und verlangte gutgelaunt nach seiner Makkaronisuppe, die eine Feldküche zubereitet hatte. Küchenjungen fachten das Feuer im Kohlenbecken an, um die Suppe wieder aufzuwärmen, warfen die fertig gekochten Nudeln hinein und handelten sich vom Kaiser eine Rüge ein, weil das Essen noch nicht fertig war. Berthier tauchte nun ebenfalls auf, um die Neuigkeit zu bestätigen.

»Ist alles in seiner Position?« fragte Napoleon.

»Jawohl, Sire.«

Zufrieden löffelte er seine Suppe, fluchte, weil sie zu heiß war, bekleckerte sich das Kinn, verlangte brüllend nach dem fehlenden Parmesan und schloß die Augen halb, um dies voll auszukosten, nicht das Essen, sondern seine Gedanken. Seine Offiziere um ihn herum sahen ihm beim Essen zu, er plötzlich wieder die Ruhe selbst, und die Kaltblütigkeit ihres Herrn verlieh ihnen neues Selbstvertrauen, auch wenn ihnen der Hals wie zugeschnürt war vor ihrem Auftritt. Sie hatten klare Anweisungen erhalten, nun war es an ihnen, sie aufs genaueste auszuführen, da alles vorgezeichnet schien, selbst der Sieg. Der Kaiser kannte das strategische Geschick des Erzherzogs Karl, sein organisatorisches Talent und auch seine Zurückhaltung, die er sich zunutze machen würde. Eine Handbewegung genügte, und Berthier schenkte ihm ein Glas Chambertin ein, da preschte Périgord auf den Platz, völlig entkräftet sprang er von seinem dampfenden Pferd und verkündete:

»Sire, soeben ist die große Brücke gebrochen.«

Der Kaiser fegte mit dem Ärmel Suppe und Glas vom Tisch und erhob sich wutschnaubend:

»Wer hat mir nur solche Gurken geschickt! Sie sollten erschossen werden, diese Brückenbaupioniere, wegen Fahnenflucht vor dem Feind; das ist das Los, das sie verdient hätten!«

»Was genau ist passiert?« fragte Berthier seinen Adjutanten.

»Na ja«, sagte Périgord, während er Atem schöpfte,

»es gab plötzlich Hochwasser, der Fluß stieg rasend schnell an . . .«

»War damit nicht zu rechnen?« tobte der Kaiser.

»Doch, Euer Majestät, aber womit nicht zu rechnen war, ist, daß sich die Österreicher flußaufwärts hinter einer Biegung postieren und mit Steinen beladene Kähne auf unsere Brücke losschicken würden, sie haben die Bohlen zertrümmert, die Haltetaue durchtrennt . . .«

»Versager! Nichtsnutze!«

Der Kaiser lief auf und ab und tobte. Er packte Lejeune an seinem Pelzdolman:

»Waren Sie nicht einmal Pionier? Bauen Sie mir die Brücke sofort wieder auf!«

Die Offiziere analysierten die Situation: Ohne begehbare Brücke kein Kontakt zum rechten Ufer, zur Verpflegung, zur Munition, zu den nachrückenden Truppen aus Wien und zur Armee Davouts. Lejeune salutierte, schwang sich auf das erstbeste Pferd, das von Périgord, der wegen der Dringlichkeit der ganzen Angelegenheit nicht zu protestieren wagte, und verschwand, so schnell er konnte. Außer sich vor Wut, warf der Kaiser einen bösen Blick in die Runde und sagte in eisigem Ton:

»Wieso steht ihr noch dumm rum und haltet Maulaffen feil? Dieser Zwischenfall ändert gar nichts! Auf eure Plätze, Ihr Trottel! Ihr Taugenichtse!«

Dann zu Berthier, unter vier Augen, plötzlich ganz sanft, als hätte er die Wut nur gespielt:

»Wenn der Erzherzog über den Vorfall unterrichtet ist, und das wird er sein, wird er versuchen, davon zu profitieren. Er wird die Truppenbewegung vorantreiben und uns mit aller Macht angreifen, weil er uns auf dem linken Ufer blockiert glaubt.«

»Wir werden ihn empfangen, Sire.«

»Diese Idioten! Die Donau ist auf unserer Seite!«

»Könnte sie Sie nur hören, Sire«, murmelte der Generalstabschef.

»Périgord!« rief der Kaiser. »Unterrichten Sie den Herzog von Rivoli darüber, daß die Österreicher an der Donaubiegung vor Aspern auftauchen könnten . . .«

Périgord nahm sich ebenfalls das nächstbeste Pferd, das glücklicherweise frischer war als sein eigenes, und preschte davon, um Marschall Masséna den Befehl zu überbringen. Der Kaiser sah ihn im Unterholz verschwinden, lächelte und murmelte zu Berthier:

»Wenn sie Boote losschicken, um unsere große Brücke zu zerstören, Alexandre, heißt das, daß sie schon an der Donau stehen.«

»Zumindest eine Vorhut . . .«

»Nein! Kommen Sie.«

Napoleon zog den Generalstabschef zu seinem Tisch, drehte die Karte um und kritzelte mit Kreide einen Plan auf die Rückseite:

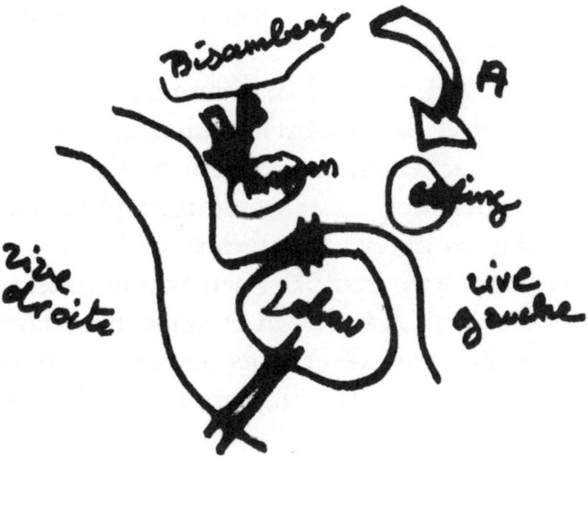

Berthier sah hin und hörte zu:

»Karl schickt Truppen in die Ebene hinunter: Pfeil A ...«

»Wir sehen nur sie.«

»Genau! Gleichzeitig schickt er von Bisamberg her, hier oben links auf meinem Plan, wo die Österreicher, wie wir wissen, seit Tagen ihr Lager haben, eine andere Armee herunter, die mit Sicherheit stärker ist, Kanonen mit sich führt und dem Verlauf der Donau folgt: Pfeil B. Sie hoffen, sich Aspern von hinten zu nähern und überraschend anzugreifen, während wir sie ganz woanders erwarten, und dann von hinten unsere Linien zu durchbrechen und uns zu umzingeln ...«

Der Kaiser zeichnete weiter, und sein Plan artete in ein unleserliches Gekritzel aus, aber Berthier hatte verstanden.

Bei seinem Weg um ein Waldstück erkannte Lejeune Molitors Infanterie an ihren Federbüschen; aber er wollte sich nicht aufhalten, zum einen hatte er keine Zeit zu verlieren, zum anderen hatte er keine Lust, aufgrund eines dummen Zufalls unverhofft auf Paradis zu stoßen, der so sehr gewünscht hatte, beim Generalstab, weitab vom Feuergefecht, bleiben zu dürfen. Wie sollte er ihm erklären, daß Berthier unerbittlich gewesen war: »Keine Bevorzugung, Lejeune, jeder an seinen Platz. Schicken Sie mir Ihren Hasenjäger in sein Regiment zurück. Kein schlechtes Beispiel!« Lejeune hatte nicht gewußt, was er antworten sollte. Was wollte er beim derzeitigen Stand der Dinge zum Teufel noch mal mit einem Aufklärer? Man brauchte Artilleristen und Schützen. Der Gehorsam ersparte ihm jedoch nicht das nagende Gewissen, aber das Gefecht würde das alles wegfegen.

Der Oberst überquerte im Schritt die kleine Brücke, gegen die die Wellen klatschten; die Donau war sehr viel breiter geworden, die Bretter schwankten, sein Pferd setzte die Hufe in Pfützen. Auf der Insel konnte er sein Tempo wieder aufnehmen, um dann die Katastrophe auf der anderen Seite zu sichten. Die große Pontonbrücke war in der Mitte auseinandergebrochen, und die gewaltigen Wellen, die in die Öffnung drangen, rissen weitere Balken los. Die Haltetaue rissen eins nach dem anderen knallend entzwei, waren allzu gespannt, und ein Teil der Brücke drohte davonzutreiben, trotz aller Bemühungen der Brückenbaukommandos und der zusätzlichen Pioniere; mit Stangen, Bootshaken, Äxten, Besenstielen versuchten sie, die mit Bauschutt beschwerten Kähne der Österreicher abzuwehren. Eines dieser Boote war an der Uferböschung gestrandet, und Lejeune unterzog es einer genaueren Untersuchung. Es handelte sich um einen kleinen dreieckigen, tiefen Kahn, den man mit schwerem Schotter beladen hatte; aufgrund seiner Form drehte er sich unablässig und stieß daher mit voller Gewalt und mit all seinen Ecken an die angeketteten Boote, die die große Brücke über Wasser hielten. ›Was für ein Wahnsinn!‹ dachte Lejeune, ›einfach auf die schnelle eine Schiffsbrücke über einen steigenden Fluß zu werfen. Klar, daß der Feind das ausnutzte; es war zu einfach.‹ Er schimpfte auf die aus Zeitmangel zusammengeschusterte Arbeit, hätte aber nie gewagt, zu jemandem ein Wort davon zu sagen. Man hätte warten müssen, bis sich die Donau beruhigt hat und wieder normal fließt, zwei Wochen, einen Monat allerhöchstens, um dann eine stabile Brücke zu bauen aus Holzpfeilern, die in den Boden gerammt wurden. Spekulationen dieser Art waren jedoch zwecklos. Er mußte die Reparaturarbeiten leiten, Mittel und Wege finden, die Kähne und Baumstämme, die die Österreicher aussetzten, um die anfällige Brücke zu zerstören, ans Ufer zu lenken.

Mit einer gewissen Mutlosigkeit befreite sich Lejeune von seinem Uniformschmuck, der ihn zu behindern drohte; er ließ alles ins Gras fallen, Säbel, Tschako, Säbeltasche. Da bemerkte er einen Offizier der Pioniertruppe, der sich alle erdenkliche Mühe gab, einem dieser schrecklichen dreieckigen Kähne zu begegnen; zu zehnt hielten sie eine dicke Bohle, um ihn zu rammen, und warteten auf den Aufprall. Der schnelle Kahn traf auf diesen improvisierten Prellbock, die Männer ließen los, vier von ihnen stürzten in das aufgewühlte Wasser, schafften es aber, sich an den noch angebundenen Pfählen und Pontons festzuklammern, stießen sich den Kopf, schrien, schluckten schlammiges Wasser, aber der dahinschießende Bootskörper trieb ab und auf die Insel zu.

»Hauptmann!«

Der Offizier der Pioniertruppe ergriff durchnäßt, mit triefendem Schnurrbart die Hand, die Lejeune ihm hinstreckte, und schwang sich auf die Brücke. Er stellte keine Fragen und ordnete sich dem Abgesandten des Generalstabs mit seiner roten Hose wortlos unter. Dadurch wurde ihm ein Teil der Verantwortung genommen.

»Hauptmann, wieviel Stützboote sind weggerissen worden?«

»Zehn Stück ungefähr, Herr Oberst, und es ist absolut aussichtslos, neue aufzutreiben.«

»Ich weiß. Bauen wir Flöße.«

»Oje! Das wird Stunden dauern!«

»Haben Sie eine andere Lösung?«

»Nein.«

»Trommeln Sie Ihre Männer zusammen.«

»Alle?«

»Alle. Sie sollen Bäume fällen, sie herrichten und zusammentragen, sie an Bretter nageln, zusammenbinden, wie Sie wollen, aber wir brauchen so schnell wie möglich Flöße, so viele, wie Boote abgesoffen sind.«

»In Ordnung.«

»Schauen Sie da, die Bretter der Brückendecke sind nicht alle verlorengegangen, von hier aus sehe ich welche, die auf die Insel getrieben wurden. Lassen Sie sie einsammeln.«

»Allzuviele sind es nicht ...«

»Besser als nichts! Wir wollen die Verbindung mit dem rechten Ufer wiederherstellen, um jeden Preis, und zwar schnell!«

»Schnell, schnell, Herr Oberst ...«

»Hauptmann«, sagte Lejeune und versuchte Ruhe zu bewahren, »die Österreicher werden jeden Moment angreifen. Ich hoffe, daß sie es auf der anderen Seite vor Ebersdorf auch wissen und entsprechend handeln.«

Molitors Soldaten drängten sich in einem langgezogenen Hohlweg aneinander, der den hinteren Teil Asperns mit einem der zahlreichen toten Seitenarme der Donau verband. Sie hatten ihre Gewehre geladen und warteten fast wie in einem Schützengraben in der Deckung dieser natürlichen, von Gestrüpp bewachsenen Brustwehr. Sie hielten sich für die Reserve, da die Österreicher in die Ebene vor den Dörfern vorrückten und zuerst auf Massénas Kavallerie und Kanonen stoßen würden. Unruhig, aber in der Gewißheit, daß ihnen der erste Zusammenstoß erspart bliebe, lauschten einige, um sich abzulenken, den Geschichten des Feldwebels Roussillon, die sie eigentlich schon auswendig kannten; er hatte überall gekämpft, und überlebt zu haben erfüllte ihn mit Stolz, also berichtete er zum x-ten Mal von seinen Verwundungen oder erzählte haarsträubende Schreckensgeschichten, zum Beispiel, wie in Kairo ein einziger Henker zweitausend türkischen Rebellen in fünf Stunden den Kopf abgeschlagen habe, ohne daß ihm die Hand anschwoll. Vincent Paradis hatte sich ein wenig von der Gruppe abgesondert. Er fürchtete, dies sei sein letzter Tag im Leben, und um an nichts anderes als das direkt Bevorstehende zu denken, neckte er mit einem Schilfrohr eine dicke Schildkröte, die er im Schlamm aufgelesen hatte; sie lag auf dem Rücken und wehrte sich.

»Die kommt bestimmt nicht wieder auf die Füße«, bemerkte ein anderer Infanterist. »Sie hat zu kurze Beine, wie wir. Wenn ich längere Beine hätte, die weniger schlottern würden, ich würde mich aus dem Staub machen, und zwar sofort, das kannst du mir glauben.«

»Und wohin, Rondelet?«

»Mich eingraben, in ein Loch, ganz einfach, und abwarten, bis alles vorbei ist. Wie ich die Maulwürfe beneide.«

»Sei still . . .«

Paradis spitzte die Ohren.

»Hörst du, Rondelet?«

»Ich hör das dumme Geschwätz vom Feldwebel, aber ich hör nicht hin.«

»Die Vögel . . .«

»Was ist mit den Vögeln?«

»Sie haben aufgehört zu singen.«

Den Füsilier Rondelet kümmerte das nicht. Er

knabberte an einem Keks, der derart trocken war, daß er sich beinahe die Zähne daran ausgebissen hätte, und sang mit vollem Mund:

Es lebe unser Napoleon,
der uns gibt,
was uns beliebt,
Brot und Wein, das haben wir schon.
Es lebe unser Napoleon.

Paradis zog sich an der Wegkante des Hohlwegs hoch, der seine Kompanie verbarg. Er sah eine Fahne mit gelbem Grund, die über einem Hügel emporragte, dann schwarze Eisenhelme, das Funkeln der spitzen Bajonette im Licht und bald schon eine Kolonne mit weißen Uniformen, dann noch eine und noch eine, ohne Trommeln, ohne Lärm. Paradis rutschte auf dem Hintern zurück auf den Weg und konnte gerade noch hervorbringen:

»Sie sind da!«

»Es ist soweit, sie sind da, auf unsrer Seite«, wiederholte Rondelet seinem Nachbarn, der es weitersagte, und die Neuigkeit drang bis nach Aspern, von den jungen Soldaten im Flüsterton weitergegeben.

Sie stellten sich in ungefähr zehn Linien auf, bereit, auf die Wiesen und Hügel zu klettern, von denen die Gefahr ausging. Leise und mit fester Stimme befahlen die Offiziere den ersten drei Linien, in Feuerstellung zu gehen, um den Österreichern den Weg zu versperren. Etwa fünfhundert Füsiliere erklommen in aller Stille den Erdwall; ein Knie im Gras, hinter den Büschen, die auf ihrer Verschanzung wuchsen, legten sie an und richteten ihre Waffen auf die Hügel. Hinter ihnen hielten sich die Kameraden bereit, um sie abzulösen, sobald sie gefeuert hatten, damit sie Zeit hatten, die Waffe erneut zu laden und ein anhaltendes Feuer zu gewährleisten.

»Nur nicht ungeduldig werden!« knurrte Feldwebel Roussillon. »Laßt sie näherkommen ...«

Die Füsiliere senkten die Gewehre.

»Wenn sie den kleinen verkrüppelten Baum erreichen (Seht ihr ihn? In hundertfünfzig Metern ...), legen wir los!«

Ein Stück weiter rechts, auf halbem Weg zum Dorf, entdeckten sie hinter den niedrigen Mauern und unter der Scheune eines großen Bauernhofs aus Steinmauern die Tschakos einer anderen Kompanie. Molitor hatte seine Truppen unter Ausnutzung aller Unebenheiten des Terrains angeordnet und sogar die Aushebungen aus getrocknetem Lehm, die die Dorfbewohner aufgeschichtet hatten, um sich vor Überschwemmungen zu schützen, einbezogen. Paradis wurde mit einem Mal ganz ruhig. Er vertiefte sich in die Beobachtung der weißen, geordneten, langsamen, nahezu unwirklichen Kolonnen, die zuerst direkt auf ihn zuhielten und dann hinter einem Hügel verschwanden, als wären sie vom Erdboden verschluckt worden. Der zerklüftete Boden nahe der Donau versperrte ihnen die Sicht, und diese Kerle von Österreichern wußten das genau.

Es war ein Uhr nachmittags und heiß, als aus der Richtung des Bauernhofs Schüsse ertönten. Die Soldaten waren weiterhin angespannt, die Waffen auf den Boden gerichtet, die Augen auf einen flimmernden Horizont und den letzten Hügel, hinter dem jeden Augenblick die Tirailleure des Erzherzogs auftauchen konnten. Wo blieben sie nur, Herrgott noch mal! Plötzlich tauchten sie aus dem hohen Gras auf, in schrägen Linien, perfekt aufgereiht, mit ihren langen grauen Gamaschen, den sauberen einheitlichen Uniformen, und streckten die Bajonette wie für eine Parade im gleichen Winkel nach vorn. Paradis senkte den Blick auf seine von Brombeersträuchern zerrissene Hose; Rondelet trug eine zivile Jacke unter seinem mit Kreide geweißten Schulterriemen; der Offizier, der sie anführte, hatte keinen Hut mehr, und seine Wangen waren von einem Zweitagebart schwarz gefärbt. Von vorne näherten sich ihnen die Österreicher, und es wurden immer mehr. Wie viele konnten es sein?

»Die sind zehnmal soviel wie wir«, murmelte Rondelet.

»Du übertreibst«, antwortete Paradis, um nicht den Mut zu verlieren.

Die Feinde waren kurz davor, die Grenze des verkrüppelten Baumes zu überschreiten, und alle legten an, fiebrig, den Finger am Abzug.

»Feuer!« befahl der Offizier, der seinen Säbel gezogen hatte, dessen leere Scheide er in der linken Hand hielt.

Paradis schoß und hatte das Gefühl, sich die Schulter auszureißen, so heftig war der Rückstoß. Er kauerte sich hin, damit die Kameraden der zweiten Linie zum Schuß kamen. Er hatte geradeaus geschossen, auf Brusthöhe ungefähr, nach Augenmaß, und wußte nicht, ob er überhaupt etwas getroffen hatte.

»Feuer!«

Er hörte die nächste Salve, ohne im Schutz des Hohlwegs, in dem er sein Gewehr nachlud, auch nur das Geringste zu sehen. Er nahm eine Patrone, riß sie mit den Zähnen auf, schüttete das Pulver in den noch warmen Lauf, stopfte es mit dem Ladestock fest und schob die Kugel hinein; der Vorgang dauerte jedesmal drei Minuten und verschaffte ihm eine Atempause. Oben wurde nach wie vor geschossen. Und die Österreicher? Paradis hatte noch keine Verwundeten gesehen. Als es wieder an ihm war, nach oben zu klettern, hatte sich der Rauch verzogen, und die Österreicher waren erneut hinter dem Hügel verschwunden.

Anstatt sich in Linien auszurichten, was Vincent Paradis sich einredete, gruppierten sich die Österreicher nach einem ausgeklügelten Plan. Was der Füsilier nicht wußte, als er aufs Geratewohl in die Gegend schoß, entdeckte Marschall Masséna. Er stand oben auf dem Kirchturm von Aspern und konnte das ganze Schlachtfeld überblicken. Er umkreiste die Bronzeglocke, die er dabei leicht streifte, begab sich von einem Fenster zum nächsten, schmalen, aber hohen Öffnungen, die in einen Spitzbogen ausliefen, und erriet allmählich die Truppenbewegungen des Gegners, drei riesige Menschenmassen disziplinierter Männer, die das Dorf nach und nach umstellten, angefangen von den Sümpfen der Donaubiegung bis hinein in die Ebene Marchfeld, und vielleicht sogar bis hinter Eßling am anderen Ende der Front. Hie und da öffneten sich die Regimenter, damit ein paar Dutzend pferdebespannter Kanonen und Munitionswagen vorbei konnten, auf denen wie zu Pferde die Schützen saßen. Bleich und stumm schlug Masséna mit der Reitgerte, die an seinem rechten Handgelenk hing, gegen die Wände; er verfluchte sich, daß er weder die Gebäude mit Schießscharten hatte versehen noch breite Gräben hatte ausheben lassen, um das unvermeidliche Näherrücken der Armeen des Erzherzogs hinauszuzögern. Er begriff, daß dieser die Dörfer umzingeln, die Brücken zerstören und die dreißigtausend Soldaten, die schon auf das linke Ufer vorgedrungen waren, einschließen wollte, um sie vom Nachschub abzuschneiden, sie mit einer dreimal höheren Truppenstärke zu vernichten. Er spürte, daß die Situation von nun an von seinen Entscheidungen abhing. Ins Treppenhaus des Kirchturms schrie er, von seinem Adjutanten gefolgt:

»Sie werden uns einkreisen und uns zu Hackfleisch machen!«

»Wahrscheinlich«, sagte Sainte-Croix.

»Zweifellos! Sie haben doch zwei Augen, oder? Was würden Sie in dem Fall machen?«

»Ich würde allem voran die Brücken schützen, Herr Herzog.«

»Das genügt nicht! Was noch?«

»Na ja . . .«

»Haben Sie die Bären gesehen, in Bayern?«

»Bären? Von weitem.«

»Ein Bär, der verletzt ist, leckt der sich die Wunden und schläft ein?«

»Ich weiß es nicht, Herr Herzog.«

»Er greift an! Das tun wir auch! Wir werden ihre hübschen, gutgekleideten Bataillone durchlöchern mit unseren Lumpenkerlen! Wir werden sie überraschen! Wir werden sie durcheinanderbringen! Wir werden sie in Stücke schneiden, mein lieber Sainte-Croix!«

In der Sakristei nahm Masséna eine herrliche goldbestickte Stola an sich und warf sie über die Schulter:

»Die kosten ein Vermögen, derlei Stücke, Sainte-Croix, es wäre dumm, sie zu zertrampeln, diese Priesterschärpe! Glauben Sie an die Kirche, Sie mit Ihrem verdächtigen Namen?«

»Ich glaube an Sie, Herr Herzog.«

»Gut gekontert«, sagte Masséna, lauthals lachend.

Er würde die Initiative zum Angriff übernehmen und strahlte vor Freude. Zu den versammelten Offizieren, die unter den Ulmen auf dem Kirchplatz seine Befehle erwarteten, sagte er:

»Wir müssen eine Front von zwei Kilometern halten, bevor unsere Armeen vom rechten Ufer nachrükken. Vor uns stehen mindestens dreimal so viele Leute, mit mindestens zweihundert Kanonen, die sie gerade postieren. Es ist an uns, zuerst anzugreifen!«

»Die große Brücke ist noch nicht repariert . . .«

»Deshalb! Wir haben keine Zeit mehr.«

Masséna sprang auf sein Pferd, das ihm einer der Stallmeister an den Zügeln hinhielt, er streifte seine weißen Handschuhe über, verpaßte dem Pferd einen Hieb mit der Reitgerte und ritt zu den Artilleristen, die er um Aspern herum hatte in Stellung gehen lassen, von Bäumen oder Hausecken verdeckt. Alles war bereit. Die Kanoniere standen hinter rund zwanzig geladenen Kanonen. Auf ein Zeichen von Masséna zündeten sie den Docht an ihrem Luntenstock an. Gut sichtbar in der Ebene rasteten aneinandergepreßt und dichtgedrängt die Truppen des 6. österreichischen Armeekorps, das ein geschickter, schon etwas älterer Baron Hiller befehligte.

»Zielt unmittelbar über das Getreide!« befahl der Marschall. Dann ergriff er den Luntenstock eines Artilleristen und verteilte, ohne vom Pferd zu steigen, und mit grimmigem Blick seine Anweisungen:

»Sobald ich die erste Kanone gezündet habe, wartet ihr einen Atemzug ab und feuert Kanone Nummer vier ab, dann sieben, dann zehn, dann dreizehn, anschließend die Nummer zwei, fünf, neun usw. Ich will eine anhaltende Feuerlinie! Diese Hunde sind in Schußweite!«

Mit diesen Worten senkte er den Luntenstock in seiner Hand, zündete die Ladung, die mit großem Getöse den Schuß auslöste, in gleichen Abständen von der vierten Kanone gefolgt, dann von den anderen, während man, von einer Rauchwolke umgeben, schon wieder eilig nachlud.

Die Schlacht hatte noch keinen Namen. Seit einer Woche dachten alle daran, fürchteten sie oder grübelten darüber nach, doch jetzt hatte sie wahrhaftig begonnen.

Um drei Uhr nachmittags hörten die Bewohner von Wien den Kanonendonner. Die neugierigsten unter ihnen strömten in Massen zu allen möglichen Aussichtspunkten, um dem Schauspiel beizuwohnen. Sie verteilten sich auf Dächer und Glockentürme, auf die alten Zinnen der Stadtmauer. Sie stritten sich um die besten Plätze wie im Theater. In Begleitung seines deutschen Arztes, Carino, der ihm auf sein Drängen hin und trotz seines quälenden Schmerzes erlaubt hatte, Luft zu schnappen, hatte sich Henri Beyle auf einem Bollwerk niedergelassen, von dem aus man die Biegungen der Donau und die weite grüne Ebene überblicken konnte. Die Schwestern Krauss hatten ihn mitgenommen, und zum Glück war ihnen der unangenehme Herr Staps nicht gefolgt. Aus der Entfernung sahen die Bataillone im Marchfeld wie harmlose Miniaturfiguren aus, und der Kanonenrauch glich Wattebäuschen. Henri hatte das Gefühl, in einer Proszeniumsloge zu sitzen, und er war davon peinlich berührt. Die Flammen, die aus den unter Beschuß stehenden Häusern von Aspern hochschossen, erfüllten ihn nicht gerade mit Freude. Anna hüllte sich in ihren großen ägyptischen Schal, als wäre ihr kalt, und sie zitterte leicht mit zusammengepreßten Lippen. Gewiß fürchtete sie für Louis-François in dem entfernten Kampfgetümmel das Schlimmste, aber Henri, frei von Eifersucht, sah in ihr nur das Bild eines ohnmächtigen Schmerzes.

Ein Augenoptiker aus der Altstadt vermietete für eine festgelegte Zeit Fernrohre und blickte unentwegt auf die Uhr, um das Verstreichen der Zeit zu kontrollieren. Über Doktor Carino ließ Henri anfragen, ob er eins haben könnte, aber der gute Mann hatte keine mehr und antwortete, daß die Zeit des dicken Herrn weiter links bald um sei und daß es nur zwei Gulden koste, ein Spottpreis für eine Vorstellung erster Güte, die man so bald nicht mehr zu Gesicht bekäme. Als Henri das Fernglas schließlich bekam, richtete er es auf Aspern, wo eine Scheune brannte. Eine schwarze Rauchsäule stieg auf, das angrenzende Haus fing Feuer, das Dach drohte einzustürzen, doch auf wen? Dann wandte er sich zur Brücke, an der sich Ameisenmännchen zu schaffen machten. Ein Gerücht machte die Runde, an das Henri nicht glaubte: Der Kaiser habe die große Pontonbrücke zerstört, um einen Rückzug zu verhindern und seine Soldaten zum Siegen zu zwingen. Mit einem traurigen Lächeln streckte Anna die Hand aus; Henri reichte ihr sein Fernrohr, das sie ängstlich vors Auge hielt, aber aus dieser Entfernung konnte man selbst mit einem solchen Instrument nur Bewegungen erkennen, nichts Genaues, auf keinen Fall Gesichter oder die Silhouetten Bekannter. Der Verleiher protestierte. Man habe nicht das Recht, seine Fernrohre zu mehreren zu nutzen, er forderte zwei weitere Gulden. Als Doktor Carino seine Proteste übersetzt hatte, ging Henri mit dem Gesicht ganz nah an den Händler heran und brüllte ihm ein »Nein!« ins Ohr, das ihn zurückweichen ließ. In diesem Augenblick war eine weibliche Stimme zu hören:

»Henri!«

Er fluchte zwischen den Zähnen. Es war Valentina. Sie kam auf die Stadtmauer, um sich zusammen mit der Truppe sehen zu lassen, die sich anschickte, Molières *Don Juan* auf wienerisch aufzuführen. Sie waren ausnahmslos elegant gekleidet, die Mädchen in Tuniken aus Perkal, die jungen Burschen in engem Hemd und Plüschhosen, die wiederum in gelben Stulpenstiefeln steckten. Sie hatten Operngläser mit und kommentierten die Schlacht, die für ihren Geschmack zu weit weg war, so daß man nicht viel davon mitbekam. Sie unterhielten sich über den *Comte Waltron*, ein bombastisches Stück mit kostümierten Statisten und Kavallerieangriffen, die knapp an den Zuschauern vorbeigingen.

»Sag deinen Freunden, daß sie näher an die Kanonenkugeln heran können«, sagte Henri zu Valentina.

»Wie liebenswürdig du immer bist!« entgegnete sie verärgert.

»Dort unten werden sie echte Tote sehen, echtes Blut, und wer weiß, vielleicht haben sie sogar das Glück, eine glühende Planke auf den Kopf zu bekommen.«

»Das ist nicht witzig, Henri.«

»Ich bin nicht witzig, du hast recht, ich habe auch keinen Grund dazu.«

Er kehrte wieder zum anderen Ende des Bollwerks zurück, wo Anna ihren Sorgen nachhing, aber sie sei mit ihren Schwestern gegangen, erklärte Doktor Carino: »Und Sie täten gut daran, es ihnen gleichzutun, lieber Freund. Wenn Sie Ihr Gesicht sehen könnten ... Sie haben hohes Fieber, ich rate Ihnen, sich mit einer heißen Bouillon ins Bett zu legen.« Also ging Henri, ohne sich von Valentina zu verabschieden, deren Freunde immer noch große Reden über die Qualität der Feuer führten, die in Aspern aufflammten. In ihren Augen waren sie weniger realistisch als das Gewitter der *Zauberflöte*, die sie im großen Freilichttheater des berühmten Schikaneder gesehen hatten.

Massénas Kanonenfeuer hatte die österreichischen Reihen gelichtet, aber nach dem anfänglichen Tohuwabohu und einem kurzen Rückzug hatte ihre Artillerie losgelegt. Eine Holzscheune hatte Feuer gefangen, dann waren unter dem ständigen Beschuß von zweihundert Geschützen Dächer eingestürzt, im Dorf brach überall Feuer aus, das man nicht löschen konnte, weil es sowohl an Zeit als auch an Mitteln fehlte. Die ersten Sterbenden hatten wie Fackeln gebrannt, vergebens hatten sie sich im Sand gewälzt. Die Füsiliere gaben der linken Dorfhälfte aus der Ferne Deckung, aber sie bekamen die heiße Feuersglut zu spüren; zu ihnen flogen Funken über, die sie mit einem Schlag auf den Ärmel erstickten; ein leichter Wind drückte schwarzen, dichten Rauch auf sie herunter, der im Hals kratzte. Rondelet spuckte auf den Boden und scherzte wenig überzeugend:

»Kaum geht's los, da werden wir schon geräuchert.«

Paradis verzog das Gesicht, während er an seinem Gewehr herumfummelte. Die Männer der Division Molitor hatten ihre Stellung nicht verändert und hatten nach ein paar Schußwechseln, bei denen niemand verletzt worden war, die Reihen aufgelöst. Ihr Hauptmann hatte seinen Säbel zurückgesteckt und zwei Pistolen aus seinen Rockschößen gezogen. Feldwebel Roussillon sammelte ohne Gefühlsregung seine Kompanie:

»Los, Jungs, wir werden das Feld bestreichen. Fächerförmig! Wir gehen zum Angriff über.«

»Was greifen wir an?« wagte Paradis zu fragen.

»Die österreichische Infanterie konzentriert sich auf Aspern«, erklärte der Hauptmann. »Wir müssen sie von hinten packen.«

Nachdenklich lud der Offizier die Pistolen durch und stapfte mit weitausladenden Schritten durch das Gras. Dreitausend Männer verteilten sich über die Felder und in die kleinen Talmulden und erklommen erneut die Uferböschung der Donau, wohl einer gewissen Ordnung folgend und wachsam, aber das knisternde Geräusch des nahen Feuers, das Getöse der Kanonen, das Krachen des einstürzenden Gebälks waren schuld daran, daß sie eine Eskadron österreichischer Husaren in grünen Jacken überhörten, die plötzlich auf ihre Flanke zugaloppierte. Die Husaren stürzten sich brüllend auf sie, den Säbel in der ausgestreckten Hand, den gebogenen Rücken der Klinge nach oben, um die Infanteristen auf der Erde besser durchbohren und aufspießen zu können.

Die Erde bebte unter dem Hufgetrappel, und der Ton einer Trompete mischte sich mit dem Gebrüll der Husaren. Paradis und seine Kameraden drehen sich überrascht um und legen instinktiv das Gewehr an. Beide Arme waagrecht vorgestreckt, feuert ihr Hauptmann mit beiden Pistolen gleichzeitig, wirft sie von sich und legt die Hand auf seinen Säbel, sogleich schießen die Füsiliere in Schulterhöhe um sich, ziellos, ohne Befehl. In der anrollenden Horde, die sie überrennen wird, sieht Paradis ein Pferd, das sich aufbäumt; der Reiter gerät zwischen die Beine des nächsten Pferdes und bringt es zum Straucheln; ein weiterer Österreicher hat einen Schuß in die Stirn bekommen, doch sein Pferd läuft, von den anderen mitgerissen, weiter mit ihm, der auf dem Sattel nach hinten gekippt ist. An erneutes Laden ist nicht zu denken. Paradis rammt den Gewehrkolben in den lockeren Boden, hält das Gewehr mit beiden Händen fest, wobei er Schultern und Kopf senkt, wie an eine Lanze geklammert, steht Schulter an Schulter mit seinen Kameraden, um eine Art Egge zu bilden. Er schließt die Augen. Der Aufprall erfolgt sofort. Die ersten Pferde werden von den aufgestellten Bajonetten aufgeschlitzt, aber rennen sie um, und Paradis, der im Gras kauert, die Arme zerquetscht und halb betäubt, spürt eine warme, klebrige Flüssigkeit an den Fingern. Er ist bestimmt verletzt, stützt sich auf die Hände, betrachtet um sich herum das Gemenge aus Füsilieren und Husaren. Er rüttelt seinen Nachbarn, dreht ihn auf den Rücken; seine Augen sind verdreht. Weiter hinten schlägt ein Pferd mit aufgeschlitztem Bauch vor Schmerzen aus und stampft mit den Hufen; sein Bauch ist offen, die Gedärme quellen heraus. ›Auf einem Schlachtfeld‹, denkt Paradis, ›begreift man wirklich nichts mehr. Bin ich denn tot? Das ganze Blut? Nein, es ist nicht von mir. Ist es das von dem Pferd? Von meinem Kameraden, von dem ich nicht einmal mehr den Namen weiß?‹

»Pssst!«

Paradis erblickt Rondelet, der auf dem Bauch liegt und ihm zuzwinkert.

»Ist dir nichts passiert?« fragt er ihn.

»Nichts, aber sag es nicht laut. Ich stelle mich tot, vorsichtshalber.«

»Achtung!«

Ein Österreicher, der aus dem Sattel geworfen worden war, nähert sich humpelnd. Er hat die Worte des vermeintlich Toten mitgehört und hebt seinen Säbel. Von seinem Freund vorgewarnt, rollt Rondelet auf die Seite, ohne weitere Fragen zu stellen, und Paradis schmeißt dem Husaren eine Handvoll Erde in die Augen; plötzlich blind, strauchelt dieser und schwingt gefährlich seinen Säbel, da stößt ihm Feldwebel Roussillon mit aller Kraft ein Bajonett in den Rücken, das er soeben aufgelesen hat.

»Verletzt oder nicht, hoch mit euch!« befiehlt der Feldwebel. »Sie werden zurückkommen«

»Sie sind also weg?« seufzt Rondelet, den der Feldwebel an seinem Oberarm packt und hochzieht:

»Du hast ja nicht einmal einen Huf ins Gesicht bekommen! Und du?«

»Es ist tatsächlich Blut«, antwortet Paradis, »ich weiß nur nicht, von wem.«

»Wir sammeln uns hinter dem Hohlweg, und zwar schnell!«

Die wie durch ein Wunder Geretteten stehen auf, sind benommen und unsicher auf den Beinen.

»Und sammelt mir die Patronentaschen ein«, knurrt Feldwebel Roussillon. »Es wird keine Patrone verschwendet.«

Am anderen Ende des Schlachtfelds formierten sich die grünen Husare erneut zum Angriff. Die zwei Füsiliere kamen dem Befehl nach, ohne Zeit zu verlieren und ohne sich die Leichen allzugenau anzuschauen.

Nach dem vierten mörderischen Angriff befahl General Molitor den Rückzug ins Dorf, wo er sich Unterstützung zu holen gedachte. Er hielt sein verschrecktes Pferd im Zaum, den Degen in der Hand, um den dafür notwendigen Rückzug hinter den Hohlweg zu leiten, wo im übrigen ein fünfter Angriff abgeschmettert wurde. Im Glauben, sie würden eine Erhebung überspringen, stürzten die Husaren hinein wie in eine Schlucht; sie brachen sich das Genick, wurden von Bajonetten aufgespießt oder aus nächster Nähe mit einem Kopfschuß getötet. Die Füsiliere verloren dadurch an Boden, heimsten aber jede Menge Material von den Toten ein, einer trug ein Gewehr unterm Arm und eins im Gewehrriemen, der andere hatte einen Schulterriemen aus schwarzem Leder ergattert, in den er die nackte Klinge eines Säbels versenkt hatte; Paradis trug mehrere Patronentaschen quer über der Brust und hatte den roten Tschako eines Österreichers aufgesetzt. Sie zogen sich zu den ersten Häusern von Aspern zurück, wichen den großen, braunen Pferden aus, die gestürzt waren und wieherten: Wohl fochten sie einen langen, qualvollen Todeskampf aus, aber es war undenkbar, ihnen den Gnadenschuß zu geben, die Patronen waren zu wertvoll und für die Menschen reserviert, bei denen man vorzugsweise auf Kopf oder Bauch zielte.

Aufgrund einer optischen Täuschung wirkte das Feuer aus der Nähe weniger spektakulär. Die meisten Häuser entlang der Hauptstraße, durch die die Soldaten in Scharen zogen, waren nahezu intakt, denn die Kanonen des Barons Hiller verstummten schließlich, die gewaltigen Flammen von vorhin beruhigten sich, weil sie nicht mehr ausreichend Nahrung fanden. Überall versuchten Männer die Brandherde mit Sand zu ersticken. Das angeschlagene und verkohlte Gebälk qualmte und krachte, zuweilen stürzten ganze Wände ein und wirbelten Asche auf. Da ihnen die Rauchschwaden nahezu den Atem nahmen, rissen die Füsiliere einen Hemdzipfel ab und banden ihn vors Gesicht. Die Hitze wurde unerträglich.

Auf dem weitläufigen Platz vor der Kirche von Aspern gesellte sich zu den schwarzen Rauchwolken des Feuers auch noch der Pulverstaub, denn die Artilleristen schossen weiter, ohne in dem dichten Rauch auch nur das geringste zu sehen; ihr Gesicht war verschmutzt, die Lippen trocken, so sammelten sie die Kanonenkugeln des Feindes auf, um sie zurückzuschießen. Der viereckige Kirchturm war oben von einer Granate getroffen worden, die bronzene Glocke hatte im Fallen die Innentreppe zerschmettert. Die Verwundeten wurden auf einem Wagen gesammelt, den man für einige Zeit in einem unbeschädigten Schuppen untergestellt hatte. Sie würden an die Brücke zur Insel Lobau gebracht, wo Doktor Percy sein erstes Lazarett errichten würde. Ein Bein oder einen Arm mit Uniformfetzen verbunden, brüllten, humpelten und krochen diese armen Teufel, und die weniger Getroffenen trugen die Schwerverwundeten auf ausgebreiteten Mänteln.

Masséna lief zu Fuß auf dem Kirchplatz umher. Seine Priesterschärpe um den Hals und in der Hand ein geladenes Gewehr, gab er grob seine Befehle:

»Zwei Kanonen hintereinander in die zweite Straße!«

Während die Artilleristen anschirrten, näherte sich Molitor dem Marschall und zog sein Pferd an den Zügeln.

»Viele Tote, General?«

»Hundert, zweihundert, Herr Herzog, vielleicht mehr.«

»Verwundete?«

»Mindestens genauso viele, nehme ich an.«

»Der Rest Ihrer Division um mich herum«, sagte Masséna, »hat ungefähr die gleichen Verluste hinnehmen müssen. Etwas anderes noch . . .«

Der Marschall schob Molitor zur zweiten Hauptstraße, um ihm in einem Nebelschleier in dreihundert

Meter Entfernung die gelben Fahnen mit dem aufgeprägten schwarzen Adler zu zeigen.

»Molitor, sobald wir die eine Seite des Dorfs erreichen, kommen die Österreicher von der anderen. Ich kann sie mit der Kanone in Schach halten, aber bald wird uns das Pulver ausgehen. Suchen Sie Ihre frischsten Männer zusammen und greifen Sie an.«

»Selbst die frischsten sind nicht mehr sehr frisch, Herr Herzog.«

»Molitor! Sie haben die Tiroler geschlagen, die Russen und selbst den Erzherzog in Caldiero! Ich verlange nichts anderes, als daß Sie jetzt das gleiche tun.«

»Meine Füsiliere sind ziemlich jung, sie haben Angst, sie haben weder unsere Erfahrung noch kennen sie unsere Verachtung.«

»Weil sie noch nicht genug Tote gesehen haben! Oder weil sie zuviel nachdenken!«

»Das ist hier wahrlich nicht der Ort, um sie ins Gebet zu nehmen.«

»Das ist wahr, General. Geben Sie ihnen Wein! Machen Sie mir diese Taugenichtse besoffen, und zeigen Sie ihnen die Fahne!«

Oberst Lejeune sprengte im Galopp auf den Platz und ließ sein Pferd vor Masséna hochgehen:

»Herr Herzog, Seine Majestät bittet Sie, bis zum Einbruch der Nacht Widerstand zu leisten.«

»Ich brauche Pulver.«

»Das ist unmöglich. Die große Brücke ist nicht vor heute abend begehbar.«

»Na gut, dann verteidigen wir uns mit Stöcken!«

Und Masséna drehte ihm ungeniert den Rücken zu, um die unterbrochene Unterhaltung mit Molitor wiederaufzunehmen:

»Wein, General, haben wir das ganze Kirchenschiff

voll. Ich habe ihn von den Wagen der Intendantur laden lassen, auf denen jetzt unsere Verwundeten weggebracht werden.«

Als das allgemeine Besäufnis angeordnet wurde, galoppierte Lejeune schon wieder übers Feld, in dem es von Hecken und Staketenzäunen wimmelte, um zwischen Eßling und dem Kaiser die Verbindung herzustellen. Bislang hatten die Granaten das Kirchendach verschont; an die hundert große Fässer waren im Innern gestapelt, und Molitor ließ sie unter die Ulmen rollen. In der Maihitze, die von den brennenden Ruinen noch verstärkt wurde, und dem Rauch, der die Kehlen austrocknete, war der Andrang groß. Ungefähr zweitausend erschöpfte Füsiliere drängten sich um die Fässer, um ihre Blechnäpfe bis oben hin füllen zu lassen und sie schnell in einem Zug zu leeren, bevor sie sich erneut anstellten. Auch wenn der Wein die jungen Männer, die dem Tod lieber entrinnen würden, als zu töten, nicht in überzeugte Krieger verwandeln konnte, sahen sie ihrer Situation nun unbekümmerter entgegen und waren bereit, ihr eher zu trotzen. Betrunken, oder zumindest angeheitert, sprachen sie sich gegenseitig Mut zu, indem sie sich über die Österreicher lustig machten, die Masséna weiterhin mit Kanonen beschoß, um sie auf Distanz zu halten. Jede Explosion zog anzügliche oder rachsüchtige Kommentare nach sich, und als die Füsiliere neuen Mut geschöpft hatten, ließ Molitor sie in einer Art Reihe aufstellen, er hißte die Trikolore, auf der in Gelb der Name des Regiments aufgestickt war, und sie folgten ihm tapfer durch die Hauptstraße, an deren anderem Ende Baron Hillers Infanterie Stellung bezogen hatte. Nachdem die ersten Schüsse auf sie abgefeuert worden waren und er einige Kameraden hatte fallen sehen, Pechvögel in seinen Augen, schoß Paradis, betrunken wie die andern, geradeaus vor sich hin, hielt dann, auf einen Befehl hin, das Bajonett auf Bauchhöhe und verfiel in Laufschritt, um diese Menschenmenge in weißen Uniformen zu durchbrechen, die er leicht verschwommen sah.

Zu Pferde neben Lannes hielt sich der Kaiser vor den Toren Eßlings am Rand der Ebene auf, umgeben von Grenadieren ganz in Blau, die Bärenmützen des 24. Regiments der leichten Infanterie auf dem Kopf.

»Und?« fragte er Lejeune.

»Der Herzog von Rivoli gelobt durchzuhalten.«

»Dann hält er auch durch.«

Der Kaiser senkte den Kopf und zog eine Grimasse. Nicht daß er sich um die österreichischen Kanonen sorgte, die Eßling genauso unbarmherzig unter Beschuß nahmen wie Aspern, aber soeben hatte eine Kugel sein Pferd am Schenkel getroffen, es schüttelte die Mähne und wieherte, bevor es mit seinem Reiter zu Boden ging. Lannes war abgesprungen, ebenso Lejeune; Offiziere halfen dem Kaiser wieder hoch, der Mameluk Roustan hob seinen Hut auf.

»Es ist nichts«, sagte der Kaiser und klopfte mit den Händen den Überzieher ab, aber alle erinnerten sich an den Vorfall, der sich kürzlich in Regensburg zugetragen hatte, als ihn die Kugel eines Tirolers an der Ferse verletzte. Man hatte ihn auf einer Trommel verbinden müssen, bevor er den Sattel wieder bestieg.

Ein General mit Federschmuck rammte seinen Degen ins Gras und schrie:

»Streckt die Waffen, wenn sich der Kaiser nicht ins Hinterfeld begibt!«

»Wenn Sie nicht von hier verschwinden«, brüllte ein

anderer, »laß ich Sie von meinen Männern abtransportieren!«

»Aufs Pferd!« sagte Napoleon und setzte seinen Hut wieder auf.

Während seine Mameluken dem verletzten Pferd mit dem Degen den Gnadenstoß versetzten, führte Caulaincourt schon ein anderes heran; Lannes half dem Kaiser aufsitzen; Berthier, der sich nicht von der Stelle gerührt hatte, bat Lejeune, Seine Majestät auf die Insel zu begleiten und für ihn einen Beobachtungspunkt ausfindig zu machen, von dem aus er die Operationen verfolgen konnte, ohne sich in Gefahr zu begeben. Im Schutze einer Eskorte entfernte sich der Kaiser im leichten Trab und schweigend, durchquerte Eßling und dann ein großes dichtes Waldstück, das vom Dorf zur Donau reichte. Die Truppe nahm den Weg am Fluß entlang zur kleinen Brücke, überquerte sie im Schritt, wobei der Stallmeister für die kurze Überquerung das Pferd des Kaisers führte. Auf der Insel Lobau angekommen, steigerte letzterer sich in seine Wut. Er beschimpfte Caulaincourt in seinem Mailänder Kauderwelsch, als ihm klar wurde, daß seine Offiziere ihm Befehle erteilt und ihn bedroht hatten, bis er ihnen Folge geleistet hatte. Hätten Sie denn gewagt, ihn gewaltsam vom Schlachtfeld wegzuführen? Die Frage stellte er Lejeune, der sie bejahte, da verrauchte sein Zorn, und er fing an zu brummen:

»Von hier aus sieht man nichts!«

»Dem kann abgeholfen werden, Sire«, sagte Lejeune.

»Was schlagen Sie vor?« fragte der Kaiser böse.

»Die große Tanne dort ...«

»Halten Sie mich für einen Schimpansen der Schönbrunner Menagerie?«

»Wir können eine Strickleiter daran befestigen, von dort oben wird Ihnen nichts entgehen.«

»Dann aber schnell!«

Neben der Tanne wurde in Windeseile eine Art Feldlager aufgeschlagen. Der Kaiser sank in einen Lehnstuhl. Er sah nicht auf die wendigen jungen Soldaten, die die Äste erklommen, um die Strickleiter zu befestigen, er hörte kaum das unablässige Kanonengrollen, er spürte nicht einmal den Geruch nach Verbranntem, der von der Ebene herüberwehte. Undurchdringlich starrte er auf seine Stiefelspitzen und dachte: ›Sie hassen mich alle! Berthier, Lannes, Masséna und die anderen, alle hassen sie mich! Ich habe nicht das Recht, mich zu irren. Ich habe nicht das Recht zu verlieren. Wenn ich verliere, werden diese Halunken mich verraten. Sie wären sogar imstande, mich umzubringen! Sie verdanken mir ihr Glück, und man könnte meinen, sie nähmen es mir übel! Sie geben vor, mir treu zu sein, sie marschieren nur, um Gold, Titel, Schlösser und Frauen anzuhäufen! Sie hassen mich, und ich liebe keinen Menschen. Nicht einmal meine Brüder. Doch. Joseph vielleicht, aus Gewohnheit, weil er der Älteste ist. Und Duroc. Warum? Weil er nicht heulen kann, weil er streng ist. Wo ist er? Warum ist er nicht hier? Und wenn auch er mich haßte? Und ich? Hasse ich mich selbst? Nicht einmal das. Ich habe keine Meinung von mir. Ich weiß, daß ich getrieben bin von einer Kraft und daß sie durch nichts aufzuhalten ist. Ich muß weiter, ohne Rücksicht auf mich und ihnen zum Trotz.‹

Der Kaiser nahm eine Prise Schnupftabak und nieste auf Lejeune, der verkündete:

»Sire, die Leiter ist befestigt. Mit Ihrem Fernrohr werden Sie das ganze Schlachtfeld überblicken.«

Der Kaiser hob den Blick auf die Tanne und die bewegliche Leiter, die daran baumelte. Er, der schon Mühe hatte, sich auf dem Sattel zu halten, wie sollte er da hinaufgelangen? Er seufzte:

»Klettern Sie hinauf, Lejeune, und berichten Sie mir im Detail.«

Lejeune war schon über die unteren Äste hinaus, als der Kaiser hinzufügte:

»Schauen Sie nicht auf die Menschen, sondern auf die Massen, wie für Ihre verdammten Bilder!«

Oben angekommen, wickelte sich der Oberst die Leiter um die Hand, setzte den Fuß auf einen stabilen Ast und zog das Fernrohr auseinander, um das Gelände abzusuchen. Massen, er konnte nichts anderes sehen. Da er von Berthier gelernt hatte, die Regimenter des Erzherzogs an ihren Feldzeichen zu erkennen, konnte er sie benennen, die Anführer angeben, die Zahl der Soldaten schätzen. Mit dem Fernglas des Kaisers konnte er sogar die gelben Wimpel der Ulanen sehen, die schwarze Chenille, die um die Dragonerhelme gewunden war. In diesem Truppengewimmel erblickte er auf der rechten Seite die Infanterie Hohenzollerns und Bellegardes Reiterei, die sich auf Eßling konzentrierten, ohne dort einzudringen. Am anderen Flügel, bei Aspern, das immer noch lichterloh brannte, sah er die furchtbare Offensive des Barons Hiller. Zwischen diesen beiden Orten, die noch Widerstand leisteten, erblickte er ebenfalls, leicht auf dem Rückzug, an den Feldern gemessen, die grüne, silbern durchwirkte Standarte des Marschalls Bessières, Espagnes Kürassiere, reglos, in siebzehn Eskadronen geordnet, bereit zum Angriff, und die Schützen Lasalles. Ihnen gegenüber, im Rauch, standen einige Linien feuerspuckender Kanonen, aber weniger Bataillone und weniger

Kavalleristen; die österreichischen Truppen rückten jetzt auf die zwei Dörfer vor, um sich im wesentlichen auf sie zu konzentrieren; das Zentrum lichtete sich von Mal zu Mal. Lejeune kletterte hinab, um dem Kaiser die Neuigkeiten zu überbringen. Als er unten ankam, trafen gerade zwei Reiter ein: Der eine kam aus Eßling, der andere aus Aspern.

Der erste, Périgord, lächelte. Der zweite, Sainte-Croix, die Haare von den Flammen angesengt, machte ein betretenes und ernstes Gesicht. Der Kaiser musterte sie in aller Eile:

»Fangen wir mit den guten Nachrichten an. Périgord?«

»Sire, Marschall Lannes hält Eßling. Gemeinsam mit der Division Boudet hat er keinen Zentimeter an Boden verloren.«

»Der wackere Boudet! Seit der Belagerung Toulons hält er sich wacker, dieser Kerl!«

»Sie wissen, Sire, daß der Erzherzog persönlich den Angriff geführt hat...«

»Geführt hat?«

»Er wurde von einem seiner Fieberkrämpfe übermannt.«

»Wer vertritt ihn?«

»Rosenberg, Sire.«

»Das Schicksal hat sich gewendet! Da, wo Karl nicht erfolgreich war, wird dieser erbärmliche Rosenberg kläglich scheitern!«

»Das meint auch der Generalstabschef, Sire.«

»Rosenberg ist mutig, zu mutig, und dann fehlt es ihm an Entschlossenheit, er ist von Natur aus vorsichtig... Sainte-Croix?«

»Der Herzog von Rivoli braucht dringend Nachschub an Munition, Sire.«

»Diese Situation kennt er schon.«

»Was soll ich ihm sagen, Sire?«

»Sagen Sie ihm, daß es um sieben Uhr Abend wird, daß er bis dahin durchhalten muß, um uns Aspern ganz oder in Ruinen zu erhalten. Bis dahin wird die Brücke wiederhergestellt sein, und die Bataillone, die voller Ungeduld auf dem rechten Ufer ausharren, werden die Donau überqueren. Dann sind wir sechzigtausend . . .«

»Abzüglich der Toten«, murmelte Sainte-Croix.

»Was sagen Sie?«

»Nichts, Sire, ich habe mich nur geräuspert.«

»Morgen früh kommt die Armee Davouts aus Sankt-Pölten. Dann haben wir neunzigtausend Mann, und die Österreicher werden erschöpft sein . . .«

Kaum hatten die beiden Botschafter ihre Pferde bestiegen, als sich der Kaiser wortlos zu Lejeune drehte, der unverzüglich auf die stumme Frage antwortete:

»Sire, die Österreicher strömen in Scharen zu den Dörfern.«

»Sie verringern also ihr Aufgebot im Zentrum.«

»Genau.«

»Ihre Mitte wird demnach verletzlich! Berthier hat es sicher schon gemerkt, suchen Sie ihn an der Ziegelei in Eßling auf, sagen Sie ihm, der Zeitpunkt ist gekommen, unsere Kavallerie auf die Artillerie des Erzherzogs zu werfen. Die Einzelheiten soll der Generalstabschef mit Bessières regeln. Caulaincourt! Sie übernehmen Lejeunes Platz in der Tanne.«

Der Oberst ritt davon, den Befehl zu überbringen, und der Kaiser im Lehnstuhl machte ein mürrisches Gesicht, während er murmelte:

»Tollkühnheit mag man mir vorwerfen, Langsamkeit nicht!«

Seit dem frühen Morgen der Sonne ausgesetzt, wurde Fayolle unter seinem Küraß und dem Eisenhelm langsam heiß. Sein Pferd stampfte mit den Hufen auf den Boden, um sich zu bewegen, oder rieb seinen Hals an einem anderen Pferd. In der sechsten Reihe seiner Eskadron vernahm der Soldat von der Schlacht nur dumpfe Laute, und auf beiden Seiten sah er die Flammen der beschossenen Häuser; plötzlich, weiter vorn, zwischen den Rücken seiner Kameraden hindurch, nahm er eine Bewegung wahr. Die Standarte von Bessières Jägern schwebte über den Truppen, und Fayolle erblickte die langen gepuderten Haare des Marschalls, der seinen Säbel hob. Die Trompeten ertönten, die Offiziere gaben den Marschbefehl weiter, und auf einer Front von einem Kilometer bewegten sich Tausende Kavalleristen auf die Kanonen zu, die in Nebel getaucht waren, der nach Pulver roch.

Fayolle ritt los. An den Gelenken schnitt ihm sein schwerer Harnisch, der beim Trab heftig geschüttelt wurde, in die Schulter. Seinen spanischen Mantel hatte er zu einer Wurst zusammengerollt und quer über der Brust befestigt. Die Klinge seines Degens, der an der ausgestreckten Hand hing, zeigte auf den Boden und schlug gegen sein Hosenbein aus grauem Tuch. Er konzentrierte sich, er dachte an den bevorstehenden Angriff, er sah seinen Freund Pacotte vor sich mit durchgeschnittener Kehle und war im Innersten bereit, diese verfluchten Österreicher aufzuspießen. Als die Trompeten schließlich zum Angriff bliesen, gab er seinem Rappen die Sporen und verfiel mit seinen Kameraden in einen wilden Galopp, den Degen emporgereckt, das Gesicht gepeitscht von Wind und Staub, den Mund verzerrt in einem unendlichen Schrei, um die Gefahr zu übertönen, den Tod zu verspotten, zu verschrecken, um sich Mut zu machen und sich ganz hinzugeben, um sich als kleines Teilchen einer unbesiegbaren Truppe zu fühlen. Ein vorausgegangener Angriff der Jäger war an den Batterien gebrochen, deren glühendheiße Kanonenkugeln viele umgemäht hatten, so daß man über die Hindernisse, die in Stücke gerissenen Leichen springen mußte, während man gleichzeitig zu verhindern suchte, daß die Hufe in diesem blutigen Brei aus Gedärm und Knochen strauchelten und wegglitten. In der Ferne erkannte man an den grellen grünen Federbüschen die badischen Dragoner, die von dem beleibten Marulaz angeführt wurden, und die schweren Pelzmützen der Unteroffiziere Bessières', die ihre Kavalleristen nach hinten sammelten, während die Kürassiere stürmten, bevor den Artilleristen die Zeit blieb, neu zu laden. Die ersten prallten auf den Feind, und die nächsten, darunter Fayolle, Verzieux und Brunel, flogen über die Fässer und die Räder der Munitionswagen. Fayolle bohrte seinen Degen in ein Herz, trampelte auf einem Soldaten herum, der eine Kanonenkugel trug, spießte einen anderen an sein Geschütz, hörte nicht auf, mit der Klinge blind um sich zu schlagen, wendete sein Pferd, als er auf ein paar weiße Infanteristen traf, die im Karree angeordnet waren und feuerten. Eine Kugel traf seinen Helm, und er schickte sich an, sich auf den Bajonettenigel zu stürzen, als eine Trompete zum Rückzug blies, damit der Platz für weitere Angriffswellen frei wurde, die General Espagne persönlich anführte, der, entstellt vor Wut und wie von Sinnen, allein vorneweg ritt, an exponierter Stelle, als wolle er den Geistern recht geben, die ihn seit dem unseligen Vorfall in Bayreuth in seinen Träumen heimsuchten.

Zu weit schon hinter der Linie der Kanonen sah Fayolle den General wie eine Furie nahen und drehte sich um, um auszuweichen, da ging sein Pferd vorne hoch, es war zwischen den Augen getroffen worden. Fayolle wurde aus dem Sattel geworfen, fiel auf den Rücken, und der Riemen seines Helms schnitt ihm ins Kinn. Halb ohnmächtig streckte er in dem niedergetrampelten Getreide die Hand nach seinem Degen, stützte sich auf den Ellbogen, als ihn ein Degenstoß traf, der vom Roßschweif an seinem Helm gemildert wurde und auf dem Metall seines Rückenpanzers einen kreischenden Laut erzeugte; der österreichische Offizier in rotbrauner Jacke, der Kürassier auf allen vieren, alles wurde vom Angriff General Espagnes weggefegt, da spürte Fayolle eine kräftige Hand, die ihn am Arm packte, und fand sich hinter seinem Kameraden Verzieux auf dessen Pferd wieder; sie wichen zurück mit der Eskadron Espagnes, die das Gelände freigab für einen erneuten Angriff. Außer Reichweite der Gewehre und Kanonen ließ sich Fayolle ins Gras hinunter, um Verzieux zu danken, doch dieser hatte sich zusammengekrümmt und klammerte sich, unfähig zu einer anderen Haltung, krampfhaft an den Sattelknopf. Fayolle rief seinen Namen. Eine Musketenkugel hatte Verzieux' Küraß durchbohrt, auf Bauchhöhe links; das Blut sprudelte nur so aus dem Loch, das das Geschoß gerissen hatte, und lief über sein Bein. Zusammen mit Brunel hob Fayolle ihn vom Pferd; sie legten ihn hin, öffneten die Lederriemen seines Plastrons, das an der blutdurchtränkten Jacke klebte. Verzieux röchelte, brüllte sodann, als Fayolle ihm die Wunde mit einer Handvoll Gras stopfte, um die Blutung zu stillen. Die Hände rot und klebrig, aufrecht im Gras, sah Fayolle zu, wie der Verwundete zum Lazarett an der kleinen Brücke abtransportiert wurde. Wenn er nur ankam? Ein paar Kürassiere trugen ihn auf einer Bahre, die sie schnell aus Ästen und Mänteln gebaut hatten. Da nahm Fayolle seinen Helm ab und warf ihn zu Boden.

»Der muß wenigstens nicht mehr hin«, meinte Brunel.

An den noch warmen, weichen Wanst eines krepierten Pferdes gelehnt, feuerte Vincent Paradis auf die Österreicher des Barons Hiller. Durch einen wütenden, von Molitor angeführten Bajonettangriff aus Aspern verjagt, kamen sie in Scharen wieder. Einige fielen und wurden von neuen Männern ersetzt, die die Reihen wieder schlossen. Es sah aus, als würden ihre Toten wieder auferstehen, als wäre es vollkommen sinnlos, gezielt zu schießen. Nachdem die Wirkung des Weins abgeklungen war, hatte Paradis eine pelzige Zunge, Schmerzen im Nacken, schwere Lider: Das waren keine Männer mehr am Ende der Hauptstraße, eher verkleidete Kaninchen, dachte er, Gespenster unter der Maske des Rauchs, Dämonen, ein Alptraum oder ein Spiel. Nach jedem Schuß streckte er sein Gewehr von sich, das ihm abgenommen wurde im Gegenzug für ein neues; im Schutz einer Tür luden die Soldaten unablässig Waffe für Waffe.

»Schlaf nicht ein!« sagte Rondelet.

»Ich bemüh mich«, antwortete Paradis und drückte ab, die rechte Schulter lädiert von den Rückstößen.

»Wenn du einschläfst, bist du geliefert. Ein Toter, der schnarcht, das kann's nicht sein.«

Und er hob zur Veranschaulichung den leblosen Arm eines Kameraden hoch, dem das Gehirn im Gesicht klebte, weil ihm von einer Kartätschenkugel die Stirn weggeschossen worden war.

»Der gibt keinen Mucks mehr von sich«, fuhr Rondelet fort.

»He, is schon gut!«

Unter der Wucht der österreichischen Salven erzitterte der Körper des Pferdes. Weiter vorn in der Straße hatten sich Füsiliere hinter einem umgestürzten Pflug verschanzt. Plötzlich erhoben sie sich, um sich im Laufschritt zurückzuziehen. Der Verletzte, den sie am Kragen wie einen Sack hinter sich herzogen, stöhnte und verzog das Gesicht wie ein Kind; er hinterließ eine rote Spur, die sofort in der Erde versickerte. Als sie an dem Pferd vorbeikamen, das Paradis, Rondelet und ein paar verunstalteten Leichen als Schutz diente, riefen die Flüchtenden:

»Die haben Kanonen, haut lieber ab, sonst fliegen wir in Fetzen mit den Vögeln durch die Luft!«

Tatsächlich nahmen Geschütze die Häuserreihe unter Beschuß; es war jetzt besser zu türmen. Rondelet und Paradis kamen überein, den Kirchplatz anzusteuern, wo sich das Gros des Bataillons aufhielt.

»Wir müssen hinten durch, und zwar schnell!«

Sie krochen über den steinigen Erdboden bis zur Tür, richteten sich im Innern sofort auf, wo sie Kameraden antrafen, die weiterhin Patronen aufrissen:

»Das Pulver geht aus«, klagte ein hochgeschossener, schnurrbärtiger Füsilier, die Haare im Nacken zusammengebunden.

»Wir hauen durch die Gärten ab! Die Kanonen!«

»Was ist mit dem Unteroffizier, ist der einverstanden?« fragte der Schnurrbärtige.

»Bist du blind?« schrie Paradis ihn an und zeigte auf die Leichen in der Straße.

»O nein!« sagte der andere bockig, »der Unteroffizier hat gerade ein Bein bewegt.«

»Nichts hat er bewegt!«

»Wir können ihn doch nicht im Stich lassen!«

»Bleib hier, Idiot!«

Der Soldat rannte geduckt nach draußen, wurde aber von einer Salve zerrissen, bevor er den Körper erreichte, der sich seiner Meinung nach bewegt hatte; er drehte sich einmal um sich selbst, Blut im Mund, und fiel über die steifen Beine des Pferdes, das als Barrikade gedient hatte.

»So ein Schlauberger!« knurrte Rondelet.

»Wir verlieren Zeit! Nichts wie weg!« brüllte Paradis.

Die Überlebenden dieses zu weit vorgeschobenen Postens rafften die Gewehre zusammen und trugen sie wie Reisigbündel unterm Arm; Rondelet ergriff im Vorbeigehen einen Drehspieß, der im Kamin zurückgeblieben war, und sie rannten in das Gärtchen, das von niedrigen Hecken eingefaßt war, über die sie kletterten und sich zerkratzten, nur um die gefährliche Straße zu umgehen. Sie orientierten sich an der Ruine des Asperner Kirchturms, verirrten sich, kamen ab, fanden wieder zurück, stießen auf eine eingestürzte Mauer, schlugen sich ins Gebüsch, kletterten über Schotter, verstauchten sich die Knöchel, humpelten, stürzten, stießen aneinander, zerkratzten sich an Brombeerranken, aber schöpften unbändige Energie aus ihrer Angst, zu sterben, verschüttet zu werden oder zu verbrennen. Sie hörten die Kanone, die die Hauptstraße beschoß; eine Granate schlug in das Haus, das sie soeben verlassen hatten, und die Dachbalken fingen Feuer. Sie begegneten anderen Flüchtlingen in angesengten Uniformen, und ihr Trupp hatte sich vergrößert, als sie die Friedhofsmauern erreichten; noch hatten sie die Kraft, hinüberzuklettern, hüpften auf der anderen Seite auf die Gräber und näherten sich der Kirche von Kreuz zu Kreuz. Masséna und seine Offiziere waren noch im

Einsatz; die brennenden Äste der großen Ulmen fielen auf sie herab.

Fayolle hatte das Pferd seines Freundes Verzieux übernommen, das nervöser war als seines, so daß er die Zügel straffer nehmen mußte, aber der Tag verging, und nach einem Dutzend brutaler Angriffe waren der Reiter und sein Pferd gleichermaßen erschlagen. Man kehrte zurück, zog wieder los, säbelte nieder, die Reihen lichteten sich, aber die Österreicher wichen nicht zurück. Fayolle hatte Schmerzen im Rücken, Schmerzen im Arm, Schmerzen überall, und der Schweiß lief ihm in die Augen, er wischte ihn mit dem Ärmel ab, an dem das Blut von Verzieux in einer bräunlichen Kruste klebte. Er gab dem schnaubenden Pferd die Sporen, bis es blutete. Den Säbel in der einen Hand, einen brennenden österreichischen Luntenstock in der anderen, hielt er die Zügel zwischen den Zähnen und traf Anstalten, mit seinem Zug zurückzuweichen, um zwischen zwei Angriffen einen Augenblick zu verschnaufen, als Lasalles Jäger ihm im Vorbeireiten zuriefen:

»Hierher! Hierher!«

Wer kommandierte im Tumult und dem Wirrwarr der Schlacht? Fayolle und sein Kamerad Brunel entdeckten in diesem Augenblick Hauptmann Saint-Didier, der aus dem Rauch auftauchte, er hatte seinen Helm eingebüßt und forderte sie mit Handzeichen auf, den Jägern zu folgen, genau wie andere Kürassiere der zersplitterten Truppe. Gemeinsam trieben sie ihre Pferde an, so gut es ging, um sich von hinten auf die Ulanen zu stürzen, die Bessières Reiter bedrängten. Überrascht richteten die Österreicher ihre fähnchengeschmückten Lanzen gegen die Angreifer, aber es blieb ihnen nicht die Zeit, ihre Pferde umzureißen, und sie wurden von der Seite gerammt, ohne angreifen zu können. Fayolle steckte den brennenden Docht des Luntenstocks in den offenen Mund eines Ulanen, drückte ihm den Stiel mit aller Kraft in den Schlund, und der andere taumelte zu Boden, wand sich, von heftigen Krämpfen geschüttelt, die Augen verdreht, die Kehle verbrannt. Zu Fuß und ohne Hut, den einen Ärmel zerrissen, zwei Degen über dem Kopf gekreuzt, wehrte Marschall Bessières, ein paar Schritte weiter, die Schläge ab. Im Kampf Mann gegen Mann verfingen sich die Ulanen mit ihren viel zu langen Lanzen, hatten aber nicht die Zeit gefunden, den Degen oder das Gewehr aus dem Sattel zu ziehen, also räumten sie schnell das Feld und ließen ihre Toten und ein paar Pferde zurück. Bessières schwang sich auf eins der Pferde mit geschorener Mähne und rotem Sattel, golden verziert, und zog sich dann nach hinten zurück, gefolgt von seinen Rettern und den kläglichen Überresten seiner Eskadron.

Am Biwakfeuer erwartete ihn ein Offizier in Paradeuniform. Es war Marbot, der Lieblingsadjutant von Marschall Lannes, der ihm ungerührt mitteilte:

»Marschall Lannes läßt Eurer Exzellenz bestellen, daß er befiehlt, mit aller Kraft anzugreifen ...«

Bessières war tief beleidigt. Er wurde aschfahl im Gesicht und antwortete voller Verachtung:

»Ich tue nie etwas anderes.«

Beim kleinsten Anlaß flackerte die alte Feindschaft zwischen den beiden Marschällen wieder auf. Beides Gaskogner, waren sie seit neun Jahren aufeinander eifersüchtig und machten sich gegenseitig das Leben schwer, seit Lannes Hoffnungen gehegt hatte, Caroline, die leichtfertige Schwester des Ersten Konsuls, zu heiraten; er warf Bessières vor, Murat gegen ihn unterstützt zu haben: Hatte er nicht sogar der Hochzeit als Trauzeuge beigewohnt?

Berthier hatte sein Stabsquartier in den massiven Gebäuden der Eßlinger Ziegelei aufgeschlagen, die einer Redoute ähnelte mit den Beobachtungsposten auf dem Dach, Schützen in den Fenstern und Kanonen im unteren Stockwerk. Wütend betrat Lannes den Saal, in dem Berthier auf zwei Böcken seine Karten ausgebreitet hatte, in die er die neuesten Nachrichten von der Front und die Befehle des Kaisers eintrug.

»Die Kavallerie«, sagte Lannes, »ist unfähig, uns hier herauszuholen!«

»Über kurz oder lang wird sie es schaffen.«

»Und Masséna? Auf seiner Seite steht alles in Flammen! Wenn Hiller mit ihm fertig ist, wie viele Armeen haben wir dann auf dem Hals?«

»Aspern ist noch nicht gefallen.«

»Aber wie lange noch? Warum schicken wir nicht die Garde zur Verstärkung?«

»Die Garde bleibt vor der kleinen Brücke, um den Zugang zur Insel zu gewährleisten.«

Der Kaiser betrat den Raum; den letzten Satz hatte er verärgert ausgestoßen. Unsanft schob er Berthier zur Seite, um seine Karten zu studieren. Besorgt über den Verlauf der Ereignisse, hatte er es nicht lange unter den Tannen der Insel Lobau ausgehalten. Napoleon war klar, daß ihn der Erzherzog besiegt hätte, hätte er früher angegriffen, aber das Blatt konnte sich noch wenden; der Sieg von Austerlitz war in fünfzehn Minuten errungen worden. Die Sonne würde in anderthalb Stunden untergehen, es war an der Zeit zu kontern. Berthier erklärte:

»Ein Teil von Liechtensteins Korps hat Rosenbergs Truppen verstärkt, Sire, aber Eßling wird bis heute nacht standhalten. Unsere Verschanzungen sind solide.«

»Leider«, fiel Lannes ein, »führen unsere Kavalleristen immer mehr erfolglose Angriffe durch, was uns keinerlei Erleichterung verschafft.«

»Sie sollen die Österreicher in der Ebene überrennen!« schrie der Kaiser. »Lannes, trommeln Sie die ganze Kavallerie zusammen, und schicken Sie sie als Ganzes in die Schlacht, hören Sie! Greifen Sie an! Bringen Sie die Kanonen Hohenzollerns mit! Richten Sie sie gegen ihn! Ich wünsche, daß Sie alles in einen Feuer- und Eisenhagel tauchen!«

Lannes senkte den Kopf und verließ mit seinen Offizieren den Raum. Die große Pontonbrücke war noch nicht wieder einsatzbereit, Oudinots und Saint-Hilaires Soldaten konnten ihnen nicht zu Hilfe kommen. Und wenn die Kavallerie in diesem massiven Angriff unterginge? Die Österreicher würden, ermutigt, in Scharen von allen Seiten her über die Dörfer herfallen, ohne daß ihnen jemand den Weg versperrte.

»Was sagst du dazu, Pouzet?« fragte Lannes und faßte seinen alten Freund am Arm, einen Brigadegeneral, der ihn von Feldzug zu Feldzug begleitete und ihm früher seine Strategie beigebracht hatte.

»Seine Majestät geht immer nach dem gleichen Muster vor. Er baut nach wie vor auf Schnelligkeit und den Überraschungseffekt, wie damals in Italien, doch dafür sind die riesigen Ebenen Nordeuropas nicht geeignet, sie verlangen nach leichten, beweglichen und motivierten Armeen, die auf dem Land leben wie die Banden der Kondottieri. Unsere Armeen sind viel zu schwerfällig geworden, zu langsam, zu erschöpft, zu jung, zu demoralisiert...«

»Hör auf, Pouzet, hör auf!«

»Seine Majestät hat Puységur gelesen, Maillebois, Folard und schließlich Guibert, Carnot, der dem Krieg seine Grausamkeit zurückgeben wollte. Was Carnot und Saint-Just vertraten, galt für ihre Zeit. Natürlich wird eine von Begeisterung getragene Armee eine Söldnertruppe besiegen! Wo sind sie denn heute, die Söldnertruppen? Und auf welcher Seite stehen die Patrioten? Das weißt du nicht? Ich kann es dir sagen: Die Patrioten greifen zu den Waffen und richten sie gegen uns, in Tirol, in Andalusien, in Österreich, in Böhmen, bald auch in Deutschland, in Rußland...«

»Du hast zwar recht, aber hör auf, Pouzet.«

»Ich will gern aufhören, doch sei mal ehrlich: Glaubst du noch dran?«

Lannes setzte seinen Fuß in den Steigbügel und schwang sich auf das Pferd, das man ihm gebracht hatte. Pouzet tat es ihm gleich, doch seufzte er vernehmlich, damit sein Freund es auch hörte.

Schreckliche Gedanken plagten Anna Krauss und hinterließen Spuren in ihrem Gesicht; sie stellte sich vor, wie die Soldaten in einer brennenden Scheune eingesperrt waren oder mit aufgeschlitztem Bauch auf der Erde lagen; sie hatte noch den Lärm der Kanonen und das Knistern der Flammen im Ohr, sie hörte herzzerreißende Schreie. Es drangen keine zuverlässigen Nachrichten über die Schlacht herüber, und Wien schöpfte sein Wissen aus dem allgemeinen Gerede, gewiß war nur, daß sie sich dort unten in der Ebene seit Stunden gegenseitig umbrachten, ohne Methode. Annas Blick wanderte im rötlichen Schein der untergehenden Sonne umher, in dem die großen Fenster erstrahlten. Gedankenverloren hatte sie mit einer Hand die Riemchen ihrer römischen Sandalen geöffnet und kauerte sich schweigend in eine Sofaecke, die Arme um die Knie geschlungen. Eine Haarsträhne fiel ihr in die Stirn, die sie nicht zurückstrich. Auf einem gepolsterten Schemel an ihrer Seite saß Henri und zwang sich, mit sanfter Stimme auf sie einzureden, um sie, wie auch sich selbst, zu beruhigen, und wenngleich sie den genauen Sinn seiner französischen Worte nicht erfaßte, tröstete der beruhigende Tonfall das Mädchen ein wenig, nicht allzusehr jedoch, denn Henris Stimme fehlte der Ton der Aufrichtigkeit, den man nicht ersetzen kann. Er hatte Doktor Carinos abscheuliche Arznei geschluckt, und seine Fieberanfälle gönnten ihm eine Atempause, also betrachtete er Anna eingehend, die sich niedergeschlagen in ihren Schal gewickelt hatte, spann seine Sätze mit gespielter Überzeugung, bevor er schließlich schwieg; Anna hatte die Augen geschlossen. Henri sagte sich, daß die Wiener Frauen sich durch eine nahezu unheimliche Treue auszeichneten; ihr Geliebter ist abwesend, und sie ziehen sich zurück. Anna hatte nichts Italienisches an sich außer ihrem lieblichen Gesicht, allzu natürlich waren ihre Launen wie auch ihre Gestik, bar jeder Koketterie, mit einer Begeisterung, die von ihrer zärtlichen Liebe gedämpft wurde. Henri hätte seine Überlegungen gerne festgehalten, aber wie stünde er da, wenn Anna aufwachte?

Sie hatte einen düsteren, unruhigen Schlaf, bewegte murmelnd die Lippen. Um Lejeunes möglichen Tod zu bannen, fuhr Henri mit ganz leiser Stimme fort: »Louis-François wird nichts geschehen, das verspreche ich Ihnen ...« Vom anderen Ende des Raums hüpften Annas jüngere Schwestern heran, beide zierlich und laut, Henri drehte sich um und machte ihnen Zeichen, daß Anna schlief: »Quiet, please!« Die Mädchen näherten sich mit übertriebener Vorsicht, als spielten sie mit. Sie hatten hellere Haare als Anna, spitzere Gesichter und artigere Kleider. Henri erhob sich leise, um sie vom Sofa zu verscheuchen, doch sie versuchten, ihm durch unverständliche Mimik und Gestik etwas mitzuteilen, und prusteten los, sobald sie einander anschauten, dann zogen sie ihn am Überzieher, er sollte ihnen folgen. Sie führten ihn wie Katzen die Treppe hinauf zum Boden und achteten darauf, daß die Holzstufen nicht knarrten, Henri ließ sie gewähren. Was wollten sie ihm zeigen? Eine der beiden öffnete langsam eine Tür, und sie befanden sich in einer winzigen unaufgeräumten Dachkammer, die als Dachboden diente. Die Kleinen stürzten sich auf eine Truhe und drückten das Auge gegen einen ziemlich breiten Schlitz zwischen zwei Latten, wobei sie miteinander rangen. Ihrer Aufforderung folgend, schaute Henri nun ebenfalls in das angrenzende Zimmer. Zu seiner Überraschung erkannte er Herrn Staps. In einem Strahl Tageslicht, das von Staub durchsetzt war, kniete der junge Mann vor einer vergoldeten Statue und hielt, mit der Spitze nach unten, ein Fleischermesser in der Hand in der Art eines Mannes, der am folgenden Tag zum Ritter geschlagen werden sollte; in einem Hemd aus grobem Tuch, die Lider geschlossen, murmelte er eine Art Gebet vor sich hin.

Henri glaubte zu träumen. ›Er ist verrückt‹, dachte er, ›ich bin sicher, er ist verrückt, aber inwiefern? Für wen hält sich der arme Junge? Wen stellt diese Statue dar? Wozu dieses Messer? Was brütet er in seinem überhitzten Gehirn aus? Welcher Zauberei will er uns aussetzen? Ist er gefährlich? Wir sind alle gefährlich, allen voran der Kaiser. Wir sind alle verrückt. Ich auch, auch ich bin verrückt, nach Anna, und Anna ist verrückt nach Louis-François, der verrückt ist wie ein Soldat . . .‹

Im gleichen Moment schlug sich Oberst Lejeune notgedrungen bei Masséna. Er war erneut nach Aspern gekommen, hatte den Befehl, bis zum Einbruch der Dunkelheit durchzuhalten, bestätigt und Masséna über die Pläne des Kaisers unterrichtet, seine ganze Kavallerie gegen die Batterien des Erzherzogs zu werfen, doch dann war er nicht mehr weggekommen, da das Dorf eingeschlossen worden war. Den Füsilieren blieben allein der Friedhof und die Kirche; aufgrund der vielen Löcher in den Ruinen war es den Österreichern gelungen, sich überall einzunisten. Masséna hatte größere Gegenstände zusammentragen lassen, die als Bollwerk dienen konnten, Eggen, Karren und Möbel, damit sie die Kanonen erreichen konnten, die zu nichts nütze waren, weil es an Pulver fehlte. Die Grenadiere stapelten darauf die Toten, um den Kirchplatz bis zur Friedhofsumzäunung zu verbarrikadieren, die von Männern ohne Munition verteidigt wurde, mit allem, was ihnen in die Finger kam, einem Bronzekreuz, einer Bohle, einem Messer; Paradis hatte seine Schleuder hervorgeholt, Rondelet hielt seinen Bratspieß wie ein Rapier.

Masséna fand im Chaos seine wahre Größe.

Als er sieht, wie Hillers Artilleristen ein Geschütz durch eine Gasse rollen, um die Fassade der Kirche zu durchbrechen, läßt er einen Handkarren mit Stroh und Blättern füllen, schnappt sich einen zerbrochenen Ast, betritt die Sakristei, die von einer Granate aufgebrochen worden war und im Feuer knistert, zündet seinen Zweig an, tritt wieder ins Freie, wirft ihn in den Karren, der sofort Feuer fängt, erblickt sodann den bei soviel

Chaos hilflosen Lejeune: »Mir nach!« Die zwei Männer nehmen je einen Griff des brennenden Karrens, rennen los und stoßen ihn in die Gasse; sobald ihr brennendes Gefährt Fahrt bekommt, werfen sie sich auf die Erde, spüren, wie sie von Kugeln gestreift werden, aber der Karren trifft mit voller Wucht auf den Kanonenschlund und bricht auseinander; die offenen Pulverfässer explodieren, und alles fliegt in die Luft, zersplitterte Fässer, abgerissene Körperteile. Ein paar Grenadiere gehen mit Bajonetten vor, um Masséna und Lejeune, die sich halb wieder aufrichten, herauszuholen, aber es ist unmöglich, die Gasse zu betreten, deren Häuser in Flammen stehen, es ist eine einzige Feuersbrunst, also kehren sie zu den gefällten Ulmen an der Kirche zurück. Österreicher versuchen, ihnen den Weg zu versperren, aber weitere Grenadiere, mit Holzbohlen bewaffnet, die sie wie Keulen einsetzen, zerschmettern ein paar Köpfe; Masséna ergreift allein eine Pflugschar und schleudert mit einem Schlag zwei Kerle gegen einen Treppenabsatz. Lejeune war dem Säbel eines Offiziers in weißer Jacke ausgewichen, der ihm nun ein Knie in den Bauch rammt, er krümmt sich, zum Glück, denn eine Kugel, die auf seinen Nacken gezielt war, bohrt sich in die Stirn des Österreichers, aus der das Blut spritzt.

Auf der steinernen Stufe eines Hauses, von dem nur noch eine Mauer stand, saß Masséna und sah auf die Uhr. Sie war stehengeblieben. Er schüttelte sie, drehte das Rädchen, nichts zu machen, sie war kaputt, er fluchte:

»Verdammt! Ein Andenken an Italien! Sie gehörte einem Monsignore des Vatikans! Ganz aus Gold und Vermeil! Irgendwann mußte sie mich ja im Stich lassen ... Bleiben Sie nicht auf dem Boden, Lejeune, setzen Sie sich einen Moment hin, um sich zu erholen.

Sie hätten tot sein müssen, das ist aber nicht der Fall, schöpfen Sie wieder Atem . . .«

Der Oberst klopfte sich den Staub ab, und der Marschall fuhr fort:

»Wenn wir hier lebend rauskommen, gebe ich Ihnen ein Porträt von mir in Auftrag, aber in Aktion, klar? Mit der Pflugschar von vorhin, zum Beispiel, wie ich eine Horde Österreicher zermalme! Darunter schreiben wir ›Masséna in der Schlacht‹. Können Sie sich vorstellen, wie so was ankäme? Kein Mensch würde es aufhängen, dieses Bild! Die Wirklichkeit gefällt den Leuten nicht, Lejeune.«

Eine Kanonenkugel schlug in das Dach des Hauses, vor dem sich die beiden Männer ausruhten, und Masséna war mit einem Satz auf den Beinen:

»Das hier ist sie, die Wirklichkeit! Diese Hunde versuchen jetzt, uns unter Trümmern zu begraben, darauf können Sie Gift nehmen!«

Ein Kavallerist preschte von der Ebene heran, verlangsamte das Tempo vor der Kirche, fragte einen Unteroffizier, erblickte Masséna, der mit dem Fluchen fortfuhr, und hielt direkt auf ihn zu. Es war Périgord, immer noch tadellos.

»Wie zum Teufel kommt der denn hierher?« fragte Masséna.

»Herr Herzog!«

Und Périgord streckte dem Marschall einen Umschlag entgegen:

»Eine Depesche des Kaisers.«

»Sehen wir mal, was Seine Majestät wieder Schlimmes von mir will . . .«

Er las, hob den Blick zur untergehenden Sonne im Westen. Derweil plauderten Berthiers Adjutanten miteinander:

»Sind Sie verletzt, Edmond?« fragte Lejeune.

»Bei Gott, nein!«

»Sie humpeln.«

»Weil mein Diener nicht die Zeit hatte, mir die Stiefel einzulaufen, und da das Leder nicht sehr geschmeidig ist, leide ich bei jedem Schritt Schmerzen. Ihre Hose, lieber Freund, müßte dringend mal eine Bürste sehen!«

Masséna unterbrach sie:

»Monsieur de Périgord, ich nehme nicht an, daß Sie durch die österreichischen Linien gekommen sind.«

»Die kleine Ebene an dieser Seite des Dorfes war frei, Herr Herzog. Ich bin dort nur einem Bataillon unserer Freiwilligen aus Wien begegnet.«

»Dahin könnten wir uns also für die Nacht zurückziehen, bevor wir Molitors Division niedermetzeln lassen ...«

»Dort gibt es Büsche, Heckenzäune, Holzbarrieren, Waldstücke, eine ganze Menge Hindernisse, hinter denen man Schutz suchen kann ...«

»Sehr schön, Périgord, sehr schön. Wenigstens haben Sie gute Augen.«

Masséna verlangte nach einem Pferd.

Sofort brachte ihm einer der Stallmeister eins, doch als er es besteigen wollte, war der rechte Steigbügel zu kurz eingestellt, er schwang daraufhin das Bein über den Widerrist und rief im Damensitz erneut nach dem Stallmeister. Da riß eine Kanonenkugel dem geschäftigen Stallmeister den Kopf ab, zerschmetterte den Steigbügel, das Pferd scheute, und Masséna fiel Lejeune in die Arme.

»Herr Herzog! Fehlt Ihnen was?«

»Ein ordentliches Pferd!« brüllte Masséna.

Lannes, verklärt durch den Kampf, Espagne, Lasalle und Bessières führten an der Spitze Tausender Kavalleristen den Angriff an, um in das österreichische Zentrum einzudringen, es zu zerschlagen, es von seinen Flügeln abzutrennen, den zwei brennenden Dörfern zu Hilfe zu eilen und sich der Kanonen zu bemächtigen. Fayolle fehlte der Überblick über das Ganze; in seiner Wut handelte er wie ein Automat, er fürchtete nichts mehr, hatte aber auch seinen eigenen Willen verloren, wollte weder innehalten noch weitermachen, folgte willenlos wie eine Marionette den Hornsignalen und Kriegsschreien, brüllte, schlug um sich, parierte, stach zu, zertrümmerte Brustkörbe und schnitt Hälse ab. Die Kürassiere hatten einen Trupp von Kanonieren niedergeschlagen. Sie schirrten die errungenen Geschütze an die Zugpferde. Espagne leitete die Operation; seinem Pferd stand der Schaum vorm Maul, und es blähte die Nüstern. Fayolle beobachtete ihn lauernd, während er das Geschirr an der Schleppstange einer Haubitze befestigte: der General war grau vor Staub und saß aufrecht auf dem schafsledernen Sattel, doch sein abwesender Blick paßte nicht zu seinen kurzen, präzisen Befehlen, die die Gewohnheit ihm in den Mund legte. Der Soldat wußte genau, was den Offizier quälte; ihm gingen die schlechten Vorzeichen nicht aus dem Kopf: wie, was? Der Held von Hohenlinden, der uns vor Jahren trotz Schneesturms den Weg nach Wien geebnet hatte, fürchtete sich vor Gespenstern? Fayolle hatte, wie schon gesagt, dem Ausgang dieses seltsamen Kampfes im Schloß von Bayreuth beigewohnt, als General Espagne von einem Geist besiegt worden war, aber worum handelte es sich tatsächlich? Um ein Hirngespinst? Um Erschöpfung? Ein schlimmes Fieber? Fayolle selbst hatte das Gespenst nicht mit eigenen

Augen gesehen. Die weiße Dame von Habsburg! Er kannte derlei unheilvolle Gestalten, mit denen man den Kindern in seinem Dorf drohte; sie trieben in der Nähe von Kalvarienbergen ihr Unheil und jagten Leuten Angst ein. Er hatte nie daran geglaubt.

»Sie glauben sich wohl in der Sommerfrische, Fayolle?« fragte Hauptmann Saint-Didier und fuchtelte mit einem roten, bluttriefenden Degen; er trieb das Manöver an, um die vierzehn Kanonen, die sie dem Feind abgenommen hatten, unverzüglich wegzubringen.

General Espagne hob die behandschuhte Hand, und der Zug rollte ab. Fayolle und Brunel droschen auf die Zugpferde ein, um sie ebenfalls zum Galopp zu bewegen, da tauchten rechter Hand im dichten Rauch, der über allem lag, Grenadiermützen auf, sodann weiße Uniformen und graue Gamaschen, die bis zu den Knien reichten ...

»Achtung!« schrie Saint-Didier.

Die meisten Kürassiere wenden ihr Pferd und stürzen sich auf die Infanteristen, da trifft Espagne eine Kartätschenkugel in die Brust und durchschlägt den Küraß. Der Getroffene rutscht, fällt, den Fuß im Steigbügel eingeklemmt, das Pferd geht durch, zieht ihn wie einen Sack hinter sich her, er holpert über die Erde, die von den Einschlägen zerklüftet ist. Fayolle prescht mit seinem Pferd in die gleiche Richtung, beugt sich über den Hals, trennt mit dem Degen den Bügelriemen durch. Die anderen reiten hinter ihm her und heben den stark zerschundenen Körper des Generals hoch. Sie nehmen ihm Plastron und Rückenteil ab, wickeln ihn in den langen weißen Mantel eines österreichischen Offiziers, auf dem sich sofort ein hellroter Stern ausbreitet, legen dann den Körper auf eine Lafette, und Kopf und Arme hängen herab wie bei einem Gespenst.

Es gab mehr Tote auf den Gräbern des Asperner Friedhofs als darunter. In ihrer Verzweiflung bewarfen die Füsiliere die Schützen des Barons Hiller mit Steinen; Paradis traf sogar welche mit seiner Schleuder, doch zog er sich mit dem Rest seines dezimierten Bataillons zurück, und alle hofften, die Felder zu erreichen, wo ihnen Sträucher und hohes Gras Schutz bieten könnten. Ein paar Österreicher, die die Mauern erklommen hatten, bliesen die Fanfare und schwenkten die Fahnen, die mit dem zweiköpfigen schwarzen Adler oder mit einer Madonna in himmelblauem Kleid bedruckt waren, die in diesem Ort der Hölle merkwürdig fehl am Platze schien. Die Trommler schlugen voller Arroganz. Die Franzosen ließen sich abschießen wie auf der Jagd. Eine Kanone zielte auf Geröll in der Einfriedung. Paradis und Rondolet flüchteten, ohne dagegenhalten zu können. Um Atem zu schöpfen, kauerten sie sich hinter die Leiche eines korpulenten Unteroffiziers, der auf ein Kreuz gefallen war und wie eine Vogelscheuche aussah. Rondelet richtete sich hinter dem Toten ein wenig auf, um das Vorrücken des Feindes zu verfolgen:

»He, das ist der Feldwebel!«

Er packte den Getöteten unter den Armen, um ihn Paradis zu zeigen. Die Augen des Feldwebels Roussillon waren weit geöffnet und starr, ein Lächeln lag auf seinen blauen Lippen. Rondelet stach sich in den Finger, als er die Nadel der Ehrenlegion von der vermeintlichen Uniform löste:

»Als Andenken«, sagte er.

Es war sein letzter Satz, und er konnte ihn nicht beenden, denn in dem Moment riß ihm eine Kanonenkugel die Schulter weg. Wie betäubt, denn er kauerte direkt neben seinem Freund, wurde Paradis gegen eine Steinplatte geschleudert, die von Brennesseln und Moos überwuchert war. Seine Ohren brummten. Sämtliche Geräusche drangen nur noch gedämpft an sein Ohr. Er betastete mit der Hand sein Gesicht und schluckte. Seine Hand berührte einen einzigen Brei aus Fleisch. Er hatte auch welchen auf den Haaren, im Mund, und spuckte weiche, fade und lauwarme Brokken aus. War er entstellt? Ein Spiegel! Hatte denn kein Mensch einen Spiegel? Eine Wasserpfütze wenigstens? Nein? Nichts? War er fast tot? Wo war er? Auf der Erde? Schlief er? Würde er je wieder aufwachen und wo? Da spürte er, wie ihn ein paar große Pranken packten und gleich einem Paket hochhoben; er fand sich an einem Holzzaun wieder, der zwischen zwei Feldern verlief. Einige Füsiliere lagen auf dem Rücken und murmelten unverständliche Worte, sie waren blutverschmiert, mit Taschentüchern und Stoffetzen verbunden, der eine trug den Arm in einer Schlinge, der andere klammerte sich krampfhaft an einen Ast wie an eine Krücke, den Fuß in Lumpen gewickelt. Junge Männer in langen Kitteln inspizierten die Verwundeten und befanden über ihren Zustand: Die Dahinsiechenden würde man nicht mehr mitnehmen. Man stützte die Verstörten und half ihnen auf die Tragfläche eines Heuwagens, der von zwei Kaltblütern mit Scheuklappen gezogen wurde. Paradis ließ alles mit sich geschehen, er antwortete den Hilfssanitätern nicht, die ihm Fragen stellten und sich wunderten, daß er mit seinem zerfetzten Gesicht noch nicht das Bewußtsein verloren hatte.

Der behelfsmäßige Krankenwagen brauchte lange, um die kleine Brücke der Insel Lobau zu erreichen;

man mußte ständig in umzäunte, hügelige Wiesen ausweichen, einen Staketenzaun durchbrechen, um Umwege zu vermeiden. Die Hilfschirurgen folgten zu Fuß und studierten ihre Ladung, gelegentlich zeigten sie auf einen Verwundeten:

»Das lohnt sich nicht mehr bei dem da . . .«

Dann wurde der Sterbende von der Tragfläche gehievt und ins Gras gelegt, während die Pferde im Schritt weiterliefen. Paradis blieb stehen, war ganz benommen; er klammerte sich an die Leiter des Heuwagens wie an Gefängnisstäbe. Er sah in der Ferne das Biwakfeuer der Garde, dann erreichten sie die kleine Brücke. Es war sieben Uhr, die Nacht brach herein, der rötliche Schimmer der Feuerstellen erleuchtete eine Schar von mindestens vierhundert Verwundeten, die man auf Strohballen oder auf der nackten Erde ausgebreitet hatte. Paradis wurde neben einen Husaren gelegt, der sich, das eine Bein völlig zerquetscht, wie eine Schlange wand und mit den Fingernägeln die Erde aufkratzte, wobei er gegen den Kaiser und den Erzherzog wetterte. Mit seinen Schreinersägen waren Doktor Percy und seine Helfer, denen der Schweiß nur so lief, unentwegt damit beschäftigt, in einer Hütte Arme und Beine zu amputieren. Überall hörte man ein Schreien und Fluchen.

Viertes Kapitel
Die erste Nacht

Im Schein einer Kerze durchwühlte Henri seine Truhe, in die ein Adler eingeprägt war; er holte ein graues Heft hervor und legte es auf den Tisch. Quer über dem abgegriffenen Umschlag prangte in schwarzer Tinte der Titel: Feldzug von 1809 von Straßburg nach Wien. Er überflog die letzten Seiten. Seine Einträge endeten am 14. Mai, seitdem hatte er nichts mehr geschrieben. Die letzten Worte lauteten: »Anbei ein Exemplar der Proklamation. Herrliches Wetter, sehr heiß.« Daneben lag zusammengefaltet die Proklamation des Kaisers, die dieser am Vorabend der Kapitulation von Wien drukken ließ. Henri faltete sie auseinander und las: »Soldaten! Seid gut gegen die armen Bauern, das Volk, das ein Anrecht hat auf Eure Achtung; laßt uns keinen Hochmut empfinden über unsere Erfolge, sondern eine göttliche Gerechtigkeit darin erkennen, die den Undankbaren und Meineidigen straft ...« Er hielt inne. Da er nicht einem Wort dieser hochtrabenden Erklärung zustimmte, schüttelte Henri angewidert den Kopf. Vor ein paar Tagen hatte er in einem Weiler nicht einmal mehr ein Ei vorgefunden und notiert: »Was die Soldaten nicht mitgenommen hatten, hatten sie kaputtgeschlagen ...« Er drehte die wirkungslose Proklamation um und schrieb mit Bleistift auf die Rückseite:

22. Mai, nachts, Wien.

Bei Einbruch der Dunkelheit sind wir auf die Wälle zurückgekehrt. Der Horizont erzitterte rot in den Flammen der Schlacht, über die uns keine zuverlässigen Nachrichten vorlagen. Ein beruhigender offizieller

Bericht beruhigte mich nicht, und noch weniger Fräulein K. Ich sehe, wie sie sich aufzehrt, je mehr Zeit verstreicht und je größer die Gefahr da unten wird. Wie viele Tote? Ich, der ich krank bin, muß sie stützen. Sie sieht aus wie Julia vor dem scheinbar leblosen Körper ihres Romeo: »O happy dagger, this is thy sheah! There rust, and let me die ...«

»Zitat überprüfen« kritzelte Henri an den Rand; er seufzte theatralisch und machte dann einen neuen Absatz, um das seltsame Verhalten des jungen Herrn Staps schriftlich niederzulegen. Als er Schritte im Treppenhaus hörte, glaubte er zuerst, dieser sei auf dem Weg zum Dachboden hoch, doch klopfte jemand an seine Tür, er schlug unwillig das Heft zu und murmelte: »Was will er denn jetzt schon wieder von mir, dieser Schwärmer?« Doch es war nicht der Deutsche. Im Flur, einen Kerzenleuchter in der Hand, stand die alte Gouvernante mit einem Turban, und dahinter ein Mann, den Henri nicht sofort erkannte, so ungewöhnlich war sein Besuch. In seinem Zimmer hatte Henri keinerlei Zweifel mehr: Es handelte sich um den leicht buckligen Fernglasverleiher von den Wällen, mit seinen weißen Haaren, die ihm kranzförmig vom kahlen Schädel herunterhingen, und einer kleinen runden Brille mitten auf der Nase. Der Mann stammelte auf französisch:

»Monsieur, isch bringe Sie Ihr Geld.«

Er wankte zum Tisch und warf einen abgegriffenen Lederbeutel darauf, der von einem Band zusammengehalten wurde.

»Mein Geld?« fragte Henri, der in aller Eile seine Hosen- und Westentaschen durchsuchte, um festzustellen, daß seine Gulden verschwunden waren.

»Sie aben sie auf dem Wehrgang fallen gelassen.«

»Aber!«

»Da isch ehrlisch bin . . .«

»Warten Sie! Woher kannten Sie meine Adresse?«

»Oh, Monsieur, das ist nicht weiter schwierig.«

Der Eindringling sprach plötzlich mit einer tiefen, wohltönenden Stimme und völlig akzentfrei. Henri blieb der Mund offenstehen. Die Gouvernante hatte sich zurückgezogen und die Tür geschlossen. Der Mann entledigte sich seines Überrocks, öffnete die Riemen, mit denen er seinen künstlichen Buckel festgeschnallt hatte, und riß die Perücke herunter, wobei er triumphierend sagte:

»Ich bin Karl Schulmeister, Monsieur Beyle.«

Henri musterte ihn eingehend im schwachen Licht der Kerze. Der vermeintliche Fernglasverleiher war mittelgroß, gedrungen und hatte ein rotes Gesicht, tiefe Narben durchzogen seine Stirn. Schulmeister! Alle Welt kannte ihn, aber wie viele würden ihn erkennen? Als Auftragsspion des Kaisers hatte er es im Laufe der Zeit mit der Verkleidungskunst derart weit gebracht, daß er den Österreichern, die hinter ihm her waren, jedesmal entkam. Schulmeister! Man erzählte sich tausend Geschichten über ihn. Einmal habe er sich, als Tabakverkäufer geschminkt, in das Feldlager des Erzherzogs eingeschlichen. Ein andermal verließ er eine belagerte Stadt in einem Sarg, aus dem er den Toten entfernt hatte. Dann wiederum nahm er, als deutscher Fürst verkleidet, die Parade der österreichischen Bataillone ab und wohnte sogar an der Seite Franz II. einem Kriegsrat bei. Napoleon hatte ihm, wie schon 1805, die Wiener Polizei überantwortet, und Henri wunderte sich:

»Bei der Aufgabe, die Seine Majestät Ihnen auferlegt hat, finden Sie noch die Zeit, sich zu verkleiden?«

»Ich habe eine gewisse Neigung dafür entwickelt, Monsieur Beyle, und außerdem ist diese Eigenheit sehr bequem.«

»Was nützt es Ihnen, auf den Wällen Ferngläser zu verleihen?«

»Ich bringe in Erfahrung, welche Gerüchte kursieren, ich präge mir verdächtige Aussprüche ein, ich sammle Informationen. In Kriegszeiten kann der aufrührerische Geist großen Schaden anrichten.«

»Sagen Sie das zu mir?«

»Keineswegs, Monsieur Beyle.«

»Was verschafft mir dann die Ehre Ihres hohen Besuchs? Wollen Sie mich in Ihren Dienst nehmen?«

»Nicht wirklich. Wissen Sie, daß der Vater der Schwestern Krauss eng mit dem Erzherzog verwandt ist?«

»Sie vergeuden Ihre Zeit.«

»Niemals, Monsieur Beyle.«

»Mademoiselle Anna Krauss hat ausschließlich Oberst Lejeune im Kopf...«

Henri bedauerte sofort, dies ausgeplaudert zu haben, und er verstrickte sich noch mehr, als er seine Worte abzuschwächen suchte:

»Lejeune, mein Freund Lejeune, ist Adjutant bei Marschall Berthier.«

»Ich weiß. Er ist in Straßburg geboren, wie ich. Er beherrscht die Sprache unserer Feinde perfekt.«

»Na und?«

»Nichts...«

Schulmeister war näher an den Tisch getreten und blätterte in dem grauen Heft. Er las einen Satz daraus vor:

»Aus Vorsicht schreiben upon myself. Keine Politik.«

Er klappte das Heft wieder zu und drehte sich zu Henri:

»Weshalb aus Vorsicht, Monsieur Beyle?«

»Weil ich niemandem die geringste militärische Auskunft an die Hand geben will, der zufällig mein Tagebuch lesen könnte.«

»Natürlich!« sagte Schulmeister und las die Notizen, die Henri zuletzt auf die Rückseite der kaiserlichen Proklamation gekritzelt hatte. Dann fragte er: »Wer ist dieser Staps, dessen Verhalten Sie als seltsam einstufen?«

»Ein Mieter hier im Haus.«

Henri mußte erzählen, wie er den jungen Mann überrascht hatte, von seinen Beschwörungen vor einer Figur, dem Schlachtermesser, das er wie einen Degen hielt.

»Werfen Sie Ihren Überrock über, Monsieur Beyle, und bringen Sie mich zum Zimmer dieses Verrückten.«

»Um diese Zeit?«

»Ja.«

»Er wird schon schlafen.«

»Dann werden wir ihn wecken.«

»Ich glaube vor allem, daß er nicht ganz bei Trost ist ...«

»Nehmen Sie Ihre Kerze mit.«

Henri gab nach. Er führte Schulmeister zur obersten Etage und zeigte auf die Tür des jungen Deutschen. Der Polizist trat ohne zu klopfen ein, nahm Henri die Kerze aus der Hand und stellte fest, daß das Zimmer leer war.

»Ist er ein Nachtmensch, Ihr Herr Staps?« fragte er Henri.

»Er ist nicht mein Herr Staps, und ich spioniere nicht hinter ihm her.«

»Wenn er Sie beunruhigt, beunruhigt er mich ebenfalls.«

Die Figur stand noch am gleichen Fleck. Die beiden Männer sahen sie sich aus der Nähe an. Sie stellte Jeanne d'Arc in ihrer Rüstung dar.

»Was hat das zu bedeuten?« fragte Schulmeister. »Jeanne d'Arc! Wie paßt das ins Bild?«

Der Mond war nur als dünne Sichel zu sehen, und die Rauchschwaden verdeckten die Sterne. Kürassier Fayolle lag auf dem Rücken im Gras, schlief aber nicht. Er hatte pflichtgemäß gegessen, ohne Hunger, aus dem Napf, den er mit Brunel und zwei anderen teilte, dann hatte er sich hingelegt und achtete auf alle Geräusche, ein Wiehern, eine dumpfe Unterhaltung, das Knistern der Holzscheite im Biwakfeuer, den metallischen Laut, wenn ein Küraß auf den Boden schlug. Fayolle stellte sich Fragen, und daran war er nicht gewöhnt. Er liebte die Aktion, weil man sich Hals über Kopf in sie hineinstürzen konnte, aber die angebliche Ruhe danach, was für ein Übel! Er kannte alles, was zum Krieg gehörte; er wußte, wie man jemandem aus dem Handgelenk heraus eine Klinge in die Brust rammte, wie es krachte, wenn man einem anderen die Rippen brach, wie das Blut spritzte, wenn man den Degen mit einer abrupten Bewegung herauszog, wie man dem Blick eines feindlichen Soldaten auswich, während man ihn aufschlitzte, wie man, auf der Erde liegend, die Sprunggelenke eines Pferdes durchschnitt, wie man den Anblick eines Kameraden ertrug, der von einem glühenden Geschoß zu Brei zermalmt wurde, wie man sich schützte und die Schläge erwiderte, wie man sich in acht nahm, wie man seine Müdigkeit überwand, um hundert Mal in einem Trupp von Kavalleristen anzugreifen. Trotzdem, der Tod seines Generals verfolgte ihn. Das Gespenst von Bayreuth hatte über Espagne gesiegt, auch wenn die Musketenkugel, die ihm das Herz zerrissen hat, sehr real war. Steht die Zukunft irgendwo geschrieben? Kann ein Ungläubiger daran glauben? Und wie sah sein eigenes Schicksal aus? Konnte er ihm eine andere Richtung geben, und welche? Würde er nächste Nacht noch leben? Und Brunel an seiner Seite, der im Schlaf grunzte? Und Verzieux, wo war er um diese Zeit und in welchem Zustand? Fayolle hatte keine Angst vor Geistern, aber er behielt eine Hand an seinem geladenen Karabiner. Er dachte an das junge österreichische Bauernmädchen in dem kleinen Haus in Eßling, das er versehentlich getötet hatte. Er hatte sich an ihrem noch biegsamen Körper vergnügt, aber seinem Kumpel, dem Soldaten Pacotte, hatten die Partisanen der Landwehr den Hals durchgeschnitten, und es hatte keine weiteren Zeugen gegeben. Dummes Zeug! dachte der Kürassier. Das Morden war sein Beruf. Er tötete gut und schmutzig, wie man es ihm beigebracht hatte. Dafür hatte er Talent. Wie viele Österreicher hatte er an diesem Tag niedergesäbelt? Er hatte sie nicht gezählt. Zehn? Dreißig? Mehr? Weniger? Sie raubten ihm jedenfalls nicht den Schlaf, sie hatten nicht einmal Gesichter, aber das Mädchen verfolgte ihn. Es war ein Fehler gewesen, ihr in die Augen zu schauen und ihre Angst zu spüren. Aber es war nicht das erste Mal, daß er der Angst anderer begegnet war! Eigentlich mochte er es. Die Furcht vor dem unabwendbaren Tod, das reizte ihn. Welche Macht! Die einzige! Fayolle hatte sie am eigenen Leib gespürt in Nuestra Señora del Pilar, von Angesicht zu Angesicht mit einem wütenden Mönch, der ihm Messerstiche versetzt hatte, aber er war mit einem Schmiß davongekommen; verwundet war es ihm gelungen, den Geistlichen zu erdrosseln und seine Kutte mitzunehmen, um sich daraus einen Mantel zu schneidern; anschließend hatte er ihn in den Ebro geworfen, in dem zu Hunderten die Leichen der Spanier trieben, in Säcke gehüllt. Das Mädchen von Eßling hatte er auf der Matratze zurückgelassen. Wurde sie entdeckt? Von einem Schützen, der sich in den Hinterhalt legen wollte und eine ziemliche Überraschung erlebte? Oder lag sie noch immer unentdeckt? Vielleicht war das Haus von einer Granate in Brand gesetzt worden. Fayolle hätte sie begraben müssen, und dieser Gedanke setzte ihm zu. Er sah sie vor sich, ihr verzerrtes Gesicht, ihr entsetzter Blick wurde zu einer Drohung, und es wollte ihm nicht gelingen, das Bild aus seiner Vorstellung zu verbannen.

Er erhob sich.

Oberhalb der Talmulde, in der die Eskadronen lagerten, konnte man die ersten Häuser von Eßling erkennen; ihre Dächer hoben sich von dem rötlich schimmernden Hintergrund ab. Ohne Helm und Küraß, den geraden Degen am Bein baumelnd, lief Fayolle wie ein Schlafwandler in diese Richtung. Am Rande der Ebene, an der er sich im Schutz von Baumgruppen entlangschlich, begegnete er den üblichen Aasgeiern der Nächte einer Schlacht, jenen angeworbenen zivilen Sanitätern, denen man auftrug, die Verwundeten aufzulesen, und die das ausnutzten, um die Toten zu berauben. Zwei von ihnen machten sich an einem Husaren zu schaffen, der schon steif war und dem sie die Stiefel ausziehen wollten. Auf dem Boden lag der pelzgefütterte Mantel sowie der Dolman, und darauf hatten sie eine Uhr, einen Gürtel, zehn Gulden und ein Medaillon ausgebreitet. Ein Dritter bückte sich und hielt das Medaillon an die Lampe, die sie auf dem Boden abgestellt hatten:

»He!« sagte er, »was hat der für eine hübsche Verlobte, der Kerl!«

»Und jetzt ist sie wieder frei«, entgegnete sein Kumpan, der sich mit dem Stiefel abrackerte.

»Schade, daß keine Adresse und kein Name dabeistehen.«

»Vielleicht auf der Rückseite des Bildes.«

»Du hast recht, Dicker.«

Mit einem Messer versuchte der Sanitäter das Porträt aus dem Medaillon zu lösen. Andere liefen vorbei, die Arme mit Kleidern beladen. Ein Schlaukopf hatte eine ganze Menge Helme und Tschakos an einem Stock befestigt, wie die Rattenfänger auf dem Lande, und die Federbüsche, Helmbüsche und Puderquasten hingen wie die Schwänze jener Viecher herunter. Fayolle stieß ein Stück weiter auf einen Wachposten, der ihm das Gewehr auf die Brust setzte:

»Wo willst du hin?«

»Ich muß mir die Beine vertreten«, sagte Fayolle.

»Kannst du nicht schlafen? Hast du Schwein! Ich penn im Stehen wie unsere Pferde!«

»Schwein?«

»Und noch mehr hättest du, wenn du nicht durch die Ebene läufst. Die Österreicher sind keine dreißig Schritte von uns entfernt. Siehst du das Feuer dort vorne, links von der Hecke? Das sind sie.«

»Danke.«

»Glückspilz!« murmelte der Wachposten erneut und blickte Fayolle hinterher, der sich Richtung Dorf entfernte.

Er lief durch die Dunkelheit, stolperte mehrmals, riß sich an den Disteln die Hose auf, versank mit seinen Leinenschuhen in einer Pfütze. Als er Eßling erreichte, gelang es ihm nicht, die Schlafenden von den Toten zu unterscheiden; Boudets Füsiliere lagen entkräftet in den Straßen und an den Mauern, übereinander; sie waren nicht zu unterscheiden, sahen gleichermaßen verwahrlost aus. Fayolle stieß an die Gamaschen eines Soldaten, der sich halb aufrichtete und ihn beschimpfte. Ihm war alles unwichtig geworden. Er lief auf das Haus zu, in dem er zweimal gewesen war und das er mühelos wiedererkannte, aber die Truppe hatte sich dort eingenistet und hatte es mit Bergen von Säcken und kaputten Möbelstücken verbarrikadiert. Das Mädchen war also nicht verbrannt, das Haus nicht von einer Granate getroffen worden, jemand hatte sie tot und gefesselt aufgefunden; was war aus ihren sterblichen Überresten geworden? Er blickte zum Fenster in der oberen Etage. Die Scheibe war zerbrochen, der Laden hing herunter, ein Füsilier zog an seiner Pfeife, die Ellbogen auf dem Fenstersims. Ein innerer Drang trieb Fayolle in das Haus, aber sein Instinkt hielt ihn zurück. Er blieb stehen und wagte nicht, sich zu rühren.

Kein Mensch schlief wirklich, außer Lasalle wahrscheinlich, der das Biwakleben den Salons vorzog und unter den schlimmsten Umständen ruhen konnte; er hüllte sich in seinen Mantel, legte sich hin, schnarchte sofort und träumte von heldenhaften Szenen, die er unbedingt erleben wollte. Die anderen, Offiziere wie Soldaten, waren gereizt und verängstigt, übernächtigt mit zusätzlichen Falten. Mehrmals waren die Bataillone vom Alarm aufgescheucht worden, wegen nichts und wieder nichts, nur kleine Scharmützel, vereinzelte Schüsse, die auf die Nähe der österreichischen Lager und die Dunkelheit zurückzuführen waren, die es einem nicht erlaubte, die Uniformen auseinanderzuhalten. Alle gingen davon aus, daß sie sich nach der

Schlacht ausruhen würden, auf der Erde oder darunter.

Im befestigten Speicher von Eßling saß Oberst Lejeune auf einer Trommel, ein Brett auf den Knien, und schrieb an Fräulein Krauss. Gedankenverloren tauchte er seine Rabenfeder in das kleine Tintenfaß, das er für seine Skizzen stets bei sich trug. Er erzählte Anna nichts von den Greueln und Gefahren, er schrieb nur über sie und die Wiener Theater, in die sie bald gehen würden, die Bilder, die er zu malen gedachte, über Paris vor allem, über Joly, den berühmten Modefriseur, der ihr einen Haarknoten à la Nina drehen würde, und den Schmuck, den er ihr schenken wollte, und die Halbschuhe von Cop, die so leicht waren, daß sie beim Laufen zerrissen; sie würden in den Alleen und unter den Pavillons von Tivoli flanieren im roten Licht der Laternen, die an den Bäumen hingen. Rotes Licht, Lejeune kam bei diesen Worten nicht Tivoli in den Sinn; er war vom Feuer inspiriert worden, das ihn umgab. Kurz: Er wollte sich unbekümmert geben, doch es gelang ihm nicht oder kaum, das war sicher zu spüren, seine Sätze waren allzu nüchtern, viel zu kurz, klangen besorgt. Der Krieg hat nichts Poetisches an sich, dachte er, es sei denn aus der Ferne. Trotzdem war er dem Tod an diesem schrecklichen Tag mindestens dreimal knapp entronnen. Die Bilder des brennenden Aspern ersetzten die der friedlichen Gärten von Tivoli, und Masséna die Haarkünstler, die durch die Mode reich wurden.

»Lejeune!«

»Euer Exzellenz?«

»Lejeune«, fragte Berthier, »wie weit sind die Reparaturarbeiten an der großen Brücke?«

»Périgord ist vor Ort. Er wird uns Bescheid sagen,

wann die Truppen auf dem rechten Ufer die Donau überqueren können.«

»Sehen wir nach«, erwiderte Berthier, der sich bis dahin mit Marschall Lannes unterhalten hatte.

Sie hatten die Verluste überschlagen und wußten nun, daß Molitor die Hälfte seiner Division eingebüßt hatte, dreitausend Mann, die die Straßen von Aspern und die umliegenden Felder bedeckten, nicht eingerechnet die Verwundeten, die für die morgige Schlacht ausfielen, die in drei Stunden, höchstens vier beginnen würde, wenn sich der Feind im Morgengrauen versammelte, um sich erschöpft ins Kampfgetümmel zu stürzen. Sie erhoben sich gleichzeitig, Berthier, Lannes, ihre Adjutanten und Stallmeister; hintereinander ritten sie auf ihren Pferden im Schritt die Donau entlang, im schwachen Schein der Flammen, die immer noch Teile der Dörfer umschlossen. Lejeune hatte seinen Brief noch nicht beendet, dessen Tinte er mit etwas Sand getrocknet hatte. Wind war aufgekommen und drückte den Rauch zur Insel Lobau herüber, er brannte in den Augen. Als sie sich dem Hinterland von Aspern näherten, waren Schüsse zu hören.

»Ich seh mal nach!« sagte Lannes und wendete sein Pferd.

Er ritt in die hohen schwarzen Getreidefelder, die ihn von Aspern trennten. Sein Adjutant, Marbot, folgte ihm mechanisch, übernahm aber nach einigen Schritten die Führung, denn er kannte den Weg und seine Hindernisse besser. Die anderen ritten weiter zur Insel und der kleinen Brücke. Der Marschall und sein Hauptmann bewegten sich langsam und behutsam vorwärts. Die Mondsichel leuchtete nur schwach, und die Nacht war so schwarz, daß man nichts sehen konnte. Der Gegenwind, der einen beißenden Geruch nach

Verbranntem mit sich führte, beunruhigte die Pferde und ließ die Federn auf dem Zweispitz des Marschalls flattern. Um sein Pferd zu entlasten und die Erde mit seinen Stiefeln zu inspizieren, stieg Marbot ab und führte das Tier am Zügel.

»Du hast recht«, sagte Lannes, »das ist nicht der Moment, sich ein Bein zu brechen!«

»Eure Exzellenz, wir würden Ihnen eine Kalesche besorgen, um die Angriffe zu leiten.«

»Gute Idee! Aber ich lege wert auf meine Füße.«

Und auch er stieg aus dem Sattel, um neben seinem Hauptmann herzulaufen, den er seit vielen Jahren schätzte.

»Was sagst du zu dem Tag?«

»Wir haben schon Schlimmeres erlebt, Eure Exzellenz.«

»Schon möglich, aber es ist uns ja letztendlich nicht gelungen, das österreichische Zentrum aufzubrechen.«

»Wir haben standgehalten.«

»Einer gegen drei, ja, wir haben standgehalten, aber das reicht nicht.«

»Ab dem Morgengrauen verfügen wir über frische Truppen und Davouts Armee. Die Österreicher erwarten keinen Nachschub.«

»Ihre Italienarmee . . .«

»Die ist noch weit weg.«

»Morgen müssen wir siegen, Marbot, um jeden Preis!«

»Wenn Sie es sagen, wird es so geschehen.«

»Oh, hör auf mit deinen Schmeicheleien!«

»Ich habe Sie schon hundertmal angreifen sehen, und die Armee liebt Sie.«

»Ich opfere sie den Kanonen und Bajonetten, und sie lieben mich! Manchmal verstehe ich gar nichts mehr.«

»Eure Exzellenz, das ist das erste Mal, daß ich Sie zweifeln höre.«

»Tatsächlich? In Spanien habe ich wohl nur insgeheim gezweifelt.«

»Wir sind gleich da ...«

Diesseits von Massénas Biwaks gab es keine Wachposten, und die beiden Männer liefen geräuschlos an den Soldaten vorbei, die auf der Erde dösten. In der Nähe einer Feuerstelle erkannten sie die hochaufgeschossene Silhouette Massénas mit dem gekrümmten Rücken und an seiner Seite die von Bessières. Da Marbot vorausging, erkannte ihn Marschall Bessières an seiner zivilen Kopfbedeckung; in der Tat konnte er aufgrund einer Stirnverletzung, die er sich in Spanien zugezogen hatte, die traditionelle Pelzmütze von Lannes' Ordonnanzen nicht tragen. Bessières glaubte, er käme allein und schleuderte ihm entgegen:

»Hauptmann, da Sie um Auskunft ersuchen, will ich Ihnen eine erteilen. Kehren Sie zu Ihrem Herrn zurück, und sagen Sie ihm, daß ich seine Beleidigungen nicht vergessen werde!«

Lannes, der ein hitziges Temperament hatte, schob seinen Adjutanten zur Seite und tauchte im Lichtschein des Biwakfeuers auf.

»Monsieur«, sagte er zu Bessières, wobei er seine Wut kaum unterdrücken konnte, »Hauptmann Marbot weiß, wie man sein Leben riskiert und Schläge einsteckt! Sprechen Sie in anderem Ton zu ihm! Er wurde schon zehnmal verwundet, während andere vor dem Feind paradieren!«

Bessières erhob die Stimme, was nicht seine Art war:

»Ich paradiere? Und du? Beim Kampf gegen die Ulanen habe ich dich nicht gesehen!«

»Die einen kämpfen, andere ziehen es vor, zu spionieren und zu denunzieren!«

Die Anspielung war grob, aber deutlich. Lannes erweckte ihre alte Feindschaft wieder zum Leben. Als Bessières sich damals auf Murats Seite schlug und sich gegen ihn stellte, ließ er verlauten, daß Lannes die ihm zur Verfügung stehende Summe für die Ausrüstung der Garde des Konsuls, die er befehligte, um zweihunderttausend Francs überschritten habe, woraufhin Napoleon Lannes unverzüglich das Kommando entzog; und Murat Caroline heiratete. In dieser Nacht vor Aspern, das nach wie vor lichterloh brannte, kannte der Haß zwischen den beiden Marschällen keine Grenzen.

»Das ist ja die Höhe!« schrie Bessières. »Dafür wirst du mir büßen!«

Mit verschränkten Armen wartete Masséna auf das Ende des Streits, aber Bessières hatte seinen Degen gezogen, Lannes tat ein gleiches, und sie wollten sich duellieren. Da stellte sich Masséna zwischen die beiden:

»Genug!«

»Er hat mich beleidigt«, sagte Bessières wutentbrannt.

»Er ist ein Verräter!« brüllte Lannes.

»Vor dem Feind? Wollt ihr euch vor dem Feind den Bauch aufschlitzen? Ich befehle euch, voneinander abzulassen! Hier seid ihr bei mir! Steckt eure Degen zurück!«

Widerwillig gehorchten sie.

Ohne ein Wort zu sagen, zitternd vor Wut, drehte sich Bessières auf dem Absatz um und gesellte sich zu seinen Kavalleristen. Masséna ergriff Lannes am Arm:

»Hörst du das?«

»Ich höre nichts!« sagte Lannes mürrisch.

»Sperr die Ohren auf, du Dickschädel!«

In der Dunkelheit waren Querflöten zu hören, die

einen Marsch spielten, den Lannes mühelos erkannte und der ihn ergriffen machte.

»Spielen deine Männer die Marseillaise?« fragte er Masséna.

»Nein. Das sind die Österreicher, die in der Ebene im Quartier liegen. Die Musik ist bis hierher zu hören.«

Sie schwiegen, um der alten Hymne der Rheinarmee zu lauschen, die im ganzen aufständischen Frankreich von den Freiwilligen aus Marseille verbreitet worden war und die Revolution und ihre Soldaten bis zum Kaiserreich begleitet hatte, wo sie als vulgäres, aufrührerisches Lied per Dekret verboten wurde. Lannes und Masséna vermieden es, sich anzuschauen. Sie erinnerten sich an ihre frühere Begeisterung. Heute waren sie Herzöge und Marschälle, sie besaßen ebensoviel Land und Gold wie die Aristokraten, aber die Marseillaise hatte sie früher überwältigt, sie hatten ihre Provinzen verlassen, um zu ihren Klängen zu kämpfen, und wie oft hatten sie nicht ihre Strophen aus vollem Halse mitgesungen, um daraus Mut zu schöpfen? Lannes konnte nicht umhin, zur Musik des Feindes den Refrain mitzusingen, die dieser spielte, um zu provozieren, oder weil er glaubte, seinerseits einen Befreiungskrieg gegen die Gewaltherrschaft zu führen. Masséna und Lannes dachten an die gleichen Dinge, durchlebten die gleichen Szenen erneut, hatten die gleichen Gefühle, aber sie sprachen nicht darüber. Sie hörten mit ernsten Gesichtern zu, bewegt, gedankenverloren. Sie waren jung gewesen, arm und patriotisch. Sie hatten diese kriegerischen Strophen geliebt. Jetzt hielten ihre Feinde sie ihnen wie eine Beleidigung oder Mahnung entgegen.

Ein Röcheln, Klagen, Stöhnen, Schluchzen, Schreie und Gebrüll, der Gesang der Verwundeten auf der Insel Lobau hatte nichts Nostalgisches. Die Sanitäter, die keinerlei Gefühlsregung mehr verspürten und in Uniformteilen steckten, die nicht zusammenpaßten, verjagten mit Zweigen die Fliegenschwärme, die sich an die Wunden hefteten. Im langen Kittel und mit bluttriefenden Unterarmen hatte Doktor Percy seine Gutmütigkeit eingebüßt. Pausenlos hatten seine Assistenten in der aus Zweigen und Schilf errichteten Hütte, die Lazarett getauft worden war, auf den eilends herbeigeschafften Tisch nackte, halbtote Soldaten gelegt. Die Helfer, die der Doktor aufgrund seiner Entrüstungsschreie zugeteilt bekam, hatten größtenteils keine Chirurgie studiert, und da er all die Verstümmelten und unterschiedlichen Verwundungen nicht allein bewältigen konnte, zeichnete er auf den sich unter Schmerzen windenden Körpern mit Kreide die Stelle auf, an der zum Sägen angesetzt werden mußte; und die Hilfskräfte legten los, zuweilen sägten sie an den Gelenken vorbei, daß das Blut spritzte, zuweilen schnitten sie den Knochen durch; ihr Patient wurde ohnmächtig und rührte sich nicht mehr. Viele starben auf diese Weise an einem Herzstillstand oder verloren alles Blut, weil eine Arterie aus Versehen durchtrennt worden war. Der Doktor tobte:

»Idioten! Habt ihr noch nie ein Hähnchen zerlegt?«

Eine Operation durfte nicht mehr als zwanzig Sekunden dauern. Es waren zu viele auszuführen. Sodann warf man den Arm oder das Bein auf einen Haufen. Die Gelegenheitssanitäter rissen Witze darüber, um nicht umzukippen oder sich zu übergeben: »Noch eine Keule!« schrien sie laut und warfen die amputierten Gliedmaßen von sich. Percy behielt sich die schwierigen Fälle vor, er versuchte zu flicken, Wunden auszubrennen, Amputationen zu vermeiden, Erleichterung zu verschaffen, aber wie sollte ihm das bei dieser miserablen Ausstattung gelingen? Sobald sich die Möglichkeit bot, versuchte er die aufgewecktesten seiner Sanitäter zu unterweisen:

»Sehen Sie, Morillon, hier schieben sich die Knochensplitter des Schienbeins übereinander und liegen bloß ...«

»Kann man sie wieder an ihren Platz zurückschieben, Doktor?«

»Das könnte man, wenn man die Zeit dazu hätte.«

»Es warten noch viele draußen.«

»Ich weiß!«

»Was machen wir?«

»Wir schneiden, Dummkopf, wir schneiden! Und ich hasse es, Morillon!«

Mit einem Tuch wischte er sich den Schweiß vom Gesicht, seine Augen schmerzten. Dem Verwundeten, oder vielmehr dem Verdammten, wurde ein Kreidestrich zugestanden, den Percy oberhalb des Knies zog, er wurde auf den Tisch gelegt, auf dem noch vor nicht allzu langer Zeit österreichische Bauern ihre Suppe gelöffelt haben mußten, und ein Gehilfe sägte mit heraushängender Zunge und hochkonzentriert, um sich an den Kreidestrich zu halten. Derweil hatte Percy sich schon wieder über einen Husaren gebeugt, den man an seinem Schnurrbart, seinem Backenbart und seinem Zopf erkannte.

»Der Brand nistet sich schon ein«, murmelte der Doktor. »Die Zange!«

Ein großgewachsener linkischer Kerl streckte ihm eine schmutzige Zange hin, wobei er sich ein Taschentuch vor die Nase hielt. Percy verwendete sie, um verbrannte Fleischstücke auszureißen, er tobte:

»Wenn wir wenigstens Chininpulver hätten, würde ich es mit Zitronensaft tränken und Werg damit beträufeln, dann könnten wir das alles auswaschen, könnten helfen, könnten Leben retten!«

»Den hier nicht mehr, Doktor, der ist hinüber«, sagte Morillon, eine blutverschmierte Schreinersäge in der Hand.

»Um so besser für ihn! Der nächste!«

Mit einem Ende seines Kittels entfernte Percy die Würmer aus der Wunde des nächsten, dieser war im Delirium, hatte die Augen verdreht.

»Zu spät! Der nächste!«

Zwei Gehilfen, von denen ihn einer unter den Armen, der andere an den Waden gefaßt hatte, legten den Soldaten Paradis auf den Operationstisch.

»Was fehlt dem Jungen, außer daß er eine Beule hat?«

»Keine Ahnung, Doktor.«

»Wo kommt er her?«

»Er war bei der Fuhre, die wir auf dem Asperner Friedhof aufgesammelt haben.«

»Der ist doch nicht verwundet!«

»Er hatte Fleischstücke im Gesicht und auf dem Ärmel, wir hatten angenommen, er hätte eine Kanonenkugel abgekriegt, aber es ging weg, als wir ihn abgewischt haben.«

»Dann hat er wohl den zerfetzten Körper eines Kameraden ins Gesicht bekommen. Das hat ihn auf alle Fälle umgehauen.«

Percy beugte sich über den vermeintlich Verwundeten:

»Kannst du sprechen? Hörst du mich?«

Paradis bewegte sich nicht, aber stammelte ein paar Worte, um seine Identität preiszugeben:

»Soldat Paradis, Füsilier, 2. Linienregiment, 3. Division von General Molitor, unter dem Befehl von Marschall Masséna . . .«

»Mach dir keine Sorgen, ich werde dich nicht dahin zurückschicken, du bist nicht mehr in der Lage, ein Gewehr zu halten.« (*Zu Morillon*:) »Der Junge hält was aus, zieht ihn an, wir können ihn gut gebrauchen.«

Der Doktor und sein Assistent stellten Paradis wieder auf die Beine, und der Füsilier in Unterhose folgte Morillon bereitwillig. Draußen lagen auf Strohbündeln die Verwundeten, die Percy aufgrund fehlender Medikamente oder fehlenden Materials als unheilbar eingestuft hatte, sie trugen auf der Stirn ein mit Kreide gezeichnetes Kreuz; auf diese Weise wurden sie nicht mit den Neuankömmlingen verwechselt, und es wurde vermieden, daß man sie aus Unachtsamkeit erneut auf den Operationstisch hievte. Die Dahinsiechenden würden den Morgen sicher nicht mehr erleben, sie waren für die Schlacht und für das Leben verloren. Dicht daneben, unter einer Rüsterhecke, hatten die angeworbenen Sanitäter eine Art Laden eingerichtet, in dem sie zu ihrem eigenen Profit Soldatenmäntel, Tornister, Patronentaschen und Kleidungsstücke verkauften, die sie in der Ebene österreichischen oder französischen Toten abgenommen hatten.

»Dicker«, wandte sich Morillon an einen schwerfälligen Kerl mit einer Mütze auf dem Kopf, »du sollst diesen Burschen mit Kleidern ausstatten.«

»Hat er Geld?«

»Das ist ein Befehl vom Doktor.«

Der dicke Louis seufzte. Sein Handel wurde zwar geduldet, aber wenn er dem Arzt den Gehorsam verweigerte, könnte dieser ihm verbieten, die Sachen zu verkaufen, die er ergattert hatte. Er fügte sich widerwillig, und Paradis fand sich mit einer grünen Hose mit gelber Tresse, viel zu großen Stiefeln, einem Hemd, dessen rechter Ärmel zerrissen war, und einer Weste der leichten Kavallerie ausstaffiert wieder, die er nur mit Mühe zuzuknöpfen vermochte. Morillon lieferte ihn bei einer Gruppe von Marketendern ab, die für die Suppe der Verwundeten zuständig waren.

Weit weniger armselig nahm sich die Mahlzeit auf dem Tisch des Kaisers in dessen Biwak am Kopf der kleinen Brücke aus. Küchenjungen brieten über einem Reisigfeuer ein paar Hühner am Spieß, die Haut brutzelte, färbte sich golden und duftete verlockend. Monsieur Constant hatte seine Gestelle, Tischdecken und Laternen in einem Wäldchen angeordnet, so daß man den Konvoi mit den Unglücklichen, die zu Doktor Percy gekarrt wurden und die, sofern sie nicht vorher starben, bald eines ihrer Glieder verloren hätten, nicht sah. Es wurde in aller Ruhe gespeist, und man vergaß für einen Augenblick die Kanonen. Lannes saß zur Rechten des Kaisers, wohin dieser ihn selbst gesetzt hatte, um ihm zu schmeicheln. Der Marschall hatte von seiner kurzen Auseinandersetzung berichtet und die Wahrheit dabei zu seinen Gunsten geändert, und Napoleon hatte Bessières vorgeladen und ihm eine heftige Standpauke gehalten, bevor er ihn wegschickte. Bessières war der Beleidigte gewesen, er wurde zum Beleidiger, weil Seine Majestät es so wollte, weil er diese Form der Ungerechtigkeit liebte, um nach Gutdünken, ohne erkennbaren Grund, seine Umgebung zu vergiften, zu umarmen oder Ohrfeigen zu verteilen. Anstatt die beiden Marschälle miteinander zu versöhnen, brachte er sie noch mehr auseinander, schürte ihren Haß, denn er brauchte das Gefühl, in jeder Situation alleiniger Richter, die einzige Instanz zu sein wie auch das Gefühl, daß sich seine Herzöge untereinander nicht allzugut verstanden, um sich nicht eines Tages gegen ihn zu verbünden.

Diese Überlegungen waren Marschall Lannes zu hoch, dem sein neuerlicher Streit sehr zusetzte, und er, der die Hähnchen sonst reihenweise verschlang, knabberte widerwillig an einem goldbraunen Schenkel. Er zog es vor, seinen melancholischen Gedanken nachzuhängen. Das gefiel ihm. Er träumte sich weg, mit seiner Frau in eins seiner Häuser oder auf ein Pferd, mit dem er gefahrlos durch die Gaskogne ritt, ein gemachter Mann, in Frieden. Der Kaiser spuckte seine Knochen ins Gras und bemerkte die düstere Stimmung seines Marschalls:

»Hast du keinen Hunger, Jean?«

»Mir fehlt der Appetit, Sire . . .«

»Es sieht aus, als würdest du schmollen wie ein kleines Mädchen, das man getadelt hat! Genug! Morgen wird Bessières dir gehorchen, und wir werden sie gewinnen, diese vermaledeite Schlacht.«

Der Kaiser riß mit den Händen das Gerippe des Hähnchens auseinander, bohrte die Zähne hinein und legte, nachdem er sich die Lippen am Ärmel und die Finger an der Tischdecke abgewischt hatte, Berthier, Lannes und seinem Generalstab mit vollem Munde dar, wie sie vorgehen würden:

»Mit den Truppen, die über die große Brücke kommen, haben wir wie viele Männer zur Verfügung, Berthier?«

»Ungefähr sechzigtausend, Sire, nicht zu vergessen die dreißigtausend von Davout, die mittlerweile Ebersdorf erreicht haben sollten.«

»Davout! Er soll sich sputen! Kanonen?«

»Hundertfünfzig Stück.«

»Gut! Lannes, du wirst mit den Divisionen Claparède, Tharreau und Saint-Hilaire das österreichische Zentrum durchbrechen. Bessières, Oudinot, die leichte Kavallerie mit Lasalle und Nansouty warten ab, bis du durchgekommen bist, um sich hineinzustürzen, dann werden sie sich vor den Dörfern den Flügeln des Feindes zuwenden ...«

Der Kaiser gab Constant ein Zeichen, der ihm daraufhin seinen Überzieher über die Schultern hängte, denn es wurde kühl. Caulaincourt schenkte ihm ein Glas Chambertin ein, und er fuhr fort:

»Mit Unterstützung von Legrand, Carra-Saint-Cyr und den Tirailleuren meiner Garde wird Masséna eine stärkere Position in Aspern einnehmen. Die Infanterie Molitors halten wir in Reserve, das hat sie verdient. Boudet wird Eßling verteidigen.«

Der Kaiser nahm einen Schluck, stand auf und entließ seine Gäste. Lannes zog allein davon, seinen Zweispitz unterm Arm. Er war nicht müder, als er hungrig gewesen war. Er überquerte die kleine Brücke, auf der es von Verwundeten nur so wimmelte, um das Steinhaus aufzusuchen, in dem er vergangene Nacht in den Armen Rosalies geruht hatte, aber diese Nacht war das Jagdschlößchen leer. Das Mädchen hatte die Brücke wieder überquert, bevor sie am frühen Abend gerissen war. Er hätte ihr gern ein Geschenk überlassen, das kleine ziselierte, silberne, mit Diamanten besetzte Kreuz, das er seit Spanien um den Hals trug. Dies versetzte ihn um Monate zurück, nach Saragossa, als ihm ein spanischer Kaplan, der den Reliquienschrein der Kathedrale Nuestra Señora del Pilar verwahrte, einen Schatz angeboten hatte, wenn er seine Mönche am Leben ließ. Darin befanden sich Dinge im Wert von ungefähr fünf Millionen Francs; goldene Kronen, ein Brustkreuz aus Topas, ein Kreuz des Ordens von Calatrava aus emailliertem Gold, Porträts, dieses kleine Kreuz ... Er öffnete Jacke und Hemd, umfaßte das Schmuckstück mit der rechten Hand und zog einmal kurz und heftig daran, um die Kette zu zerreißen; er näherte sich dem sandigen Ufer und warf den Gegenstand mit aller Kraft in die Donau, die immer noch unaufhörlich anstieg. Dann verweilte er lange Zeit an dem tosenden Fluß.

Auf der gleichen Uferseite der Insel Lobau, ungefähr einen Kilometer weiter westlich, in dem Gestrüpp, zu dem die große Schiffsbrücke führte, warteten Lejeune und sein Freund Périgord auf das Ende der Reparaturarbeiten. Brückenbaupioniere und Marinesoldaten der Garde hatten ohne Unterlaß daran gearbeitet; einige waren ertrunken, was trotz aller Vorkehrungen und dem nötigen Sachverstand nicht verhindert werden konnte. Im Grunde fehlte es an Material, und es wurde eigentlich nur notdürftig ausgebessert und nicht neu gebaut. Die zwei Adjutanten Berthiers betrachteten bekümmert den wilden Strom, die Strudel, die Wellen mit der Stärke einer Springflut, die entwurzelten Baumstämme, die das instabile Bauwerk rammten. Man hätte weiter oben Dämme aus Pfählen und Ketten errichten müssen, die die Strömung brachen, die mitgerissenen Bäume oder die schrecklichen dreieckigen Barken, die die Österreicher weiterhin aussetzten, abfingen oder bremsten. Diese Geschosse waren in der Nacht noch furchterregender, trotz der Laternen, die an Stangen hingen, trotz der Fackeln. Wenn man kleine Inseln aus Laubwerk oder Baumstämme erspähte, die von der Strömung in Rammböcke verwandelt wurden, war es fast immer zu spät, es war nahezu unmöglich, sie vom Kurs abzubringen; ständig mußte repariert werden, was gerade repariert worden war, die Arbeiten zogen sich in die Länge.

Plötzlich erblickte Lejeune ein paar seltsame Gestalten, die sich in dem dunklen, aufgewühlten Wasser abzumühen schienen. Er fragte sich gerade, was sich die Strategen des Erzherzogs wohl dieses Mal ausgedacht hatten, da erkannte er ein ganzes Rudel Hirsche, das von der Überschwemmung aus den Wäldern vertrieben worden war und von der Strömung mitgerissen wurde, die Köpfe und Geweihe über dem Wasser. Einige der Tiere verfingen sich in den Tauen, andere wurden auf die Insel gespült, und ein jeder sagte sich bei ihrem Anblick: »Das Fleisch kommt ja wie gerufen ...« Einem großen Hirsch war es gelungen, sich aus dem Schilf zu befreien und wieder auf die Beine zu kommen, und durchnäßt, wie er war, schüttelte er sich zutraulich wie ein Haustier, wenige Schritte von Lejeune entfernt. Sofort wurde er von Soldaten umringt, die man keinem Regiment zuordnen konnte, weil sie in Hemdsärmeln waren, mit Bajonetten bewaffnet, die sie wie Messer hielten. Périgord und Lejeune näherten sich der Gruppe. Der Hirsch betrachtete sie, eine Träne im Augenwinkel, als er begriff, daß ihm der Tod bevorstand.

»Es ist wirklich seltsam«, bemerkte Périgord. »Ich habe es bei Hetzjagden hundertmal erlebt, der umstellte Hirsch macht sich steif, zeigt sich stolz und vergießt eine Träne, um den Jäger zu erweichen.«

»Edmond, Sie haben doch Manieren«, sagte Lejeune, »versuchen Sie wenigstens, das Tier anständig zu erlegen.«

»Sie haben recht, mein Lieber, diese Rohlinge können ja nur Menschen umlegen.«

Périgord drang in den Kreis der Soldaten ein:

»Das Tier ist außer Atem, Messieurs, lassen Sie mich ran. Ich weiß, was ich tun muß, um das Fleisch zu erhalten.«

Périgord stieß seinen Degen gezielt in die Kehle des Hirschs, dieser erzitterte und brach dann zusammen, mit heraushängender Zunge, geöffneten Augen und seiner Träne im Auge.

Die Soldaten stürzten sich auf die Beute und schnitten sie in Teile, die sie grillen wollten. Sie hatten Hunger. Lejeune wandte sich ab, und sein Freund folgte ihm, nachdem er seinen Degen im Gras abgewischt hatte. Ein Feldwebel mit struppigem Haar näherte sich im Galopp und teilte ihnen mit:

»Es ist soweit! Die Brücke ist wiederhergestellt.«

»Sehr schön«, rief Périgord, die Stimme des Kaisers nachahmend.

»Danke«, sagte Lejeune, der jetzt einen Boten mit seinem Brief für Anna nach Wien schicken konnte.

»Kommen Sie, Louis-François? Benachrichtigen wir Seine Majestät.«

Sie bestiegen ihre Pferde, die ihre Stallmeister auf einer abseits gelegenen, eigens für Offiziere reservierten Lichtung bewachten. Diese sangen nicht mehr wie am Vortag. In ihre Mäntel gebettet, lagen sie auf dem Boden und betrachteten den sternenlosen Himmel und den letzten Schnipsel einer Mondsichel. Andere strichen zerstreut mit der Hand über das Gras, als wäre es eine Katze oder die Haarpracht einer Frau. Sie ruhten sich aus und träumten dabei von einem bürgerlichen Leben zu Hause.

Die Hände auf dem Rücken stand der Kaiser in seinem Biwak, vor seinen Karten, die Caulaincourt mit Steinchen beschwert hatte, damit sie nicht davonflogen. Seine Gedanken waren bei der bevorstehenden Schlacht. Das Glück schien ihm hold. Den gleichen Österreichern, die von einem Kampftag erschöpft waren, würde er frische Truppen entgegenstellen. Er würde alle in die Offensive schicken, da wo der Feind am schwächsten und am wenigsten vertreten war, im Zentrum, wie er es seinem Generalstab beim Abendessen erläutert hatte. Als Lejeune und Périgord kamen, um zu bestätigen, daß die große Brücke endlich wiederhergestellt war, zeigte er sich nicht einmal erfreut. So sollte es sein. Die Ereignisse würden fortan nach seinem Plan verlaufen, den er den Gegebenheiten entsprechend und mit dem ihm eigenen Tempo jederzeit modifizieren konnte. Napoleon fühlte sich stark. Er befahl den Truppen auf dem linken Ufer, die Donau zu passieren und sich an den Rand der Ebene zu begeben. Caulaincourt und sein Mameluk Roustan halfen ihm aufsitzen, damit er den Vorbeimarsch der neuen Regimenter abnehmen konnte. In diesem Augenblick krachte ein Schuß, eine Kugel streifte den Kaiser, um in der Rinde einer Ulme steckenzubleiben. Panik brach aus. Ein österreichischer Schütze, der in weniger als zweihundert Meter Entfernung im Versteck lag, hatte auf den weißen Musselinturban des Mameluken gezielt.

»Worüber regen Sie sich auf?« fragte der Kaiser. »Wenn man eine Kugel zischen hört, bedeutet es, daß sie einen verfehlt hat!«

Von vielen seiner Männer umringt, machte er sich auf den Weg zur großen Brücke. Inmitten dieser Gruppe von Reitern in goldbesetzten Uniformen, die er darum bat, für eine angemessene Inszenierung ihre Hüte mit den Federbüschen abzunehmen und die nachrückenden Truppen zu grüßen, wohnte der Kaiser der Ankunft seiner Soldaten bei. Zuerst zogen, geführt von Oudinot, die drei Grenadierdivisionen vorbei, dann die Division des Grafen Saint-Hilaire, die drei Brigaden von Kürassieren und der schwarzen Reiter, die von Nansouty angeführt wurden, der zweite Teil der kaiserlichen Garde und schließlich die Artillerie mit mehr als hundert Kanonen, und unter dem Gewicht der Kisten und Fässer sah man, wie die Brückendecke unter die Wasseroberfläche sank.

Um drei Uhr morgens nahmen die Österreicher das Feuer wieder auf. Bei Tagesanbruch, um vier Uhr, begann von neuem die Schlacht.

Fünftes Kapitel
Der zweite Tag

»Der Tod, welch ein Friede! Wie Iphigenie werde ich das Tageslicht vermissen, nicht jedoch, was es beleuchtet.«

Demi-jour, Jacques Chardonne

Die Ebene lag im Nebel. Am Horizont tauchte die aufgehende Sonne die Landschaft in blutrotes Licht. Aspern stand noch immer in Flammen. Anhaltender Wind trieb dicke, schwarze und beißende Rauchwolken vor sich her. Ein paar zusammengekauerte Gestalten wärmten sich an der Glut der Biwakfeuer. Oberst Sainte-Croix rüttelte Masséna, der seit zwei Stunden zwischen gefällten Baumstämmen schlief, an der Schulter. Der Marschall erhob sich und warf seinen grauen Mantel von sich, er fing an zu gähnen, streckte sich und musterte seinen Adjutanten, wobei er den Kopf neigte, denn der junge Mann war kaum größer als der Kaiser, dafür schmächtiger, blond und bartlos wie ein Mädchen; nie hätte man ihm bei seinem Anblick soviel Tatkraft zugetraut.

»Herr Herzog«, sagte er, »wir haben soeben Munition und Pulver erhalten.«

»Verteilen Sie es, Sainte-Croix.«

»Schon geschehen.«

»Dann machen wir jetzt weiter?«

»Die 4. Linie und die 24. leichte Kavallerie überqueren die kleine Brücke und werden zu uns stoßen.«

»Fangen wir schon mal an, wir müssen den Nebel ausnutzen, um die Kirche zurückzuerobern. Molitor soll die Überlebenden seiner Division zusammentrommeln.«

Die Trommeln riefen zum Sammeln, die Bataillone formierten sich neu, ein paar gut dressierte Pferde erschienen sogar ohne Reiter. Masséna hielt den Braunen eines Husaren an, der wahrscheinlich irgendwo in der Ebene mit dem Tode rang, bestieg ihn ohne Hilfe, nahm die Zügel fest in die Hand und ritt tänzelnd mit ihm in Richtung Aspern davon. Überall um sie herum richteten die Männer sich auf, fröstelnd und träge, weil sie allzu wenig und allzu schlecht geschlafen hatten, und tasteten sich behutsam zu den Gewehrpyramiden vor, um ihre Waffen an sich zu nehmen. Müde und schicksalsergeben fügten sie sich, bewegten sich lautlos, gaben kein Wort von sich; lauter Schatten, hätte man meinen können. Sie folgten Masséna, der auf die große Straße zuhielt. Man konnte keine zehn Meter weit sehen. Die Kirche, die seit gestern abend von einer Brigade des Barons Hiller unter Brigadegeneral Vacquant gehalten wurde, war in Rauch und Nebel getaucht. Einzig ihre eigenen Holzschuhe und Schritte waren zu hören. Masséna zog seinen Degen aus der Scheide und wies schweigend mit der Spitze den Weg zu den Überlebenden der Division Molitor. In Kolonnen näherten sich jene von beiden Seiten den Häusern und sammelten sich hinter den Bäumen oder den Ruinen, die den großen Platz umgaben.

»Sehen Sie auch, was ich sehe, Sainte-Croix?«

»Ja, Herr Herzog.«

»Diese Lumpen haben die Friedhofsmauer eingerissen! Wir können sie nur ungedeckt angreifen! Was sagen Sie dazu?«

»Daß wir auf die Truppen von Legrand und Carra-Saint-Cyr warten sollten, um wenigstens in der Überzahl zu sein.«

»Bis dahin hat sich der Nebel aufgelöst! Nein! Der Nebel schützt uns. Greifen wir an!«

Tausend unausgeschlafene Füsiliere stürmten im Laufschritt die Kirche, die in eine Zitadelle verwandelt worden war. Im dichten Nebel, die Bajonette nach oben gestreckt, stießen sie mitunter gegen die Leichen des Vortags oder stolperten in Löcher, die eine Granate gerissen hatte. Die Österreicher hatten mit dem Angriff gerechnet und erwiderten ihn, indem sie von überallher schossen, selbst von dem halbverkohlten Glockenturm herunter. Die Soldaten fielen reihenweise um. Im gleichen Moment konnte man schemenhaft zwischen den Friedhofsgräbern und der kleinen eingestürzten Mauer einen Major zu Pferde erkennen, der eine Fahne mit goldenen Fransen emporreckte; eine Truppe tauchte auf, dicht an dicht, und umzingelte den Friedhof, dann stürzte sie sich mit einem Schrei auf die Füsiliere und versuchte, sie aufzuspießen. Beim Kampf Mann gegen Mann ist alles erlaubt, manche hielten ihre Gewehre wie Streitkolben, andere wie Sensen oder Spieße, man metzelte sich brüllend nieder; andere maßen sich einen Augenblick, bevor sie übereinander herfielen; wer am Boden lag, wurde augenblicklich durchbohrt, man watete durch Gedärm, überhörte das Röcheln der Männer, man tötete, um nicht selbst getötet zu werden, man trat um sich, man zerkratzte sich gegenseitig mit Fingernägeln und Zähnen, man bewarf sich mit Sand, um sich die Sicht zu nehmen, und bei dem Nebel, der alle umgab, erkannten die Kämpfenden die Gefahr stets zu spät.

Masséna sah auf die Uhr, und Sainte-Croix war außer sich:

»Unsere Männer können nicht standhalten, Herr Herzog!«

Er zeigte auf eine zerlumpte Kohorte, die sich zurückzog und dabei blutüberströmte Verwundete wegtrug oder hinter sich herzog. Sainte-Croix ließ nicht locker:

»Lassen Sie mich einschreiten, Herr Herzog!«

»Herr Herzog, Herr Herzog! Gehen Sie mir nicht auf die Nerven mit Ihrem Herr Herzog! Herzog wovon, he? Von einem italienischen Kaff, von einem Symbol?« (*und in spöttischem Ton*:) »Ich nenne Sie doch auch nicht pausenlos Herr Marquis, mein lieber Sainte-Croix!«

Sainte-Croix umfaßte den Knopf seines Degens und preßte ihn, bis seine Knöchel weiß wurden. In der Tat war sein Vater Marquis und in Konstantinopel Botschafter Ludwigs XVI. gewesen, er selbst jedoch, von seiner Familie für eine diplomatische Laufbahn vorgesehen, hatte stets eine Vorliebe für das Militär gehegt. Er hatte früh schon unter Talleyrand gedient, bevor er von einem der Regimenter angeworben wurde, die der Kaiser aus ehemaligen Adligen und Emigranten zusammengestellt hatte. Masséna hatte ihn ausgeguckt und in sein Gefolge aufgenommen.

»Halten Sie Ihre Nerven im Zaum, Sainte-Croix, wenn Sie gerne befehlen wollen. Sie haben hundert Füsiliere auf dem Rückzug gesehen? Ich auch.«

»Ich könnte sie aufs Schlachtfeld zurückholen, wenn Sie mir den Befehl dazu erteilten!«

»Das könnte ich auch, Sainte-Croix.«

Und Masséna erklärte dem jungen Oberst, daß es darauf ankam, die von einem Kampftag gleichermaßen erschöpften Österreicher zu zermürben, während sie auf frische Regimenter warteten. Sainte-Croix war siebenundzwanzig und ungestümer als erfahren, aber er war schnell von Begriff. Er hatte ein wahres Talent für den Ruhm. Die Schilderungen der *Ilias* hatten seine Kindheit geprägt. Lange Zeit hatte er Hektor, Priamos und Achill nacheifern wollen, hatte von

Speerkämpfen unter den ockerfarbenen Mauern Trojas geträumt, als die Götter zu Komplizen jener unbändigen, stattlichen und trotz des schweren Metalls ihrer Panzerhemden und Beinschienen behenden Riesen wurden. An diesem Morgen schien ihm, er sähe Achill mit seinem Wolfsmantel und seinem mit Wildschweinhauern geschmückten Helm, jenen ruhmreichen Räuber, dessen Lügen ihm die Bewunderung der Göttin Athena einbrachten. Da hörte Sainte-Croix die Trommeln und drehte sich um. Rote Federbüsche tauchten aus dem Nebel auf. Es waren die Füsiliere von Carra-Saint-Cyr, die soeben zu ihnen stießen.

Lejeune hatte den unangenehmen Eindruck, in eine graue Wolke einzutauchen. Er erkannte den Weg nicht wieder, den er am gestrigen Tag zwischen der Insel Lobau und Eßling hundertmal zurückgelegt hatte; Bäume und Hecken tauchten im letzten Augenblick vor ihm auf, und er hatte seine Orientierungspunkte eingebüßt. Im Schritt ritt er weiter, orientierte sich an den Geräuschen um sich herum. Ein Rascheln zu seiner Linken erschreckte ihn, es kam zweifellos von der Ebene, die in Nebel getaucht war, also zog er seinen Degen und verharrte regungslos; ein verschwommenes Etwas bewegte sich in Reichweite; er sprach es auf französisch und auf deutsch an, doch da er keine Antwort erhielt, witterte er Gefahr, stürzte sich auf die undeutliche Gestalt und schlug mit dem Säbel wild um sich. Es war jedoch lediglich ein großer Strauch, der sich im Wind bewegte. Übersät von den Blättern und Zweigen, die er abgehauen hatte, fühlte Lejeune sich erleichtert und lächerlich zugleich. Er erblickte zu guter Letzt einen Lichtschein und ging vorsichtig darauf zu, ohne den Griff um seinen Degen zu lockern. Der

Lichtschein verschwand, als er sich ihm näherte. Im Nebel, der sich in Schwaden aufzulösen begann, stieß er auf eine Horde Kürassiere, die ihr nächtliches Feuer erstickten, indem sie darauf herumtrampelten.

»Soldaten!« sagte Lejeune, »ich muß nach Eßling, Befehl vom Kaiser! Zeigen Sie mir den kürzesten Weg.«

»Sie sind zu weit vorn in der Ebene«, sagte ein Hauptmann, dessen Gesicht von einem Dreitagebart bedeckt war. »Ich gebe Ihnen eine Eskorte mit, die Ihnen den Weg zeigen wird. Selbst mit verbundenen Augen würden sich meine Männer hier zurechtfinden.«

Hauptmann Saint-Didier brummte ungnädig, während er seinen Gürtel zuschnallte. Hundert Meter weiter brannten trotz seiner Anweisungen immer noch Biwakfeuer.

»Brunel! Fayolle! Und du da, und ihr zwei! Sagt diesen Dummköpfen noch mal, daß sie alle Feuerstellen löschen sollen!«

»Ich komme mit«, sagte Lejeune.

»Wie Sie wünschen, Oberst. Anschließend bringen die Männer Sie nach Eßling ... Fayolle! Legen Sie Ihren Küraß an!«

»Er hält sich für unverwundbar, Hauptmann«, sagte Kürassier Brunel und sprang auf sein Pferd.

»Genug jetzt!« knurrte Saint-Didier und fuhr etwas leiser, an Lejeune gewandt, fort: »Ich kann es ihnen nicht übelnehmen, der Tod unseres Generals hat sie sehr mitgenommen ...«

Fayolle schloß seinen Küraß, und Lejeune sah ihn sich an. Er hatte sich mit diesem Burschen schon Wortgefechte und sogar Schläge geliefert, als dieser hoffte, Annas rosafarbenes Haus zu plündern. Der Soldat hatte ihn nicht erkannt, er nahm automatisch seinen Karabiner an sich und schwang sich in den Sattel. Die sechs Reiter setzten sich in Richtung der brennenden Biwakfeuer in Bewegung. Als sie nahe genug waren und sich die Silhouetten deutlicher abzeichneten, erkannten sie voller Entsetzen die braunen Uniformen der Landwehr. Ein paar Männer aßen die Bohnen direkt aus dem Kessel, andere putzten ihr Gewehr mit einem Büschel Laub. Den Österreichern blieb kaum die Zeit zu begreifen, daß sie von französischen Reitern umgeben waren, und da sie sie für zahlreicher hielten, erhoben sie sich und zeigten ihre waffenlosen Hände. Bevor Lejeune einen Befehl erteilen konnte, hatte Fayolle seinem Pferd schon die Sporen gegeben und war zwischen die Österreicher gesprengt. Mit seinem Karabiner zertrümmerte er das Gehirn des ersten und schlug dem zweiten vor Wut schreiend mit dem Säbel die erhobene Hand ab.

»Halten Sie diesen Verrückten zurück!« befahl Lejeune.

»Er rächt unseren General«, sagte Brunel mit einem engelhaften und sehr ironischen Lächeln.

Lejeune preßte sein Pferd an das von Fayolle, packte von hinten dessen Handgelenk, als dieser gerade seinen Säbel auf einen am Boden kauernden Österreicher niedergehen lassen wollte, und drehte ihn herum. Die zwei Männer befanden sich nun von Angesicht zu Angesicht, rangen nach Atem, und Fayolle keuchte: »Wir sind hier nicht auf dem Ball, mein lieber Oberst!«

»Beruhige dich, oder ich bringe dich um!«

Mit der linken Hand richtete Lejeune seine Sattelpistole auf den Hals des Kürassiers.

»Willst du mir schon wieder die Zähne einschlagen!«

»Ich hätte große Lust dazu.«

»Nur zu, nutz deine Tressen aus!«

»Idiot!«

»Früher oder später wird mir das egal sein.«

»Idiot!«

Fayolle riß sich mit einem Schulterstoß los, und sein Pferd machte einen Satz zur Seite. Während dieser kurzen Auseinandersetzung hatten die Kürassiere ihre Gefangenen ohne Widerstand zusammengepfercht. Drei von ihnen hatten während des Streits jedoch flüchten können, aber die anderen hatten sich gefügt und schienen nicht unglücklich, daß sie nun nicht mehr kämpfen mußten.

»Was machen wir jetzt mit diesen Vögeln, Herr Oberst?« fragte Brunel, der abgestiegen war, um die Bohnen im Kessel zu probieren.

»Führen Sie sie dem Generalstab vor.«

»Und Sie, sollen wir Sie nicht mehr ins Dorf bringen?«

»Ich brauche keine ganze Truppe, und der hier kennt den Weg.«

Lejeune zeigte auf Fayolle, der, über den Hals seines Pferdes gebeugt, wieder Atem schöpfte.

Nachdem er den Kürassieren die Gefangenen anvertraut hatte, folgte Lejeune dem Soldaten Fayolle, der sein Pferd durch die Nebelschwaden führte. Am Fuß eines Hügels begegneten sie den tadellos gekleideten Tirailleurbataillonen der Jungen Garde, die Waffe am Gurt, weiße Gamaschen, Tschakos von langen weißroten Federbüschen überragt, dann eine Division der Deutschen Armee, die schweigend zur Ebene hochstieg. Sie hörten die Peitschenhiebe von den Befehlshabern der Artilleriezüge, erblickten ihre hellblauen Jacken und die wollenen roten Schulterstücke der Artilleristen, die unzählige Kanonen hinter sich herzogen. Sie überholten sodann die endlosen Kolonnen der

Infanterie, die von Tharreau und Claparède befehligt wurden. Fayolle hielt an, um den berittenen Jägern den Weg freizugeben, die zur Kavallerie Bessières aufschließen sollten. Der Nebel löste sich auf, man konnte die ersten abgebrannten Häuser in Eßling deutlich erkennen.

»Ich komm nicht weiter mit, Herr Offizier«, sagte Fayolle, ohne Lejeune anzusehen.

»Danke. Heute abend werden wir unseren Sieg feiern, das verspreche ich dir.«

»Ach, mir bringt das nichts, ich bin hier nur ein Stück Vieh ...«

»Na, na!«

»Wenn ich dieses zerstörte Dorf sehe, überkommt mich ein komisches Gefühl.«

»Hast du Angst?«

»Ich habe eine Angst, die nicht normal ist, Herr Offizier. Es ist nicht wirklich Angst, ich weiß nicht, was es ist, es ist mehr ein böses Schicksal.«

»Was hast du vorher gemacht?«

»Nichts oder nichts Besonderes, Lumpensammler, aber die Hakenstange und der Säbel, die sind immer Drecksarbeit, die nichts wert ist. Sehen Sie, dort vorne kommt Marschall Lannes aus Eßling ...«

Und Fayolle machte kehrt. Lannes ritt an der Seite der Generäle Claparède, Saint-Hilaire, Tharreau und Curial auf ihn zu.

Breitbeinig in seinen staubigen Stiefeln, die Arme verschränkt, stand der Kaiser vor den Gebäuden der Ziegelei, in denen sein Generalstab Quartier bezogen hatte. Er lächelte über den Nebel, der sich langsam auflöste. Er hatte das Gefühl, über die Elemente zu herrschen, denn das schlechte Wetter war sein Verbündeter.

Früher hatte er es verstanden, sich den Winter, die Flüsse, die Steppen und Täler zunutze zu machen, um schnelle Angriffsschläge durchzuführen und seine Gegner zu vernichten. Heute, begünstigt durch diese Wand, die das Schlachtfeld mit Nebelschwaden überzog, konnte seine Armee auf dem Abhang, der die beiden Dörfer voneinander trennte, als geschlossene Einheit vor den Österreichern auftauchen. Lejeune hatte Marschall Lannes die Befehle überbracht, und man konnte die Massen an Infanteristen sehen, die sich auf der abschüssigen Böschung im Karree anordneten. Die erhobenen Säbel und Bajonette, das Gold der Generäle und die Adler auf den Fahnen funkelten in der aufgehenden Sonne. Die Trommeln wurden gerührt und antworteten einander, vermischten sich, ihre Rhythmen waren nicht mehr zu unterscheiden, sie schwollen an wie anhaltendes, rhythmisches Donnergrollen. In der zweiten Linie folgten die Eskadronen, die in der Talmulde Stellung bezogen hatten, blaue Lanzenreiter aus Warschau, Husaren, Leibgarden aus Sachsen und Neapel, Jäger aus Westfalen. Bei diesem Anblick durchfuhr Napoleon der Gedanke, daß er keine Badener, Gaskogner, Italiener, Deutsche und Lothringer mehr hatte, sondern eine einzige geordnete Streitkraft, die sich darauf vorbereitete, die angeschlagenen Truppen des Erzherzogs mit einem Schlag zu besiegen.

Kurz zuvor hatten die patrouillierenden Kürassiere ihre Gefangenen von der Landwehr mit den komischen laubgeschmückten Hüten vorgeführt; der Kaiser hatte sie verhört, und General Rapp, ein Elsässer, der ihrer Sprache mächtig war, hatte als Dolmetscher gedient; sie hatten ihre Einheiten aufgezählt und benannt, hatten ihre Erschöpfung, ihre Schwäche, ihre mangelnde Siegesgewißheit eingestanden. Lannes würde nun also zwanzigtausend Infanteristen zwischen die Garde Hohenzollerns und die Reservekavallerie schicken, die der Fürst Liechtenstein befehligte, den der Kaiser gerne als Botschafter in Paris gesehen hätte. Berthier überbrachte die letzten Neuigkeiten, die man ihm zugetragen hatte. Die Kirche in Aspern war zu guter Letzt erobert worden, und Masséna festigte seine Position. Périgord, der von der Insel Lobau kam, bestätigte die Ankunft der dreißigtausend Mannen Davouts, die im Augenblick auf der anderen Uferseite Richtung Ebersdorf marschierten und die große Brücke in einer Stunde überqueren würden. Alles schien in Übereinstimmung mit den nächtlich ausgearbeiteten Angriffsplänen zu verlaufen. Die sechstausend Kavalleristen Bessières würden in die Bresche eindringen, die Lannes schlagen wollte, um dann den Feind von hinten zu umzingeln, während Masséna, Boudet und Davout gleichzeitig die Dörfer verlassen würden, um die gegnerischen Flügel anzugreifen. Vor Mittag, schätzte der Kaiser, wäre der Sieg perfekt.

Da er seinen Einfluß kannte und ihn bei seinen Männern einzusetzen wußte, beschloß Napoleon, die Kolonnen abzureiten, um sich zu zeigen. Sein Anblick würde sie ermuntern und ihren Mut steigern. Er ließ sich das gefügigste seiner Pferde, seinen Grauen, bringen, kletterte auf einen kleinen Schemel, den man ihm eigens aufgestellt hatte, und schwang sich in den Sattel.

»Sire«, sagte Berthier, »unsere Truppen sind in Marsch gesetzt, bleiben Sie lieber hier, von wo aus wir das gesamte Schlachtfeld überblicken können . . .«

»Meine Aufgabe ist es, sie mitzureißen! Ich muß überall sein. Ich packe sie am Herz.«

»Sire, mit Verlaub, bleiben Sie außer Reichweite der Kanonen!«

»Hören Sie Kanonendonner? Ich nicht. Sie haben im Morgengrauen gegrummelt, um uns zu wecken, aber seitdem schweigen sie. Sehen Sie diesen Stern?«

»Nein, Sire, ich sehe keinen Stern.«

»Da oben, nicht weit vom großen Bär.«

»Nein, beim besten Willen . . .«

»Nun, solange ich der einzige bin, der ihn sieht, verfolge ich meinen Kurs und werde keine Bemerkung dulden! Ja, meinen Stern habe ich gesehen, als wir nach Italien aufgebrochen sind. Ich habe ihn in Ägypten gesehen, in Marengo, in Austerlitz und in Friedland!«

»Sire . . .«

»Sie werden mir lästig, Berthier, mit Ihrem vorsichtigen Altweibergehabe! Wenn ich heute sterben müßte, wüßte ich es!«

Er ritt mit verhängten Zügeln davon, in kurzem Abstand gefolgt von seinen Offizieren. Der Kaiser hielt in seiner geschlossenen Hand einen Skarabäus aus Stein, den er seit Ägypten stets bei sich trug, einen Glücksbringer aus dem Grab eines Pharaos. Er spürte das Glück auf seiner Seite. Er wußte, daß eine Schlacht einer heiligen Messe glich und ein Zeremoniell erforderte, daß die Schlachtrufe der in den Tod ziehenden Truppen die Choräle ersetzten und das Pulver den Weihrauch. Eiligst bekreuzigte er sich zweimal, wie es die Korsen machen, wenn ihnen eine schwierige Entscheidung bevorsteht. Lautes Geschrei empfing ihn bei den Grenadieren der Alten Garde, die hinter der Ziegelei und links davon standen. Bei seinem Anblick nahm General Dorsenne den Zweispitz ab und schrie: »Präsentiert das Gewehr!« aber seine Haudegen pflanzten ihre Bärenmützen oder Tschakos auf die Spitze der Bajonette und brüllten den Namen des Kaisers.

Inmitten der Truppen, die sich am Rande der Ebene aufstellten, wies Marschall Lannes seine Generäle an:

»Es klart auf, Messieurs, übernehmen Sie das Kommando. Oudinot und seine Grenadiere an die linke Front, daneben Claparède, Tharreau ins Zentrum und Sie, Saint-Hilaire, nach rechts vor Eßling.«

»Warten wir nicht auf die Rheinarmee?«

»Sie ist schon da. Davout wird jeden Augenblick hier sein, um uns zu unterstützen.«

Graf Saint-Hilaire hatte das Profil eines Porträts auf einer römischen Münze, kurze Haare, die er in die Stirn bürstete, der Hals steckte in einem hochgeschlossenen, bestickten Kragen; aufrecht auf seinem launischen Pferd, das er mit fester Hand führte, ritt er seinen Jägern nach, einer Kohorte Männer in eigenwilligen Uniformen, die man einzig an den grünen Schulterstücken aus Wollstoff erkennen konnte. Er hielt vor einer Reihe von Trommlern, entdeckte einen, der ihm noch reichlich knabenhaft vorkam, und befragte seinen Hauptfeldwebel, einen Koloß, der aufgrund der federgeschmückten Mütze und dem glitzernden Anzug, der vom Kragen bis zu den Stiefeln mit Tressen und Stickereien übersät war, noch imposanter wirkte:

»Wie alt ist dieser Junge?«

»Zwölf Jahre, Herr General.«

»Na und?« knurrte das Bürschchen.

»Na und? Ich denke, du bist noch zu jung, um zu sterben. Du hast es wohl sehr eilig?«

»Ich war schon in Eylau dabei, und ich habe beim Angriff in Regensburg die Trommel gerührt, ich habe nicht einmal einen Kratzer abbekommen.«

»Ich auch nicht«, sagte Saint-Hilaire lachend, aber er sprach nicht die Wahrheit, indem er die Verwundung von Pratzen, der Hochebene bei Austerlitz, unterschlug.

Von der Höhe seines Pferdes aus betrachtete er den kleinen Burschen, dessen Trommel fast genauso groß war wie er selbst und auf seinem runden Umhang aus Rindsleder ruhte.

»Dein Name?«

»Louison.«

»Nicht deinen Vornamen, deinen Nachnamen.«

»Mein Name ist für alle Louison, Herr General.«

»Na gut, Louison, nimm die Stöcke aus deinem Schulterriemen und trommele wie in Regensburg!«

Der Junge gehorchte. Der Tambourmajor hob seinen Rohrstock mit dem Silberknauf, und die anderen begannen im Takt mit dem Jungen zu schlagen.

»Vorwärts!« befahl Saint-Hilaire.

»Vorwärts!« rief General Tharreau in der Ferne seinen Männern zu.

»Vorwärts!« schrie Claparède.

Die Armee bewegte sich in dem grünen Getreide vorwärts. Der Nebel riß auf, und die Österreicher sahen plötzlich, wie Lannes' Infanterie auf sie zukam. Der Marschall sprengte im Galopp herbei und trabte neben Saint-Hilaire her; er hob seinen Degen, und die Division verfiel in einen schnelleren Trab, Louison vorweg, der wie ein Besessener auf die Haut seiner Trommel schlug, überzeugt davon, daß auch er ein bißchen Marschall sei.

Überrascht von der Nachhaltigkeit und der Plötzlichkeit des Angriffs, versuchten die Soldaten Hohenzollerns zu kontern, aber die Jäger sprangen über ihre getöteten Kameraden hinweg und stürmten mit den Bajonetten voran. Unter dem Vorstoß wichen die ersten Linien der Österreicher zurück, wichen weiter zurück: Hinter der Menge an Infanteristen blickten sie in die Mündung von hundert Kanonen, die vom Kamm des Abhangs herunter auf sie gerichtet waren.

Wenn die Schlacht am grausamsten war, vergaß Lannes seine Zweifel. Er war nur mehr Krieger. Er schrie sich die Lunge aus dem Hals, er gestikulierte zwischen seinen Männern, die er immer weiter nach vorne trieb; er ging mit gutem Beispiel voran, riß sie mit, betörte sie, wehrte Angriffe ab, ihm wurde sogar ein Ehrenabzeichen von der Brust gerissen. Seht, wie er sein nervöses Pferd auf die Artilleristen hetzt, wie er sie in Angst und Schrecken versetzt, sie über den Haufen reitet, sie wutschäumend niedersäbelt. Seht, wie er in ein feindliches Karree dringt, die Kugeln zischen hört, ohne sich darum zu kümmern, eine gelbe Fahne mit kompliziertem Emblem ergattert und mit der vergoldeten Spitze einen Oberstleutnant aufspießt. Saint-Hilaire eilt zu Hilfe und rammt seinen Degen in den Rücken eines weißen Grenadiers. Gemeinsam mühten sie sich ab, verbreiteten Schrecken, rissen ihre Soldaten mit in einem Maße, daß der Feind, der sich zunächst mit Methode zurückgezogen hatte, den Kopf verlor; das sah man an dem ungeordneten Rückzug, an den Lücken, die er bot, als er sich in die niedergetrampelten Felder verteilte.

»Wir siegen, Saint-Hilaire«, sagte Lannes nach Luft ringend und deutete auf eine Szene, die sich im Hinterfeld der österreichischen Armee abspielte: In hundert Meter Entfernung schlugen Offiziere mit Stöcken auf die Flüchtigen ein, damit sie in die Reihen zurückkehrten.

»Der Kaiser hatte recht, Euer Exzellenz«, entgegnete Saint-Hilaire, weiterhin auf der Hut.

»Der Kaiser hatte recht«, wiederholte Lannes und sah sich um.

Und sie wüteten noch hemmungsloser, nahmen enorme Risiken auf sich, töteten, blieben unversehrt, wirkten unverwundbar. Plötzlich tauchte auf der rechten Seite die Kavallerie Liechtensteins auf, den Säbel gezogen, um ihre in Auflösung begriffenen Landsleute zu befreien, wurde aber von den Jägern mit heftigem Feuer empfangen und dann von Bessières Kürassieren zurückgedrängt; lange Zeit war das metallische Geräusch von Säbeln zu hören, die auf Kürasse trafen. ›Wie in Eggmühl!‹ dachte Lannes. ›Ihre Kavallerie taugt einzig dazu, ihrer Infanterie auf der Flucht Dekkung zu geben. Mein Freund Pouzet, mein Bruder, mein Herr, würde sagen, daß sie ziemlich schüchtern oder wenig überzeugt sind! Heute abend werden wir das in Wien feiern!‹ Er dachte an die hübsche Rosalie, an frische Bettwäsche, an ein üppiges Abendmahl, an einen Schlaf ohne Alpträume. Er dachte ebenfalls an die Herzogin von Montebello, die in Frankreich geblieben war, er sah ihr Gesicht, ihr Lächeln, murmelte: »Oh! Louise-Antoinette . . .« Und er schwang den Degen, um weiter zu töten.

Der Generalstabschef Berthier hatte Lejeune Davout entgegengeschickt, dieser solle sich beeilen. Im Vorbeigehen hatte der Oberst seine Ordonnanz mitgenommen:

»Komm mit mir auf das rechte Ufer, du flitzt nach Wien, um Fräulein Krauss diesen Brief zu überbringen.«

»Gerne, Herr Oberst«, antwortete die Ordonnanz, froh über diese einfache Mission, weitab von der Schlacht.

Er ließ den Brief unter seinen Dolman gleiten und überquerte vor seinem Offizier die große Brücke.

»Nicht so schnell, sei nicht so unvorsichtig!«

Das lärmende Rauschen der Donau übertönte Lejeunes Stimme. Seine Ordonnanz hörte ihn im Eifer des Gefechts nicht mehr. Er setzte sich in einen flotten Trab, und der Oberst glaubte mehrmals, dieser Dummkopf würde mitsamt seinem Pferd und dem Brief in die Wellen stürzen, denn die Donau peitschte gegen die große Brücke und brachte sie zum Schlingern, aber nein, der andere war schon fast auf der anderen Seite angelangt. Er drehte sich im Sattel um, hob die behandschuhte Hand zum Gruß, was der Oberst erwiderte, und gab auf der Straße nach Wien dem Pferd die Sporen, während er an den Truppen der Rheinarmee vorbeiritt. Am Horizont, oberhalb der letzten verbliebenen Nebelstreifen, konnte Lejeune den hohen Glockenturm des Stephansdoms ausmachen, und ihm wurde leichter ums Herz; endlich würde Anna seinen Brief erhalten; er richtete seinen Blick erneut auf das rechte Ufer, wo die endlosen Kolonnen Davouts näherrückten, ein Artilleriezug, Munitionswagen und Karren mit Lebensmitteln. Ein paar Jäger zu Pferde in dunkelgrüner Uniform mit Mützen aus schwarzem Fell, rund wie Kanonenkugeln, tief in die Stirn gezogen, waren als Vortrupp auf den ersten Bohlen der Brücke. Lejeune trieb mit einem Schenkeldruck sein Pferd im Schritt weiter, um ihnen entgegenzureiten, ohne auf den nassen und gelegentlich losen Planken den Halt zu verlieren. Seit dem Vortag hatten sich die Brückenbaukommandos und die Pioniere organisiert, um die Bohlen, die Baumstämme und Brander abzufangen, die die Österreicher nach wie vor in den Fluß aussetzten; notdürftig reparierten sie jeden Schaden sofort; Lejeune schenkte dieser Arbeit wenig Beachtung, so sehr war sie zur Routine geworden. Er hatte die Mitte der Brücke nahezu erreicht, als ihn lautes Gebrüll zusammenfahren ließ. Auf der gegenüberliegenden Seite hatten die Kavalleristen haltgemacht und blickten flußaufwärts.

Das Geschrei kam von einer Gruppe Zimmerleuten, die sich an einem der Stützpontons befanden. Sie hämmerten und verstärkten die Haltetaue. Lejeune stieg vom Pferd und beugte sich zu ihnen herab:

»Was ist jetzt wieder los?«

»Sie schicken uns ganze Häuser, um die Brücke zu zerstören!«

»Häuser?«

»Ja, Herr Oberst!«

»Schauen Sie selbst«, sagte ein Offizier der Pioniertruppe mit offenstehendem Hemd und dichtem Schnurrbart; er hielt Lejeune sein Fernglas hin und zeigte auf einen Punkt auf Höhe des rußschwarzen Asperner Glockenturms. Lejeune suchte die Donau ab. Er erkannte Gestalten in weißer Uniform, die auf einer bewaldeten kleinen Insel hin- und herliefen. So sah er genauer hin. Die Männer machten sich an einer großen Wassermühle zu schaffen, die sie von ihren Rädern befreit hatten. Andere bildeten eine Kette, um schwere Steine herbeizuschaffen. Der Offizier der Pioniertruppe war auf die Brücke geklettert und stand nun neben Lejeune, dem er erklärte:

»Ihre Idee ist ganz einfach, Herr Oberst. Ich habe sie verstanden und zittere vor Angst.«

»Sagen Sie schon ...«

»Vor kurzem haben sie die Mühle mit Teer bestrichen, und jetzt werden sie sie an zwei Booten befestigen, die sie mit Steinen beschwert haben. Verstehen Sie?«

»Fahren Sie fort ...«

»Sie werden ihre Mühle auf den Weg schicken und anzünden, und wir, was können wir dagegen tun, he?«

»Sind Sie sicher?«

»Leider!«

»Haben Sie von hier aus gesehen, wie sie die Mühle mit Teer bestrichen haben?«

»Aber ja! Sie war vorher aus hellem Holz, und jetzt ist sie schwarz! Und außerdem ist uns seit Stunden klar, was sie vorhaben, sie schicken uns brennende Flöße, die wir nur mit größter Mühe in den Fluß drücken können, um sie zu löschen. Die Mühle ist zu groß, das schaffen wir nicht.«

»Ich hoffe, daß Sie sich irren«, sagte Lejeune.

»Hoffen hilft nicht, Herr Oberst. Mir wäre auch lieber, ich würde mich irren.«

Er irrte sich nicht. Beherrscht von der Vorstellung dieser Mühle, die die Größe eines dreistöckigen Hauses hatte, verfolgte Lejeune das schreckliche Manöver. Die Österreicher stießen das Bauwerk tatsächlich in den Fluß; es begann zu schwimmen. Ein paar Grenadiere begleiteten es mit ihren Booten bis zur Mitte der Donau, damit es nicht zu früh auf einem der Ufer strandete. Sie trugen Fackeln bei sich, die mit Werg umwickelt waren und die sie anzündeten, um diese Höllenmaschine in Gang zu setzen. Die Mühle fing sofort Feuer und wurde von der bewegten Strömung mitgerissen.

Bei den Franzosen schlug die Ohnmacht in Panik um: Wie sollte man diese Höllenmaschine aufhalten, wie umlenken? Die Mühle, in ein bewegliches Flammenmeer verwandelt, näherte sich der großen Brücke mit zunehmend größerer Geschwindigkeit. Die Vorkehrungen, die die Pioniertruppe getroffen hatte, um die Brander abzuwenden, Ketten, die sie quer über den

Fluß gespannt hatten, reichten nicht aus, um dieses kolossale Geschoß aufzuhalten. Trotzdem nahmen alle ihre Posten in den Kähnen ein, die durch dünne Taue miteinander verbunden waren, waren mit Stangen, Bootshaken und Baumstämmen gerüstet, die sie wie Prellböcke einsetzten; und ein jeder wartete voller Angst auf den Aufprall und fragte sich insgeheim, ob er überleben würde.

Lejeune versetzte seinem Pferd einen Klaps auf die Kruppe, um es zur Insel zurückzutreiben. Die Jäger hatten sich resigniert auf das rechte Ufer zurückgezogen, und Davouts Kolonnen, von dem Schauspiel in Angst und Schrecken versetzt, blieben Gewehr bei Fuß stehen. Die brennende Mühle wurde beim Herannahen immer größer, wurde in den turbulenten Fluten hin und her geschüttelt, aber sie kippte nicht. Auf Höhe der Kähne und der gespannten Ketten verlor sie ein paar Seitenteile, die ins Wasser fielen und knisternd erloschen, aber insgesamt blieb sie intakt und wurde immer schneller. Als sie auf die Ketten traf, riß sie diese einfach mit und zog die Kähne näher an das brennende Holz. Die Kähne mit ihren Insassen fingen Feuer und verloren sich dann in den Strudeln. Man konnte einen Soldaten sehen, der gegen den brennenden Teer gedrückt wurde, aber seine Schreie waren nicht zu hören, und schließlich ließ er sich in die Donau fallen. Nichts hielt das Feuerschiff auf. Einige Brückenbaupioniere tauchten ab, da sie die Zeit nicht mehr hatten, auf die Brückendecke zu klettern, um dem Zusammenstoß zu entgehen, und die Wellen brachen ihnen an den Schiffsrümpfen die Knochen. Lejeune spürte, wie er am Arm gepackt wurde, es war der schnauzbärtige Offizier, der ihn nach hinten zog, und er rannte auf die Insel Lobau zu. Hinter sich hörte er einen schrecklichen Lärm; die Brücke erzitterte. Der Offizier und Lejeune wurden auf die durchnäßten Bretter geworfen. Brennende Teile regneten neben ihnen herab, erloschen in den starken Wellen, die der Zusammenstoß verursacht hatte. Ein paar Pioniere, deren Kleidung in Flammen stand, stürzten sich ins Wasser, wo sie ertranken. Als er sich auf die Ellbogen stützte, sah Lejeune das ganze Ausmaß der Katastrophe: Die große Brücke war in der Mitte gerissen, und die zwei Teile trieben auseinander. Die Mühle war auseinandergebrochen und brannte nach wie vor, das Feuer erfaßte die Taue, die Bohlen, die Brückendecke.

Zwei junge Männer gingen durch die Jordangasse. Sie waren beide im gleichen zarten Alter, trugen Überröcke aus dunklem Stoff und hohe Hüte. Der Ältere von ihnen dürfte wohl zwanzig sein und spielte mit seinem Stock, um sich einen lässigen Anschein zu geben. Der andere, Friedrich Staps, hatte die Nacht außer Haus verbracht und wußte infolgedessen nicht, daß sein Zimmer im Hause der Schwestern Krauss von dem Polizisten Schulmeister durchsucht worden war und daß Henri Beyle, der französische Mieter vom Stockwerk darunter, durch seine Machenschaften, seine Spottworte, seine Geheimnisse und die Figur der Jeanne d'Arc alarmiert worden war. Als sie endlich vor seinem Haus angelangt waren, nahm Ernst jedoch keineswegs Abschied, vielmehr redete er auf ihn ein, ohne ihn anzusehen: »Wir gehen weiter wie zwei harmlose Spaziergänger, dreh dich nicht um ...« Friedrich gehorchte, denn sein Freund schien Gefahr zu wittern, aber erst auf dem nahegelegenen Judenplatz wagte er ihn nach dem Grund seines Verdachts zu fragen. Sie gaben vor, die Auslagen eines Schneiders zu betrachten:

»Was habe ich zu befürchten?«

»Auf der anderen Straßenseite vor deiner Haustür stand eine Kutsche.«

»Mag sein.«

»Ich habe einen sechsten Sinn für Polypen.«

»Polizei? Bist du sicher? In Wien kennt mich kein Mensch.«

»Wir sollten vorsichtig sein. Unsere Kameraden werden dich aufnehmen, setze nie wieder den Fuß in dieses Haus. Hast du deine Sachen noch dort?«

»Aber ja . . .«

Er dachte vor allem an seine Figur, da er das Messer stets bei sich trug.

»Sei's drum«, sagte Ernst.

»Sei's drum«, seufzte der junge Staps, denn seine zukünftigen Heldentaten forderten Opfer.

Am Abend zuvor hatte Staps in dem ruhigen Saal eines Wiener Kaffeehauses Ernst von der Sahala getroffen. Sie hatten sich auf den ersten Blick erkannt, einer gewissen Seelenverwandtschaft wegen, ohne daß sie sich hätten vorstellen müssen.

»Wie geht es unserem Bruder, dem Pfarrer Wiener?« hatte Ernst gefragt.

»Gesegnet sei er, daß er mich an dich verwiesen hat!«

Sie waren beide Deutsche und Lutheraner, doch Ernst gehörte der Sekte der Illuminaten an, die sich wie andere zur damaligen Zeit, die Philadelphier des Oberst Oudet, die Konkordisten, die schwarzen Ritter, für den Tyrannenmord aussprachen und das Leben Napoleons, des Unterdrückers der Völker, forderten. Die jungen Männer hatten sich lange Zeit unterhalten, ohne sich ihre Gefühle äußerlich anmerken zu lassen; ihre Stimmen waren von Geigenspiel übertönt worden und an den Nachbartischen nicht zu hören. Anschließend waren sie über die Wälle spaziert, um die Gegend zu bewundern, die von den Schlachtfeuern erleuchtet wurde. Staps hatte von seiner Mission berichtet, er hatte erzählt, wie er eines Morgens von zu Hause aufgebrochen war und seinem Vater eine Nachricht hinterlassen hatte: »Ich gehe weg, um auszuführen, was Gott mir befohlen hat.« Er hielt sich für auserwählt. Er hatte Stimmen gehört. Er hatte mit Begeisterung Wielands *Oberon* gelesen, dieses naive, vom Mittelalter inspirierte Gedicht, in dem man einem Zwerg, dem Elfenkönig, folgt, der Hüon von Bordeaux auf dessen Zug nach Babylon unterstützt; dank seines Wunderhorns und eines Zaubertranks gelingt es Hüon, die Tochter des Kalifen zu ehelichen, nachdem er von diesem ein Büschel Barthaare und drei Backenzähne erhalten hatte. Er hatte vor allem Schiller gelesen, den sentimentalen Schiller, unmenschlich in seinem Edelmut, und seine *Jungfrau von Orleans* hatte ihn entrückt. Dadurch war er zu Jeanne d'Arc geworden. Wie sie würde er Deutschland und Österreich von einem Menschenfresser befreien. Und zu diesem Zweck hatte er sich ein Messer zugelegt.

Die Uhr schlug acht am Morgen. Die zwei Männer begaben sich in die Straßen der Altstadt, hakten sich unter und grölten, als wären sie beschwipst. »In Kriegszeiten«, hatte Ernst gesagt, »nehmen die Patrouillen keine betrunkenen Nachtschwärmer fest.« Sie liefen an der Dominikanerkirche vorbei, stießen tatsächlich auf eine Polizeistreife, die sie nicht einmal beachtete, und schließlich zog Ernst seinen neuen Adepten in einen überdachten Durchgang. Plötzlich stehen sie in einem gepflasterten Hof. Ernst geht, ohne zu zögern, auf eine der Türen zu, klopft in einem bestimmten Rhythmus an, die Tür öffnet sich, sie betreten einen Flur, sodann einen langgezogenen Raum, der von zwei schwachen Kerzenleuchtern erhellt wird. Am Tischende saß ein hagerer alter Mann, in Schwarz gekleidet, und las in der Bibel.

»Pfarrer«, sprach Ernst ihn an, »wir brauchen eine Unterkunft für unseren Bruder.«

»Er soll sein Gepäck abstellen. Martha wird ihn in ein Gemach im dritten Stock bringen.«

»Er hat kein Gepäck. Er müßte noch mit dem Nötigsten ausgestattet werden.«

»Dem Nötigsten?« fragte der alte Pfarrer. »Hört, was uns der Prophet Jeremias sagt ...« (*Er nahm seine Bibel und las mit zittriger Stimme:*) »Denn dies ist der Tag Gottes, des Herrn Zebaoth, ein Tag der Vergeltung, daß er sich an seinen Feinden räche, wenn das Schwert fressen und von ihrem Blut voll und trunken werden wird. Deine Schande ist unter den Völkern erschollen, deines Heulens ist das Land voll; denn ein Held fällt über den andern und liegen beide miteinander danieder.«

»Wie schön«, sagte Ernst.

»Wie wahr«, sagte Friedrich Staps.

Napoleon war bleich, die Haut nahezu durchscheinend, das Gesicht glatt und ausdruckslos wie das einer unvollendeten Statue. Er schaute zum Himmel, senkte dann den leeren Blick auf den Boden. Am Brückenkopf der großen Brücke, die soeben gerissen war und wie ein Boot schaukelte, betrachtete er die abgebrannte Mühle, deren rauchende Trümmer noch zu beseitigen waren, bevor man die zwei Teile der langen Brückendecke, die auf einer Länge von circa hundert Metern zerstört war, wieder miteinander verbinden konnte, dort, in der Öffnung, wo sich die Strömung mit der Kraft eines Sturzbachs hindurchzwängte.

Stumm, eher bedrückt als verstimmt, hielt der Kaiser die Hände auf dem Rücken und umklammerte seine Reitpeitsche. Am Morgen hatte die Situation für ihn günstig ausgesehen, sich der Angriff wirkungsvoll gezeigt: Lannes zerschlug das österreichische Zentrum und drang weit in die österreichischen Reihen vor; Masséna und Boudet warteten mit ihren Divisionen darauf, aus den Dörfern vorzugehen. In diesen riesigen Ebenen konnte der Kaiser seine übliche Strategie nicht mehr anwenden. Die Überrumpelung, die Schnelligkeit, er hatte es probiert, indem er von der Insel Lobau kam, der Sieg war schon greifbar nahe, aber die Schlacht wandte sich; wie unter den Königen bei einer Schlacht Artillerie gegen Artillerie, Regiment gegen Regiment kämpfte, Massen, die man gegen Massen ins Feld schickte, kam es zu immer mehr Männern, immer mehr Leichen, immer mehr Kugelhagel und Feuer. Ihn packte die Wut, wenn er auf dem anderen Ufer die zusätzlichen Männer sah, die ihm fehlten, Davouts Armee, außer Gefecht gesetzt mit ihren nutzlosen Kanonen, ihren Wagen voller Pulver und Lebensmittel, all diese untätigen Kolonnen.

Ein paar Schritte dahinter, verlegen, besorgt, standen Berthier und eine Gruppe von Offizieren, wagten vor Angst nicht, sich zu rühren oder den Mund aufzumachen. Sie warteten auf den genialen Einfall, den Befehl, der das Blatt wenden könnte. Lejeune war unter ihnen, zerzaust, ohne Tschako, die Uniform zerrissen. Ohne sich umzudrehen, fasziniert von der allzu anfälligen, allzu langen Brücke, die ihn verhöhnte, rief der Kaiser:

»Bertrand!«

Sachte und ergeben ging General Graf Bertrand zu ihm hin, den Hut unterm Arm und nahm Haltung an.

Der Kaiser hatte die Stelle bestimmt, an der die Brücke gelegt worden war, hatte selbst den für den Bau notwendigen Zeitraum festgesetzt, aber er suchte immer einen Verantwortlichen, und Bertrand hatte die Pioniertruppe geleitet.

»Saboteur!«

»Sire, ich habe Ihre Befehle bis aufs kleinste befolgt.«

»Verräter! Schauen Sie sie an, Ihre Brücke!«

»In einer Nacht, Sire, können wir über diesen schwierigen Fluß keine stabilere Brücke bauen.«

»Verräter, Verräter!« (*und zu den anderen*:) »Er hat mich verraten! Und Sie auch! Alle! Alle verraten Sie mich!«

Kein Mensch antwortete, denn es war zwecklos. Man mußte abwarten, bis seine Wut verraucht war.

»Bertrand!«

»Sire?«

»Wieviel Zeit brauchen Sie für die Wiedergutmachung Ihrer Sabotage?«

»Zwei Tage mindestens, Sire ...«

»Zwei Tage!«

Bertrand traf ein Peitschenhieb mitten ins Gesicht. Der Kaiser atmete schwer. Er ging auf sein Pferd zu und bedeutete Berthier mit einer ungeduldigen Handbewegung, ihm zu folgen.

»Haben Sie die Unverschämtheiten dieses verfluchten Bertrand gehört?«

»Ja, Sire«, sagte Berthier.

»Achtundvierzig Stunden! Wo ist der Erzherzog?«

»In seinem Lager auf dem Bisamberg, Sire.«

»Mmmm ... Er wird bald von unserem Unglück erfahren.«

»In ein oder zwei Stunden spätestens. Und er wird es ausnutzen, um seine gesamte Reserve auf uns zu hetzen.«

»Nicht, wenn wir weiterhin angreifen, Berthier! Lannes ist in einer ausgezeichneten Position, er hat das Fußvolk Hohenzollerns völlig durcheinander gebracht!«

»Uns wird die Munition ausgehen.«

»Davout kann uns per Boot mit Nachschub versorgen.«

»In kleinen Mengen, Sire, und mit der Gefahr zu kentern.«

»Dann ordnen wir den Rückzug an.«

»Wenn wir uns zurückziehen, Sire, werden sich die Armeen des Erzherzogs neu formieren.«

»Und wenn wir uns nicht zurückziehen, wird der Erzherzog über unsere schlecht bewachten Flanken angreifen, das wird ein einziges Gemetzel! Wir müssen uns zurückziehen.«

»Wohin, Sire? Auf die Insel?«

»Natürlich! In die Donau jedenfalls nicht, Idiot!«

»Es ist unmöglich, fünfzigtausend Mann mit Kanonen und dem ganzen Material auf die Insel zu schaffen, ohne daß uns die Österreicher an den Flußufern von hinten überfallen.«

»Dann ziehen wir uns zunächst gemächlich in unsere nächtlichen Stellungen zurück. Masséna und Boudet verschanzen sich in ihren Dörfern, Lannes hält den Abhang. Nach Einbruch der Dunkelheit begeben wir uns auf die Insel.«

»Wir müssen also zehn Stunden durchhalten ...«

»Ja!«

Um neun Uhr morgens galoppierte Oberst Lejeune ein weiteres Mal wenig erfreut durch das Getreide; er hatte den Auftrag, Marschall Lannes den Befehl zum Rückzug zu überbringen. Er begegnete einem Trupp österreichischer Gefangener, die in die umgekehrte Richtung liefen, ein ganzes Bataillon an Füsilieren, ohne Hut und Waffen, den Kopf gesenkt, einige mit Schmissen im Gesicht, einen dürftigen Verband um den Kopf oder den Arm in der Schlinge; ein paar Nachzügler humpelten mit blutverschmierten Gamaschen hinterher. Sie marschierten durch die Felder, und der junge Louison führte sie wie eine Gänseherde an, indem er auf seiner großen Trommel eine anstrengende Sarabande improvisierte. Lejeune wurde schwer ums Herz, aber er lächelte. Es erinnerte ihn an das Abenteuer Guéhéneucs nach dem Sieg bei Eggmühl; der Oberst war auf dem Weg gewesen, eine Botschaft zu überbringen, als er auf ein Regiment der feindlichen Kavallerie traf, das sich in der Nacht verirrt hatte und sich sogleich ergab; der Kaiser hatte sich köstlich amüsiert: »Haben Sie, Guéhéneuc, die österreichische Kavallerie ganz allein umzingelt?« Aber hinter den Gefangenen dieses Morgens folgten Lannes' Männer, struppig und prahlerisch, in Lumpen gekleidet wie Räuber, in einem Bündel trugen sie die erbeuteten Gewehre und zogen fünf intakte Kanonen, angespannte Munitionswagen, Patronentaschen voller Munition und eine durchlöcherte Fahne mit sich.

Lejeune setzte seinen Weg zur Frontlinie fort, die sich weit nach vorn verschoben hatte, denn in der Ferne beim Weiler Breintenlee konnte man berittene Jäger erkennen, die Flankenschutz gaben. Marschall Lannes saß auf einem Geschützwagen ohne Räder. Er leitete die Schlacht, indem er spontan entsprechende Befehle an seine Adjutanten verteilte, die davonstoben, was das Zeug hielt, um sie Saint-Hilaire, Claparède oder Tharreau zu überbringen.

Als Lejeune vom Pferd stieg, legte Lannes die Stirn in Falten und rief aus:

»Oje! Der Katastrophenoberst im Anmarsch!«

»Ich fürchte, Euer Exzellenz hat recht.«

»Schießen Sie los.«

»Euer Exzellenz . . .«

»Sagen Sie schon! Ich bin schlimme Nachrichten gewöhnt.«

»Sie sollen den Angriff aussetzen.«

»Was? Sagen Sie das noch einmal!«

»Die Offensive wird eingestellt.«

»Schon wieder! Es ist noch keine Stunde her, da hat Ihr Kamerad Périgord das gleiche von mir gefordert, um diese verfluchte Brücke zu reparieren, die ein brennendes Floß ramponiert hat. Woraus ist denn Ihre Brücke, aus Stroh?«

»Euer Exzellenz . . .«

»Wissen Sie, was passiert ist, Lejeune? Unsere Gegner haben sich nach der ersten Pause neu formiert, und wir mußten von neuem durchbrechen, wir haben wieder von vorne angefangen, und wir haben ein paar Männer auf dem Feld verloren, aber wir haben die Österreicher ein weiteres Mal vertrieben! Und jetzt sollen wir uns hinsetzen und zusehen, wie diese Hampelmänner Hohenzollerns wieder zu Kräften kommen?«

»Der Kaiser befiehlt den Rückzug nach Eßling.«

»Wie?«

»Dieses Mal ist es schlimmer.«

Lejeune klärte Lannes über die jüngsten Ereignisse auf. Fassungslos tobte der Marschall:

»Wir hatten den Sieg schon in der Hand! Wir hatten ihn sicher, ich schwöre es Ihnen! Noch eine Stunde und die Unterstützung Davouts, und der Erzherzog wäre am Ende gewesen . . .«

Dann erteilte er den Adjutanten seine Befehle:

»Bessières soll die Kavallerie zwischen die Dörfer bringen, Saint-Hilaire und die anderen ziehen sich geordnet zurück, aber langsam, um unsere Kehrtwende nicht zu offensichtlich zu gestalten, eher so, als hätten wir eine neue Strategie, als erwarteten wir jeden Augenblick Verstärkung und ließen unsere Artillerie in der Ebene aufmarschieren. Wir müssen die Österreicher hinhalten und nicht beglücken.«

Er erhob sich, um seinen Offizieren nachzuschauen, die diesen unheilvollen Befehl übermitteln sollten, dann bemerkte er, daß Lejeune sich nicht von der Stelle gerührt hatte:

»Danke, Oberst. Sie können zum Generalstab zurückkehren. Wenn Sie das hier überleben und eines Tages unsere verrückte Geschichte zum besten geben, erlaube ich Ihnen zu sagen, daß Sie Marschall Lannes wehrlos gesehen haben, nicht im Gefecht, natürlich, sondern gegenüber einem Befehl. Ein Wort genügt, um einen Soldaten zu erschüttern. Was sagt Masséna dazu?«

»Ich weiß es nicht, Euer Exzellenz.«

»Er schäumt sicher vor Wut, genau wie ich, aber er ist weniger aufbrausend und laut. Er läßt sich nichts anmerken. Es sei denn, es ist ihm egal...«

Lannes holte so tief Luft, daß es ihm fast den Brustkorb zerriß:

»Ich möchte, daß dieser Rückzug ein Vorbild seiner Art wird. Teilen Sie dies Seiner Majestät unverzüglich mit.«

Lejeune ritt davon und ließ Marschall Lannes im Getreide stehen. Er sagte sich, daß dies keine gewöhnliche Schlacht war, daß man zu schnell in Begeisterung verfiel und dann wieder klein beigab, das zehrte an den

Nerven. Das Gefecht wurde schwächer. Es war sehr heiß. Lejeune würde sich am liebsten zu einem langen Mittagsschlaf hinlegen. Wie sehr er Wien wohl gemocht hätte, wenn er als einfacher Reisender hierhergekommen wäre. In seinen Ohren klang der deutsche Singsang der Anna Krauss noch nach. Wenn der Krieg vorbei war, würden sie gemeinsam in die Oper gehen. Das Pferd suchte sich seinen Weg zwischen den namenlosen Leichen.

Gierig verschlang die Ordonnanz von Oberst Lejeune das kalte Geflügel. Nachdem er Fräulein Krauss den Brief überbracht hatte, war er Henri begegnet, der ihn sofort mit Fragen bestürmt hatte. Er war zwar ein guter Junge, aber ein großer Angeber; er liebte es, sich in den Vordergrund zu drängen, und täuschte die Erschöpfung eines Gefechtstages vor, den er aus der Ferne, im Schutze der Insel Lobau, miterlebt hatte; aber als Henri ihn fragte, ob er hungrig sei, hatte sich seine Miene aufgehellt, und er war ihm in die Küche gefolgt, wobei er die Dielen mit seinen lehmverschmierten Stiefeln beschmutzte. Nun saß er vor den Vorräten, die heimlich von der Intendantur geliefert wurden. Er saß bequem, hatte die Jacke aufgeknöpft und grabschte mit den Fingern nach dem Essen, unterstrich seine Sätze mit einem zur Hälfte abgenagten Schenkel, füllte sein Glas mit einem Wiener Weißwein, von dem er unablässig nachschenkte, wobei er die Flasche mit seinen fettigen Fingern verschmierte:

»Der gestrige Tag war hart«, sagte er unter Kauen und Trinken, »aber der Oberst hat nicht eine einzige Schramme davongetragen, das versichere ich Ihnen, und heute morgen, als ich ihn auf der großen Brücke zurückgelassen habe, war gerade die Armee von Marschall Davout eingetroffen, mit Kanonen und Proviantwagen.«

»Proviant, der nach Ihrem Appetit zu urteilen, dringend nötig war!«

»Das stimmt, Monsieur Beyle. Es wurde auch Zeit. Aufgrund der Wilderei gab es auf der Insel kein Jagdwild mehr.«

»Und auf dem Schlachtfeld?«

»Alles läuft genau nach den Vorstellungen Seiner Majestät, das hat mir zumindest Oberst Lejeune anvertraut, und das war, nach seinem zuversichtlichen Gesichtsausdruck zu urteilen, bestimmt nicht gelogen. Die Österreicher holen sich eine Tracht Prügel ab, und unsere Soldaten sind außer Rand und Band. So ist es. Der Sieg steht kurz bevor.«

Anna hatte das Zimmer betreten, den nichtssagenden Brief, den Louis-François auf deutsch verfaßt hatte, in der Hand, und hielt den Blick auf den gefräßigen Oberleutnant gerichtet, den sie ziemlich ungehobelt fand. Doktor Carino, der gekommen war, um nachzuschauen, ob Henri seine Arznei nahm und allmählich wieder zu Kräften kam, diente als Dolmetscher und wiederholte leise die Informationen des Offiziers. Anna wurde dabei immer blasser, sie hüllte sich in ihre bestickte Stola, als wäre ihr kalt, und zerknitterte den Brief in ihren Händen. Henri beobachtete sie aus den Augenwinkeln und begriff nicht so recht, wieso sie bei diesen guten Neuigkeiten nicht mehr strahlte, dann sagte er sich, daß die junge Frau Österreicherin war und ihr Vater vielleicht an der Seite des Erzherzogs kämpfte, daß sie zu Recht beunruhigt war, daß der Sieg der einen das Debakel der anderen bedeutete und daß die Situation für sie unangenehm war, egal, was geschah. Das stand im Widerspruch zu den

Theorien, die Henri sich zurechtgelegt hatte, denn er war überzeugt davon, daß die Liebe Familienbande und Nationen überwand und sie in den Hintergrund drängte. Er dachte nach, hörte kaum noch hin, als die Ordonnanz von militärischen Glanzleistungen berichtete und gleichzeitig über eine Hasenpastete herfiel. Und wenn Anna gar nicht in Louis-François verliebt war? Hätte Henri in diesem Fall eine Chance?

»Und dann«, fuhr die Ordonnanz fort und verschlang einen großen Bissen der Pastete, »hat der Kaiser die Offensive angeordnet, und die ganze Armee ist auf einen Schlag aus dem Nebel aufgetaucht . . .«

Genau! versuchte Henri sich zu überzeugen und lächelte dabei, sie liebt ihn gar nicht! Anna sah erbärmlich aus, sie ließ sich auf einen Stuhl fallen, während Carino ihr den Vormarsch der napoleonischen Armeen übersetzte, die Flucht der Regimenter Hohenzollerns, die der Oberleutnant in eine komplette Niederlage verwandelte. Annas Augen füllten sich mit Tränen, und der zerknüllte Brief fiel zu Boden, ohne daß sie ihn wieder aufhob. Der Arzt legte eine Hand auf ihre Schulter, und sie verlor die Beherrschung und begann zu schluchzen, zum großen Erstaunen des Oberleutnants, der wie ein Wiederkäuer mampfend dasaß; er schenkte ein Glas bis zum Rande voll und erhob sich, um es der jungen Dame zu reichen:

»Das bewegt das Gemüt unserer jungen Dame, ein bißchen Wein, und es wird ihr wieder besser gehen . . .«

Henri fuhr dazwischen, nahm das Glas und trank:

»Sie braucht vor allem Ruhe.«

»Ja, der Krieg: wenn man ihn nicht gewöhnt ist, nimmt er einen ganz schön mit.«

Der Oberleutnant schnitt sich von der Pastete noch

eine dicke Scheibe ab und ließ sich in seiner Geschwätzigkeit nicht bremsen:

»Anders als die Geliebte des Herzogs von Montebello, die ist daran gewöhnt, möchte man meinen. Sie kam auf die Insel, und weil ich gerade dastand, fragte sie mich ...«

»Danke, Oberleutnant, danke«, unterbrach Henri und wollte Carino helfen, Anna in ihr Zimmer zu bringen, aber sie stieß ihn mit einer fiebrigen Bewegung weg. Der Doktor entschuldigte sich dafür, indem er den Blick zur Decke hob. Als sie draußen waren, bückte sich Henri, um Lejeunes Brief aufzuheben, den er glattstrich, aber nicht lesen konnte.

»Können Sie Deutsch, Oberleutnant?«

»O nein, Monsieur Beyle, tut mir leid. Ich radebreche ein bißchen Spanisch, das schon, das hängt mit dem Aufenthalt bei dieser verfluchten Rebellion zusammen, zu der wir mit dem Oberst mußten, aber Deutsch, nein, dazu hatte ich noch keine Zeit.«

Und er langweilte Henri mit seinen Ausführungen über die Schwierigkeiten dieser Sprache.

Vincent Paradis schlief einen Schlaf voller argloser Träume, es waren aber kaum Träume, eher einzelne Bilder, immer wieder die gleichen, die ihn in sein Dorf führten, ihm seine Hügel zeigten, den schlechten Zustand des bäuerlichen Hofs, wo sein Vater die Blätter mit Abfall mischte, um Dünger herzustellen. Man lebte von dem, was auf den Feldern wuchs und je nach Jahr ausreichend war. Vergangenes Jahr hatten sie das Schwein geschlachtet; ein seltenes Ereignis, das im Gedächtnis haften blieb; die Nachbarn hatten teilgehabt, das Tier war zerlegt worden, um das Pökelfaß zu füllen. Das Salz hatte der Bürgermeister gestiftet, und da er nicht wußte, wie sein Personenstandsregister auszufüllen war, nahm er einen in Schutz vor den Herren aus der Stadt, vor allem dem einen, der darüber nachsann, das Moor trockenzulegen. In dieser Gegend kannte man die Eintönigkeit und den natürlichen Tod, und dann kamen Gendarmen und Soldaten, um die kräftigsten Männer für den Krieg zu rekrutieren. Wie sein älterer Bruder schon hatte Vincent ein schlechtes Los gezogen, und seine Familie hatte kein Geld, um ihn auszulösen. Er hatte gezögert, es seinem Freund Bruhat gleichzutun, der in der Gerberei arbeitete und ein Mittel gefunden hatte, im Land bleiben zu können; lachend zeigte er seinen zahnlosen Mund: »Ja, ich habe mir alle bis aufs Zahnfleisch ausgerissen, siehst du, denn ohne Zähne kann man die Patronen nicht aufreißen, und kein Mensch braucht dich mehr!« Vincent war den Unteroffizieren widerwillig und brav gefolgt.

»He! Hoch mit dir, du Trödelfritze!«

Vincent Paradis spürte die Schläge einer Holzpantine auf der Schulter; gähnend öffnete er die Augen und erblickte den Krankenpfleger Morillon, der das Bataillon der Sanitäter leitete, dem er am Vortag auf Befehl des Doktor Percy zugeteilt worden war.

Paradis richtete sich auf, wobei er sich auf das stützte, was ihm als Kopfkissen gedient hatte; er stellte fest, daß es ein Toter war, doch löste es keinerlei Gefühlsreaktion bei ihm aus, denn er hatte schon allzu viele gesehen; er murmelte lediglich: »Schlaf in Frieden, Kamerad, und bis später vielleicht ...« Ohne Waffen im Gepäck fühlte er sich ganz leicht, er folgte Morillon, wie er noch vor kurzem den Unteroffizieren gefolgt war, die ihn angeworben hatten. Das Bataillon der Sanitäter setzte sich aus lauter Tolpatschen und dem Abschaum der Großstädte zusammen, die für ein Goldstück zu allem bereit waren, denn Doktor Percy bezahlte sie aus eigener Tasche, um sie nach Belieben einsetzen zu können. Sie würden in einer Reihe hinter einem großrädrigen Wagen herlaufen und die Verwundeten aufladen. Zwei Krankenpfleger begleiteten sie, um die Sterbenden auszusondern: Die Schwerverletzten sollten zum Lazarett am Eingang des kleinen Wäldchens gebracht werden, die anderen würden auf die Insel evakuiert. Die Truppe passierte die Reihen der Verstümmelten, die sich auf dem Ufer versammelt hatten. Der Wind bedeckte sie mit Staub. Mit Schilfblättern schützten sie sich vor der starken Sonne. Einige schleppten sich zur Donau, um sich zu erbrechen, andere wurden von Krämpfen geschüttelt; es waren Hunderte, sie stöhnten, schrien, röchelten, stammelten unverständliche Sätze, waren im Delirium, versuchten, mit schwacher Hand nach einem zu greifen, beschimpften einen, wollten alles hinter sich lassen, egal wie, und genau deshalb waren alle funktionsfähigen Waffen beiseite geschafft worden, Degen, Bajonette, Messer, mit denen sie sich am liebsten die Pulsadern aufgeschnitten hätten, um nicht länger zu leiden, sondern zu sterben.

Die Sanitäter zogen mit den Wagen am Fluß entlang bis nach Eßling, wo die Division von General Boudet, die nicht mehr angreifen durfte, angefangen hatte, sich zu verbarrikadieren. Zur Ebene hin bildete das verrammelte Dorf eine Art Mauer. Möbelstücke, Matratzen, zerbrochene Fässer und Leichen waren bunt durcheinander gestapelt bis zur ersten Etage der Häuser, in deren Mauerwerk Kanonenkugeln Löcher gerissen hatten, und deren Öffnungen im Laufe der Nacht mit Eggen und Bauschutt zugestopft worden waren. Die letzten Verwundeten warteten in der

Hauptstraße unter den Bäumen im Gras, das einige von ihnen mit ihrem Blut tränkten. Ein Hauptmann lehnte an einem Baum, das linke Auge von einem blutverschmierten Taschentuch bedeckt, und verzog das Gesicht, während er sich an seiner Pfeife fast die Zähne ausbiß. Paradis half einem Dragoner auf die Beine, der einen Lanzenstoß seitlich gegen die Stirn bekommen hatte, so daß man den angeschlagenen Knochen sah. Dann packten sie einen Füsilier, der aus Leibeskräften schrie, als sie ihn auf die Heuballen im Wagen legten; sein Schulterblatt war zersplittert, und Morillon kommentierte mit Kennermiene:

»Da wird man wohl ganze Gewebeteile herausschneiden müssen, um die Knochensplitter zu entfernen . . .«

»Operieren Sie auch, Monsieur Morillon?« fragte Paradis, beeindruckt von soviel Wissen.

»Ich assistiere dem Doktor, das wissen Sie doch!«

»Und wird dieser Unglückliche das überstehen?«

»Ich bin kein Hellseher! Los jetzt! Beeilung!«

Von neuem war Schlachtlärm zu hören. Er schien näher zu kommen. Die Österreicher wichen demnach nicht mehr zurück. Die Verwundeten stapelten sich im Wagen, der umkehrte und auf das Wäldchen und die Donau zuhielt. Paradis wischte im Gras seine roten, klebrigen Hände ab, er hörte nur noch das Stöhnen der Verwundeten, aber er war stolz über seine neue Mission: Doktor Percy und seine Gehilfen würden bestimmt einige Körper vor den Würmern retten können.

Nicht weit von der kleinen Brücke entfernt, wo sie ihre bemitleidenswerte Ladung absetzen wollten, stießen die Sanitäter auf eine Prozession; ein paar Tirailleure trugen auf einem Brett einen Offizier, der von Krämpfen geschüttelt wurde.

»Hoppla!« sagte Paradis. »Der ist mindestens Oberst bei all dem Gold auf seiner Brust!«

»Graf Saint-Hilaire«, entfuhr es Morillon, der die Generäle des Reichs vom Sehen kannte.

Paradis vergaß die Verwundeten, die er eingesammelt hatte, und stellte sich an die Tür zum Lazarett. Die Soldaten legten den Offizier bei Percy auf den Tisch:

»Sein linker Fuß wurde von einer Kugel weggerissen . . .«

»Verstehe!« sagte Percy und zerriß, was von einem Stiefel noch übrig war, dann brüllte er: »Etwas Scharpie!«

»Keine mehr da.«

»Einen Stoffetzen, ein Tuch, Stroh, Gras, irgendwas!«

Paradis riß von seinem Hemd einen Fetzen ab und hielt ihn dem Doktor hin. Dieser nahm ihn und wischte sich den Schweiß von der Stirn. Er war erschöpft. Seit gestern hatte er ununterbrochen amputiert. Seine Augen ließen nach. Mit einem Glüheisen brannte er die Wunde aus, um die Nerven abzutöten. Saint-Hilaire riß den Mund auf, als wollte er losschreien, begnügte sich aber damit, das Gesicht zu verziehen, verkrampfte sich, erstarrte und fiel auf den Tisch zurück, gerade als Percy ihm den Knöchel absägte, weil dieser von Wundstarrkrampf befallen war. Der Doktor unterbrach die Arbeit, hob das Lid des Patienten hoch und verkündete:

»Messieurs, Sie können Ihren General wieder mitnehmen. Er ist soeben verstorben.«

Paradis erfuhr nicht mehr, ob General Saint-Hilaire das Recht auf eine Bestattung hatte oder ob man warten würde, bis man ihn nach Wien bringen konnte, denn Morillon schickte ihn mit zehn Sanitätern los, sich um die Suppe für die Verwundeten zu kümmern.

Murrend gingen sie an die Arbeit, aber die Aufgabe war wenigstens nicht gefährlich. Der Proviant blieb auf dem rechten Ufer bei Davout, kein Mensch konnte mit leerem Magen kämpfen oder überleben, und Percys Scharen mußten den Köchen der Feldküche unter die Arme greifen. Einige Mannschaften waren letzte Nacht die kleine Ebene abgeschritten, um die verendeten Pferde zu suchen, deren Bauch schon mächtig anschwoll; sie hatten die Tiere an Seile gebunden und mit ein paar Kleppern der Artillerie in die Nähe des Lazaretts gezogen: Dort lag schon ein fürchterlicher Haufen von Mäulern, Mähnen, Hufen und Beinen. Paradis und seine neuen Mitarbeiter mußten sie mit stumpfen Degen oder Messern zerlegen; anschließend wurden die frischen Fleischstücke in die aufgesammelten Kürasse geworfen, mit dem schlammigen Donauwasser begossen und über mehreren Feuerstellen zum Kochen gebracht; abgeschmeckt würde mit Pulver. Paradis war also am Kleinschneiden, als eine Truppe ausgehungerter Füsiliere auftauchte:

»Du wirst doch nicht alles den Sterbenden geben wollen?«

»Ihr habt eure Rationen«, antwortete der dicke Louis, der die Metzgerburschen beaufsichtigte.

»Leere Näpfe haben wir.«

»Pech für euch!«

Die Füsiliere umringten sie und bedrohten sie mit ihren Bajonetten:

»Weg da!«

»Wenn du dich schlagen willst«, sagte der dicke Louis und hob sein Hackmesser hoch, »die Österreicher warten nur darauf!«

»Und außerdem gibt es in der Ebene genug Pferde zu essen«, fügte Paradis hinzu.

»Danke, Kleiner, wir kommen von dort. Weg da!« Der Füsilier stieß Paradis zur Seite, um sein Bajonett in den Hals einer grauen Stute zu rammen. Der dicke Louis zerbrach das Bajonett mit seinem Hackmesser. Zwei schmächtige und erboste Soldaten packten ihn von hinten und schimpften ihn einen dreckigen Etappenhengst. Er trat um sich. Sie gerieten sich in die Haare, und Paradis verzog sich hinter einen Haufen Pferde mit glasigen Augen. Soldaten wie Sanitäter warfen sich gegenseitig Innereien ins Gesicht; ein ganz Gewitzter schnitt ein Stück ab und biß hinein.

Bessières nahm dem Kaiser die ungerechte Standpauke sehr übel und weigerte sich fortan, jegliche Initiative zu ergreifen; er berief sich ausschließlich auf Lannes' Befehle, ob er sie guthieß oder nicht, und dachte nicht einmal darüber nach, sie zu umgehen, um bessere Arbeit zu leisten, wodurch sich seine Maßnahmen sehr verzögerten. Er setzte alles daran, seine Kavallerie zu schützen, und schickte nicht mehr als die angeforderten Eskadronen an die Front. Befehl zum Rückzug? Gut. Befehl zum Angriff? Auch gut. Seine Wut hatte ihn die ganze Nacht über nicht losgelassen und wachgehalten. Er hatte seine Truppe inspiziert, zwei Pferde müde geritten und mit seinen gaskognischen Dragonern eine Scheibe Brot geknabbert, die sie mit Knoblauch eingerieben hatten. Der Kaiser enttäuschte ihn, aber er bewahrte Haltung. Sie hatten eine gemeinsame Vergangenheit, ihren Haß auf die Jakobiner und ihre Verachtung für die Republik, auch wenn sich Marschall Bessières' Adel auf seine Erziehung beschränkte, die ihm sein Vater, ein Chirurg, sowie ein Geistlicher der Familie und die Lehrer des Collège Saint-Michel de Cahors angedeihen ließen. Er begriff die Methoden des Kaisers und war betrübt: Mußte man soviel Haß schüren, um zu regieren? Vor zwei Jahren war Lannes gekränkt gewesen, als Seine Majestät ihm für die Begegnung mit dem Zaren in Tilsit im letzten Augenblick Bessières vorgezogen hatte. ›Das Angenehme läßt sich selten mit der Vernunft in Einklang bringen‹, dachte Bessières, während er die Ebene überblickte. Durch sein Fernglas sah er, wie die Österreicher ihre Kanonen wieder anrollten und einen Kugelhagel auf die Bataillone des armen Saint-Hilaire niedergehen ließen, die dieser Dickschädel von Lannes nach ihm auflas. Ein einzelner Schuß war laut und deutlich im wirren Gefechtslärm zu hören. Er kam von einer Eskadron Kürassiere. Bessières lenkte sein Pferd dahin und fand zwei erhitzte Kavalleristen vor, die miteinander kämpften. Die Hand des einen blutete. Hauptmann Saint-Didier bemühte sich nicht einmal, sie zu trennen, vielmehr half er dem größeren der beiden, den zappelnden Verletzten auf den Boden zu drücken.

»Ein Unfall?« fragte Bessières.

»Eure Exzellenz«, sagte der Hauptmann, »Kürassier Brunel hat versucht, sich das Leben zu nehmen.«

»Und ich habe ihn davon abgehalten«, ergänzte Fayolle, während er seinen Freund mit seinem ganzen Gewicht am Boden hielt, ein Knie auf der Brust.

»Ein Unfall. Verbinden Sie seine Hand.«

Bessières forderte keine Bestrafung für den Soldaten Brunel, der schwach geworden war. Die Selbstmordrate in der Armee nahm zu, genau wie die Desertionen; es geschah nicht selten, daß sich mitten in der Schlacht ein verzweifelter Rekrut in den Schutz eines Wäldchens begab, um sich in den Kopf zu schießen. Der Marschall wendete sich ab und ritt zu einem Dragonerregiment mit schwarzen Roßschweifen; er verschwand zwischen den kupfernen Helmen, die mit Seehundfell umwickelt waren und in der Sonne glänzten. Brunel stützte sich auf die Ellbogen; er atmete schwer. Ein Kürassier schnitt Streifen aus seiner Satteldecke, um ihm die Hand zu verbinden, von der zwei Finger abgetrennt worden waren. Hauptmann Saint-Didier zog eine Flasche mit Alkohol aus seinen Pistolentaschen, öffnete sie und preßte sie zwischen die Zähne des freiwillig Verwundeten:

»Trink und auf in den Sattel!«

»Mit seiner kaputten Hand?« fragte Fayolle.

»Für den Degen braucht er seine linke Hand nicht!«

»Aber für die Zügel.«

»Er kann sie ums Handgelenk wickeln!«

Fayolle half Brunel in die Steigbügel und knurrte:

»Unsere Pferde können auch nicht mehr.«

»Wir reiten sie so lange, bis sie zusammenbrechen!«

»Ach, Herr Hauptmann! Wenn die Pferde schießen könnten, würden sie sich auf der Stelle umbringen!«

Brunel sah seinen Kameraden an:

»Das hättest du nicht tun sollen.«

»Ach . . .«

Fayolle fiel nichts Gescheites ein, aber er hätte auch nicht die Zeit gehabt, etwas zu sagen, denn ein weiteres Mal bliesen die Trompeten zum Sammeln, ein weiteres Mal zogen sie ihre Degen, ein weiteres Mal ließen sie ihre Pferde antraben in Richtung der österreichischen Batterien.

Oben auf dem Abhang angekommen, fanden sie sich den Kanonen gegenüber, die das grüne Getreide malträtierten, aber als die Trompeten zum Angriff bliesen, gelang es ihnen nicht, die Pferde zum Galoppieren zu bringen, ermattet, wie sie waren, nach allzu vielen Angriffen in Folge; schlecht genährt mit Gerste und geschwächt, kamen sie nicht über einen schnellen Trab hinaus. Für die Kürassiere war dies die anstrengendste Gangart. Sie wurden ständig durchgeschüttelt, Rükken- wie Brustharnisch aus Stahl schnitten ihnen in die Schultern, den Hals, die Hüften, und sie waren überdies einem kontinuierlichen Beschuß ausgesetzt, da die Kanonen ohne Unterlaß spuckten, Flintenfeuer gleich, und die Kugeln in dichtem Regen auf sie herabfielen und die Reihen lichteten. Die Kavalleristen Saint-Didiers griffen trotz des Feuerhagels an, langsam, den Degen gezückt. Fayolle glaubte, seinem sicheren Ende entgegenzureiten, doch sollte ihm sein Nachbar Brunel in die Hölle vorausgehen: Eine Kugel riß ihm den Kopf ab, und da sein Herz gewohnheitsgemäß weiterschlug, sprudelte das Blut stoßweise aus dem Kragen seines Harnischs; der Reiter ohne Kopf, auf seinem Sattel erstarrt, den Arm nach vorne gestreckt, den Degen an einer Schnur am Handgelenk baumelnd, war auf dem Weg in die Linie der Artilleristen. Im gleichen Augenblick und mit der gleichen Salve wurde Fayolles Pferd ein Bein abgerissen, und es machte kehrt, vor Schmerz wiehernd. Fayolle stieg ab, ohne sich um den Kugelhagel zu kümmern. Voller Mitgefühl schaute er sich das völlig übermüdete Tier an; es hielt sich auf drei Beinen und leckte ihm mit der Zunge übers Gesicht, als wollte es Abschied nehmen. Da ließ sich der Kürassier der Länge nach ins Getreide fallen. Auf dem Boden, die Arme ausgebreitet, schloß er die Augen und schlief ein, um dem Tod und seinem Lärm zu entrinnen.

Napoleon hatte am Rande der gefährlichen Ebene haltgemacht, die von den Österreichern ohne Unterlaß mit zweihundert Geschützen bombardiert wurde.

Seine Offiziere hatten ihn davon abhalten können, nach Aspern zu reiten, wo er Massénas Männern Mut zusprechen wollte:

»Nehmen Sie keine unnötigen Risiken auf sich!«

»Die Schlacht ist zu Ende, wenn Sie getötet werden!«

»Sie zittern ja wie mein Pferd«, brummte der Kaiser und hielt die Zügel allzu kurz, aber er hatte einen Abgesandten ins Dorf geschickt, um zu erfahren, wie sich die Situation entwickelte.

»Sire, da kommt Laville . . .«

Ein junger Offizier in eleganter Kleidung sprengte im Galopp herbei; um schneller Bericht erstatten zu können, sprang er über die Gatter, die einzelne Stücke Land begrenzten, und kam völlig außer Atem an:

»Der Herzog von Rivoli, Sire . . .«

»Ist er tot?«

»Hat Aspern zurückerobert, Sire.«

»Er hatte das verfluchte Dorf also verloren?«

»Verloren und zurückerobert, Sire, die Hessen des Rheinbundes waren ihm eine große Hilfe.«

»Und jetzt?«

»Seine Position wirkt stabil.«

»Ich will nicht wissen, wie seine Position aussieht, ich will wissen, was er davon hält!«

»Der Herzog saß auf einem Baumstamm, die Ruhe selbst, er hat mir versichert, daß er zwanzig Stunden durchhalten könne, wenn es sein müsse.«

Der Kaiser antwortete nicht, dieser junge Adjutant ging ihm auf die Nerven. Er wendete abrupt sein Pferd, und die kleine Truppe kehrte zur Ziegelei zurück, wo der Generalstabschef wartete und darum betete, daß er nicht getötet wurde. Der Kaiser verlangte nach seinem Arm, um von dem störrischen Pferd zu steigen, über das er sich beschwerte. Kaum am Boden, sagte er:

»Berthier, schicken Sie dem Herzog von Rivoli General Rapp zu Hilfe, er wird sie brauchen.«

»Das ist ein General ihres Generalstabs, Sire.«

»Das weiß ich selbst!«

»Mit welchen Truppen?«

»Übertragen Sie ihm die Befehlsgewalt über zwei Füsilierbataillone meiner Leibgarde.«

Dann vertiefte sich der Kaiser in die Karte, die ihm zwei Adjutanten auseinandergebreitet vor die Nase hielten. Wie am Vortag erstreckte sich die Front in einem Halbkreis von einem Dorf zum anderen, um an den beiden Enden an die Donau zu stoßen. Es galt, die Österreicher daran zu hindern, diese Stellung zu durchbrechen, damit in der Nacht der totale Rückzug auf die Insel Lobau durchgeführt werden konnte. Der Kaiser durfte nicht länger zögern; um eine ziemlich schwierige Position zu stützen, mußte er die Garde einsetzen, die er bislang in Reserve gehalten hatte. Berthier, der die Befehle an Rapp diktiert und unterzeichnet hatte, kam zurück, um die letzten Informationen zu verkünden:

»Boudet hat sich in Eßling verschanzt, Sire, und überall Schützen aufgestellt, aber er ist noch nicht in Gefahr. Der Erzherzog richtet seine Streitkräfte im wesentlichen auf unser Zentrum. Er selbst leitet die Offensive mit den zwölf Grenadierbataillonen Hohenzollerns . . .«

»Der Nachschub?«

»Davout schickt uns mit Kähnen Munition, so gut er kann, aber die Ruderer haben Mühe, nicht flußabwärts von der Insel wegzutreiben.«

»Lannes?«

»Sein Adjutant wird Eure Majestät in Kenntnis setzen.«

Berthier zeigte mit dem Finger auf Hauptmann Marbot, der auf einem Munitionswagen saß und Werg zerfaserte, um eine Wunde zu verbinden, die er sich am Oberschenkel zugezogen hatte und die blutete und seine Hose verfärbte. Der Kaiser wandte sich an ihn:

»Marbot! Nur die Kuriere des Generalstabschefs haben das Recht, rote Hosen zu tragen!«

»Sire, ich habe das Recht für eins meiner Beine.«

»Sie nutzen das sehr häufig aus.«

»Es ist nichts Schlimmes, Sire, nur ein bißchen zerfetztes Fleisch.«

»Lannes?«

»Er hält das Gefecht am Laufen, indem er die Soldaten Saint-Hilaires nach Eßling holt.«

»Und die andere Seite?«

»Zu Beginn des Gefechts wurden die jüngsten Rekruten von den ungarischen Grenadieren in Angst und Schrecken versetzt, da sie noch niemals derart große und schnauzbärtige Kerle gesehen hatten, aber Seiner Exzellenz ist es gelungen, sie mitzureißen, indem er ihnen zurief: ›Wir sind nicht weniger wert als in Marengo, und der Feind nicht mehr!‹«

Der Kaiser verzog mißbilligend das Gesicht, und seine blauen Augen wurden einen Moment lang grau, denn er hatte wie Katzen die Fähigkeit, ihre Farbe je nach Gemütszustand zu verändern. Marengo? Lannes' Beispiel war ungeschickt gewählt. Zwar hatte Desaix' Infanterie die Grenadiere von General Zach geschlagen, die heute vom Erzherzog angeführt wurden, aber es hatte nicht viel gefehlt. Kellermann, der Sohn des Siegers von Valmy, hatte mit seiner Kavallerie anschließend einen entscheidenden Angriff geführt, aber wenn das Armeekorps des österreichischen Generals Ott rechtzeitig gekommen wäre? Napoleon dachte an Davout, der nicht mehr rechtzeitig gekommen war. Wovon ist ein Sieg abhängig? Von einer Verspätung, einem Windstoß, den Launen eines Flusses.

»Schauen Sie selbst, Oberst.«

General Boudet schob Lejeune in einen Unterstand, der aus Schrankteilen und Truhen gezimmert worden war. Dieser Teil der Festung bot in Eßling einen Ausblick über die Ebene, und man konnte von dort ohne allzu große Risiken die Bewegungen der gegnerischen Armee überwachen. Lejeune folgte der Einladung und schaute sich um. Boudet wiederholte noch einmal mit müdem Gesichtsausdruck:

»Bald werden wir mehrere Regimenter auf dem Hals haben. Dem Erzherzog ist es weder gelungen, die Bataillone Lannes noch die Eskadrone Bessières zu durchbrechen, er wird sich also zu Recht auf unser Dorf stürzen, in dem er weniger Truppen vermutet. Der stundenlange Beschuß und die andauernde Bombardierung haben uns mürbe gemacht. Die Männer sind müde, sie haben Hunger, sie bekommen allmählich Angst.«

Lejeune sah in der Tat die ungarischen Regimenter auf Eßling vorrücken, mit dem Befehl zum Angriff, sie würden in großen Wellen gegen die schwachen Barrikaden aus Möbeln und Steinen vorgehen, die nicht lange standhalten konnten. Sie würden aufgrund ihrer Überzahl die jetzt schon stark dezimierte Division von General Boudet überrennen. Inmitten der Infanterie und der schwarzen Pelzmützen führte der Erzherzog selbst mit der Fahne in der Hand die Menge an, die das Dorf stürmen sollte. Die Füsiliere auf Wache sahen diesem Aufmarsch schweigend zu, schaudernd und niedergeschlagen.

»Überbringen Sie Seiner Majestät die Neuigkeit«, trug der General Lejeune auf. Sie haben es gesehen, Sie haben verstanden. Wenn ich nicht schnellstmöglich Hilfe erhalte, werden wir eine Katastrophe erleben. Sind sie erst mal in Eßling, haben die Österreicher Zugang zur Donau. Rosenbergs Kavallerie wartet schon ungeduldig hinter dem Wald, durch diese Öffnung könnten sie eindringen und uns von unserem Nachschub abschneiden. Die gesamte Armee wäre somit umstellt.

»Ich eile, General, aber Sie?«

»Ich lasse das Dorf evakuieren.«

»Bis wohin?«

»Bis zum Speicher, ein Stück weiter hinten, am Ende der Ulmenallee. Er hat dicke Mauern, kleine Luken, Türen, die mit Blech verstärkt sind. Ich habe alles, was an Munition und Pulver noch da ist, hinüberschaffen lassen, wir werden versuchen, so lange wie möglich Widerstand zu leisten. Es wird eine richtige Festung.«

Eine Granate schlug zischend wenige Meter vor ihnen ein, eine weitere folgte gleich hinterher. Eine Mauer stürzte in sich zusammen. Ein Dach fing Feuer. General Boudet fuhr sich mit der Hand über das Gesicht, das von Müdigkeit gezeichnet war:

»Beeilen Sie sich, Lejeune, es geht los.«

Der Oberst bestieg sein Pferd, aber Boudet hielt ihn zurück:

»Sagen Sie Seiner Majestät ...«

»Ja?«

»Was Sie gesehen haben.«

Lejeune galoppierte davon und ritt die Hauptstraße hinunter. Boudet sah ihm nach und brummte:

»Sagen Sie Seiner Majestät, er kann mich mal ...«

Er rief seine Offiziere zusammen und befahl seinen

Trommlern, den sofortigen Rückzug zu schlagen. Beim Klang dieser Musik verließen alle Füsiliere ihre Posten in der Kirche, den Häusern, hinter den Wällen und sammelten sich zu einem Truppengewirr. Das Geschützfeuer wurde ernst.

Fünfzehnhundert Mann zogen sich in den Speicher zurück, um dort eine Belagerung durchzustehen. Gewehre ragten aus den Luken und den Fenstern, deren Läden halb geschlossen waren. Die Türen standen einen Spalt breit offen, um die Mündungen der Geschütze durchzulassen, die im Laufe des Vormittags im Erdgeschoß aufgestellt worden waren. Eine Schar Füsiliere bezog rundherum Stellung, in den grasbewachsenen Gräben, in Geländefurchen, hinter den Ulmen. Das Dorf stand in Flammen, die Barrikaden waren von den Kanonenkugeln sicher längst eingedrückt worden. Sie mußten nicht lange warten. Kaum war eine halbe Stunde vergangen, da tauchten am Ende der Allee und in den Feldern drum herum die ersten weißen Uniformen auf, und die Männer rannten, gebeugt unter ihren Tornistern. Boudet erkannte den Wimpel der Grenadiere des Barons von Aspre. Er kommandierte Feuer. Die Artillerie brachte die erste Angriffswelle durcheinander, aber sie kamen von überallher, in dichten Reihen und zahlreich, es blieb nicht einmal die Zeit, die glühendheißen Kanonen hereinzuholen, um sie neu zu laden, aus allen Fenstern wurde geschossen, hinter den Gitterstäben, aus den Luken; die Österreicher fielen, andere nahmen ihre Plätze ein und versuchten sich an den soliden Mauern des Speichers. Boudet ergriff ein Gewehr und streckte einen Offizier im grauen Mantel nieder, der gerade schreiend seinen geschwungenen Säbel hob, der Mann brach zusammen, aber nichts hielt die weißen Soldaten auf, einige näherten sich entlang der Mauern, sie trugen Äxte, die sie in die Fensterläden und verschlossenen Türen rammten. Wegen des Rauchs und der schlechten Luft begannen die Soldaten im Innern zu husten. Einige Füsiliere wurden durch den Rückstoß verletzt. Sie gingen in die Hocke, luden nach, tauchten am Fenster auf, legten an, zielten aufs Geratewohl in die Masse wie auf einen Schwarm Stare; ganz offensichtlich töteten sie, sahen es aber nicht, bückten sich erneut, luden nach, richteten sich auf, feuerten, gingen in Deckung und so weiter, eine ganze Ewigkeit lang.

Im Laufe der Zeit ließen die Gefechte nach. Durch den Spalt eines blechernen Fensterladens im dritten Stock sah Boudet, daß die österreichischen Angriffswellen in immer größeren Abständen erfolgten. Er ließ das Feuer beenden, und alle hörten vertrautes Trommelschlagen. Boudet lächelte, schüttelte einen bleichen jungen Soldaten und brüllte mit seinem Bordeleser Akzent:

»Jungs! Jetzt kommen wir lebend hier raus!«

Erleichtert öffneten sie die Fenster und streckten die Nasen hinaus. Sie erblickten die rotgrünen Federbüsche der Füsiliere der Jungen Garde. Die Ulanen warfen ihre Lanzen weg und griffen zu den Säbeln, die für ein Gefecht Mann gegen Mann geeigneter waren. Die Schlacht verlagerte sich in das Dorf. Boudet trat ins Freie, ein Gewehr in der Hand, als ein federgeschmückter Offizier in einem Trupp von Reitern vor dem Speicher eintraf:

»General Mouton und vier Bataillone der kaiserlichen Garde räumen in Eßling auf.«

»Danke.«

Zu Fuß stiefelte Boudet zwischen Blutlachen und den verstreut herumliegenden Leichen hinauf zur zertrümmerten Kirche. Grauenvolle Schreie drangen vom Friedhof herauf. Er erkundigte sich. Ein Oberleutnant der Garde gab ihm zur Antwort, es handele sich um die Ungarn, denen man auf den Gräbern mit blanken Waffen die Kehle durchschnitt:

»Wir können uns nicht mit weiteren Gefangenen belasten.«

»Wie viele sind es denn?«

»Siebenhundert, Herr General.«

An vereinzelten Stellen ging allmählich die Munition aus. Da das Feuer schwächer wurde, entstand der Eindruck von Ruhe, der aber trog, denn die Gefechtsberührungen waren nach wie vor zahlreich und tödlich, ob mit dem Säbel, dem Bajonett, der Lanze, sie waren nur nicht mehr so heftig; es wurde geschossen, um die Schlacht am Leben zu halten, die Angriffe erfolgten weniger beherzt, als wolle man sich verteidigen oder die Frontlinie halten. Den Grenadieren um Lannes herum waren die Patronen ausgegangen. Der Marschall fühlte sich von dem hochwasserführenden Fluß verraten; er spazierte mit seinem Freund Pouzet durch ein kleines Tal unterhalb der Ebene; Zäune schützten sie vor eventuellen Überfällen der österreichischen Kavallerie, die sich dabei die Beine brechen würde. Lannes knöpfte seine Jacke auf, der Tag ging zur Neige, aber es war immer noch sehr heiß. Er wischte sich mit dem Ärmelaufschlag über die Stirn:

»Wie lange dauert es noch bis zum Einbruch der Nacht?«

»Zwei bis drei Stunden«, antwortete Pouzet mit einem Blick auf seine Taschenuhr.

»Wir können die Situation nicht mehr herumreißen.«

»Der Erzherzog auch nicht.«

»Das Sterben geht weiter, aber wofür? Wir kämpfen seit dreißig Stunden, Pouzet, und ich habe genug! Der Kriegslärm widert mich an.«

»Dich? Du hast keinen einzigen Kratzer und stöhnst? Fast alle Offiziere sind außer Gefecht, Marbot humpelt wie eine Ente mit seinem durchlöcherten Oberschenkel, Viry hat eine Kugel in die Schulter getroffen, Labédoyère eine Kartätschenkugel in den Fuß, Watteville ist vom Pferd gestürzt und hat sich den Arm gebrochen ...«

»Wir betäuben sie, um sie besser in den Tod schicken zu können. Dieser verfluchte Bonaparte wird uns alle umbringen!«

»Das hast du schon mal gesagt. War es in Arcole?«

»Dieses Mal glaube ich es wirklich ...«

»Heute nacht werden wir die Donau in Kähnen überqueren, und wenn wir nicht kentern, sind wir morgen in Wien.«

»Pouzet!«

Der Marschall hatte fast gebrüllt. Pouzet war von einer Kugel in die Stirn getroffen worden. Er fiel der Länge nach hin. Ein paar Grenadiere rannten herbei, um festzustellen, daß der General keine Chance gehabt hatte, er war auf der Stelle tot gewesen.

»Eine verirrte Kugel«, sagte einer von ihnen.

»Verirrt!« schrie der Marschall und entfernte sich von der Leiche.

Die Dummheit dieser Schlacht ließ ihn vor Wut schäumen. Er lief auf die Ziegelei zu, fand dann jedoch einen Graben, ließ sich ins Gras fallen und betrachtete den Himmel. So verharrte er einige Minuten. Vor ihm gingen vier Soldaten vorbei, die einen toten Offizier in einen Mantel gehüllt schleppten. Die Männer hielten an, um Atem zu schöpfen; der Leichnam war schwer, und sie hatten noch ein Stück Weg vor sich. Sie legten ihre Last auf den Boden. Ein Windstoß hob den Mantel an, und Lannes erkannte Pouzet. Mit einem Satz war er auf den Beinen.

»Wird mich dieses Drama denn überallhin verfolgen?«

Einer der Soldaten deckte den Mantel wieder über das Gesicht des Generals. Lannes hakte seinen Degen los und warf ihn auf den Boden:

»Aaaaaah!«

Nachdem er sich nahezu die Lunge aus dem Leib geschrien hatte, rang er nach Luft, ging noch ein paar Schritte weiter und ließ sich auf der Rückseite einer Böschung nieder, die Beine gekreuzt, den Kopf in die Hände gestützt, um nichts mehr zu sehen. Die Soldaten brachten Pouzet zum Lazarett, und der Marschall blieb allein. Es waren immer noch Kanonen zu hören.

Eine kleine Dreipfünder-Kugel prallte ab und traf Lannes am Knie. Er zuckte vor Schmerz zusammen, versuchte sich aufzurichten, verlor aber das Gleichgewicht und sank fluchend ins Gras: »So ein mistiger Mist!« Marbot war nicht weit weg, er hatte den Unfall gesehen und eilte, so schnell er konnte, herbei, hinkend aufgrund seiner Oberschenkelverletzung.

»Marbot! Helfen Sie mir wieder auf die Beine!«

Der Adjutant half dem Marschall hoch, aber dieser sank erneut in sich zusammen; sein zertrümmertes Knie vermochte ihn nicht mehr zu tragen. Marbot brüllte los, ein paar Grenadiere und Kürassiere kamen angerannt, und zu mehreren gelang es ihnen, den Marschall mitzunehmen, die einen faßten ihn unterm Arm, die anderen um den Bauch, und seine Beine baumelten wie ausgerenkt herunter. Der Verwundete klagte nicht, aber sein Gesicht verfärbte sich. Die verirrte Kugel hatte die linke Kniescheibe erwischt und das rechte Bein in Mitleidenschaft gezogen, das direkt dahinter gestanden hatte. Weil die geringste Bewegung große Schmerzen verursachte, mußten die Träger schon nach wenigen Metern einen Halt einlegen. Marbot zog davon, um einen Karren oder eine Trage zu holen, was immer er finden würde. Er holte die Grenadiere ein, die den toten General Pouzet transportierten:

»Gebt mir seinen Mantel, schnell! Er braucht ihn nicht mehr!«

Aber als er mit dem blutverschmierten Mantel zu dem Marschall zurückkehrte, erkannte Lannes denselben und weigerte sich mit fester Stimme:

»Das ist der Mantel meines Freundes! Gebt ihm seinen Mantel zurück! Man soll mich tragen, so gut es eben geht.«

»Dann schneidet ein paar Äste und Zweige ab«, befahl Marbot, »und fertigt daraus eine Bahre.«

Die Männer verschwanden mit ihren Säbeln im Wald, um Äste zu schneiden, und stellten eine einfache Trage her. Etwas bequemer wurde Marschall Lannes jetzt zum Lazarett der Garde hinter die Ziegelei gebracht, wo Doktor Larrey mit zwei seiner herausragenden Kollegen, Yvan und Berthet, im Einsatz war. Sie verbanden zuerst den rechten Oberschenkel des Marschalls, während dieser forderte:

»Larrey, schauen Sie sich auch Marbots Wunde an...«

»Ja, Euer Exzellenz.«

»Der Junge wurde schlecht gepflegt, ich mache mir Sorgen.«

»Ich werde mich darum kümmern, Euer Exzellenz.«

Nachdem sie gemeinsam die Wunden des Marschalls untersucht hatten, traten die drei Ärzte ein wenig zur Seite, um ihre Diagnose zu stellen und zu beratschlagen, wie der Fall am besten zu behandeln sei:

»Sein Puls ist kaum zu spüren.«

»Das rechte Kniegelenk ist nicht in Mitleidenschaft gezogen, das sollten wir bedenken.«

»Aber das linke ist bis auf den Knochen zerschmettert . . .«

»Und die Arterie ist durchtrennt worden.«

»Messieurs«, sagte Larrey, »ich bin dafür, das linke Bein abzunehmen.«

»Bei dieser Hitze?« protestierte Yvan. »Das ist nicht ratsam!«

»Leider«, fügte Berthet hinzu, »hat unser hervorragender Kollege recht, und was mich betrifft, möchte ich mich vorsichtshalber für die Amputation beider Beine aussprechen.«

»Sind Sie verrückt!«

»Amputieren wir!«

»Sie sind verrückt! Ich kenne den Marschall gut, er hat genug Energie, um ohne Amputation zu genesen.«

»Auch wir kennen den Marschall, verehrter Kollege. Haben Sie seine Augen gesehen?«

»Was ist mit ihnen?«

»Sie blicken traurig drein. Der Mann büßt seine Kraft ein.«

»Messieurs«, sagte Doktor Larrey abschließend, »ich mache Sie darauf aufmerksam, daß ich dieses Lazarett leite und daß es letztlich mir zukommt, zu entscheiden. Wir werden das linke Bein abnehmen.«

Als Edmond de Périgord zwischen der kleinen Brücke und der Ziegelei hindurch zum Biwak der Alten Garde gelangte, traf er General Dorsenne, der seine Grenadiere zum x-ten Male musterte. Er wünschte sie tadellos und sauber. Mit seinem geübten Auge erspähte er jedes Staubkorn auf den Ärmeln, jeden Fleck auf dem weißen Lederzeug, jeden nachlässig gezwirbelten Schnurrbart, jede Gamasche, die zu locker geschnürt war; in der Kaserne hob er die Westen hoch, um die Sauberkeit der Hemden zu überprüfen. Seiner Meinung nach zog man in den Krieg, wie man auf einen Ball ging: elegant. Und er war im Hinblick auf seine eigene Kleidung genauso pingelig; er war gepflegt, als stolziere er ununterbrochen vor einem Spiegel auf und ab. Er war ein schöner Mann, behaupteten die Frauen, mit seinen schwarzen Locken, seinem blassen Teint, seinen feinen Gesichtszügen. Bei Hofe wurde über ihn gesprochen, man war über seine Liebschaften mit Madame d'Orsay, der provokativen Gattin des berühmten Dandy, über die Minister Fouché anstößige Anekdoten zu berichten wußte, genauestens im Bilde. Périgord, der ansehnlich war, wenngleich jünger, hatte Dorsenne häufig im Theater oder auf Konzerten in den Tuilerien getroffen. Beide trugen sie, anders als die meisten Militärs, mit großer Selbstverständlichkeit Seidenstrümpfe und Schnallenschuhe oder auch extravagante Uniformen, um die Aufmerksamkeit der Herzoginnen auf sich zu lenken. Beide waren sie wahrhaft mutig, liebten es aber, ihren Mut zur Schau zu stellen; sie galten als äußerst herablassend; waren nicht beliebt.

»Herr Gardegeneral«, sagte Périgord, »Seine Majestät bittet Sie, an die Front zu gehen.«

»Vortrefflich!« antwortete Dorsenne und streifte sich die Handschuhe über.

»Sie werden dem Feind auf der ganzen Breite des

Abhangs eine Mauer entgegenstellen, rechts von Marschall Bessières' Kürassieren.«

»Ausgezeichnet! Gehen Sie davon aus, daß wir schon da sind.«

Mit einer eleganten Bewegung schwang sich Dorsenne auf das Pferd, das ihm gebracht wurde, erteilte der kaiserlichen Leibgarde einen kurzen Befehl, und diese setzte sich im Gleichschritt in Bewegung, als würde sie am Carrousel defilieren, Musik und die Adler vorweg. Périgord bewunderte das Zusammenspiel und kehrte dann zum Generalstab zurück, um Berthier Bericht zu erstatten.

Das Auftauchen der Pelzmützen der Garde auf dem Kamm reichte aus, um die österreichischen Kanonen innehalten zu lassen, die dann aber das Feuer wieder aufnahmen. General Dorsenne legte die Stellung seiner in drei Reihen geordneten Grenadiere fest. Er hatte sein Pferd gewendet, um zu überprüfen, ob sie auch wirklich dicht an dicht standen, und hatte zu diesem Zweck den Kanonen der Infanterie des Erzherzogs unbekümmert den Rücken zugewandt. Als die erste Kugel einen seiner Soldaten niederstreckte, befahl er mit verschränkten Armen:

»Aufrücken!«

Die Grenadiere schoben mit dem Fuß ihren gefallenen Kameraden beiseite und schlossen auf. Das wiederholte sich zwanzigmal, hundertmal vielleicht, und sie schlossen auf. Als einem der Adlerträger von einer Kugel der Kopf abgerissen wurde, rollten Goldstücke über den Boden; der Bursche hatte die Idee gehabt, seine Ersparnisse in seinem Halstuch aufzuheben, aber kein Mensch wagte sich zu bücken und eine Handvoll davon aufzuheben aus Angst vor Züchtigungen; diejenigen, die am dichtesten daneben standen, schielten trotzdem auf die Erde, wo die Münzen glitzerten. Weitere Kugeln zischten heran und rissen Löcher in die Garde.

»Aufrücken!«

Erzürnt, weil er sie nicht einschließen konnte, ließ der Erzherzog das Feuer verstärken. Im Karree unter dem Kugelhagel rührten die Trommler die Trommel neben den stocksteifen Grenadieren, die die Gewehre präsentierten. Unzählige Soldaten waren schon gefallen, und die anderen rückten auf. Schließlich befand Dorsenne, daß seine Menschenmauer zu stark gelichtet sei, daraufhin sammelte er seine Mannen in einer einzigen Linie, die er den Österreichern entgegenstellte. Es hätte nicht viel gefehlt und ein Zwischenfall hätte dieses heroische Manöver vereitelt, das darauf abzielte, die Österreicher zu beeindrucken. Ein paar Jäger zu Fuß und Füsiliere, die noch vor kurzem unter Lannes' Kommando gestanden hatten, flüchteten in der Ebene vor Rosenbergs Infanterie. Sie liefen und stützten ihre Verwundeten; viele hatten ihre Tornister zurückgelassen, um schneller fliehen zu können. Als sie den Schutzwall der Garde erreichten, gerieten die Überlebenden zwischen die Grenadiere und die Batterien, die auf sie schossen, woraufhin sie von ein paar der Haudegen am Kragen oder am Ärmel gepackt und nach hinten geschleudert wurden. Beruhigt von diesem Schutz fielen einige auf die Knie und andere, vor Angst verrückt, rollten sich auf dem Boden und geiferten wie Epileptiker bei einem Anfall. Alarmiert durch die wilde Auflösung mehrerer Bataillone, eilte Bessières mit zwei Hauptleuten im Gefolge herbei, um diejenigen, die ihr Gewehr noch hatten, neu zu gruppieren:

»Wo sind eure Offiziere?«

»Auf dem Schlachtfeld, tot!«

»Dann machen wir uns gemeinsam auf die Suche nach ihren Leichen! Ladet das Gewehr! Stellt euch auf!«

»Aufrücken!« befahl Dorsenne nach wie vor in hundert Metern Entfernung.

Ein Grenadier mit einem Splitter in der Wade schleppte sich ein wenig abseits; im Fallen hatte er ein paar Münzen ergriffen, die der Fahnenträger, sein früherer Nebenmann in der Linie, im Knoten seines weißen Ordensbandes versteckt hatte. Gierig öffnete er die Hand, betrachtete seinen Schatz aus nächster Nähe und knurrte, er sei nichts mehr wert. In der Tat hatte der Kaiser am 1. Januar 1809 von allen Geldstücken den Leitspruch entfernen lassen, der auf seinen aufgelesenen Münzen noch prangte: Einheit, Unteilbarkeit der Republik.

Der Abend senkte sich früh über eine Schlacht ohne Sieger. Napoleon und die Offiziere seines Hofstaates verließen die Ziegelei und zogen gemeinsam zum kaiserlichen Zelt, das am Vortag auf den Wiesen der Insel errichtet worden war. Sie ritten im Schritt einen Weg entlang, der überquoll von leeren Munitionswagen, zerlegten Artilleriegeschützen, einzelnen wildgewordenen Pferden und langsamen Kolonnen mit Verwundeten, die von den Sanitätern angeführt wurden. Am Kopf der kleinen Brücke erbleichte der Kaiser. Zuerst hatte er einen Hauptfeldwebel von den Kürassieren im stillen heulen sehen. Anschließend hatte er Doktor Yvan erblickt, sodann Larrey, die sich über einen Patienten beugten, der auf ein Provisorium aus Eichenästen und Mänteln gebettet war. Es war Lannes, dessen Kopf Marbot in den Händen hielt. Sein Gesicht war aschfahl, entstellt vor Schmerz, und ihm standen dicke Schweißperlen im Gesicht. Ein rotes Tuch war um seinen linken Oberschenkel gebunden. Der Kaiser bat, daß man ihm vom Pferd helfe, und war in wenigen Schritten bei seinem Marschall. Er kauerte sich am Krankenbett nieder:

»Lannes, mein Freund, erkennst du mich?«

Der Marschall öffnete die Augen, sagte aber nichts.

»Er ist sehr geschwächt, Sire«, murmelte Larrey.

»Aber er erkennt mich doch, oder?«

»Ja, ich erkenne dich«, flüsterte der Marschall, »doch in einer Stunde hast du deine beste Stütze verloren ...«

»Unsinn! Du bleibst uns erhalten. Nicht wahr, Messieurs?«

»Ja, Sire«, sagte Larrey salbungsvoll.

»Da Eure Majestät es wünscht«, fügte Yvan hinzu.

»Hörst du sie?«

»Ich höre sie ...«

»In Wien«, sagte Napoleon, »hat ein Arzt für einen österreichischen General ein künstliches Bein angefertigt ...«

»Mesler«, sagte Yvan.

»Genau, Bessler, und er wird auch für dich ein Bein machen, und nächste Woche gehen wir auf die Jagd!«

Der Kaiser schloß den Marschall in die Arme. Dieser vertraute ihm flüsternd an, so daß kein anderer es hörte:

»Beende diesen Krieg so bald wie möglich, das ist der Wunsch aller. Hör nicht auf deine Umgebung. Sie schmeicheln dir, sie verbeugen sich, aber sie lieben dich nicht. Sie werden dich verraten. Eigentlich verraten sie dich schon jetzt, indem sie dir fortwährend die Wahrheit verschleiern ...«

Doktor Yvan schritt ein:

»Sire, Seine Exzellenz der Graf von Montebello ist

am Ende seiner Kräfte, er muß sich schonen, er darf nicht zuviel reden.«

Der Kaiser richtete sich auf, runzelte die Augenbrauen, blieb einen Augenblick stehen und betrachtete den Körper des Marschalls. Seine Weste war blutbefleckt. Er wandte sich an Caulaincourt:

»Gehen wir auf die Insel!«

»Die kleine Brücke ist nahezu unpassierbar, Sire.«

»Dann beeilen Sie sich! Finden Sie eine Lösung!«

Der Kaiser konnte die kleine Brücke, die von den Zimmerleuten verstärkt wurde, nicht ohne weiteres begehen, da diese durch die unaufhörliche Flut der Verwundeten ständig in ihrer Arbeit gestört wurden. Die Unglücklichen wurden vom Fieber und vor Wut geschüttelt, sie drängten vorwärts, fielen übereinander, stießen sich gegenseitig, hielten sich an Seilen und Haltetauen fest, die gelegentlich rissen, stritten sich und beschimpften sich; es gab welche, die ins Wasser fielen oder sich, ohne zu zögern, mit ihren Pferden in die turbulenten Strudel stürzten. Caulaincourt ließ einen der Pontons losmachen, vergewisserte sich, daß er wasserdicht und solide war, wählte von den widerstandsfähigsten Matrosen der Pioniertruppe zehn Ruderer aus, und so gelangte der Kaiser in der Abenddämmerung, stehend in dem abtreibenden Boot, zweihundert Meter weiter flußabwärts auf die Insel Lobau.

Zu Fuß durchquerte er das Dickicht und schritt über Sandzungen, auf denen sich die Sterbenden zu Tausenden sammelten, diese streckten ihm die Arme entgegen, als stünde es in seiner Macht, sie zu heilen, doch der Kaiser blickte starr geradeaus, und seine Offiziere umgaben ihn, um ihn zu schützen. Er erreichte sein Zelt, eine Art großer Pavillon aus Drillich, himmelblau-weiß gestreift. Dort erwartete ihn Constant und half ihm aus seinem Überzieher und der grünen Jacke. Noch während er seine Kaschmirweste mit Lannes' Blutflecken auszog, murmelte der Kaiser zwischen den Zähnen:

»Schreiben Sie!«

Der Sekretär, der im Vorzimmer auf einem Kissen saß, tauchte seine Feder in die Tinte.

»Marschall Lannes. Seine letzten Worte. Er sagte zu mir: ›Ich möchte leben, wenn ich Ihnen dienen kann . . .‹«

»Ihnen dienen kann«, wiederholte der Sekretär, der auf seiner tragbaren Schreibunterlage schrieb.

»Fügen Sie hinzu: ›Sowie unserem Frankreich‹ . . .«

»Wird gemacht.«

»›Aber ich glaube, daß Sie noch vor Ablauf einer Stunde den Menschen verloren haben, der Ihr bester Freund war . . .‹«

Und Napoleon schneuzte sich. Dann schwieg er. Der Sekretär saß da, die Feder in der Luft.

»Berthier!«

»Er ist noch nicht auf der Insel«, sagte ein Adjutant, der am Zelteingang stand.

»Und Masséna? Ist er tot?«

»Ich weiß es nicht, Sire.«

»Nein, das sieht ihm nicht ähnlich, unserem Masséna. Er soll sofort kommen!«

Sechstes Kapitel

Die zweite Nacht

Es war eine mondlose Nacht. Die letzten Feuerstellen tauchten das linke Ufer in ein blasses rötliches Licht, das die Landschaft verzerrte. Wind war aufgekommen, raschelte in den Blättern der Ulmen, schüttelte Büsche und Sträucher, trieb schwarze Regenwolken vor sich her. Auf dem sandigen Uferweg der Insel Lobau lief der Kaiser mit Masséna durch geknickte Schilfbüschel. Der Marschall hatte den Kragen seines langen grauen Mantels hochgeschlagen und die Hände in den Taschen; mit seinen kurzen Haaren, die ihm wie Federn um die Schläfen flatterten, ähnelte er im Profil einem Geier. Trotz der Flußgeräusche vernahmen die beiden Männer gleich einem Echo den gedämpften Lärm aus der Ebene, das Quietschen der Räder, die Zurufe und Schreie, das Geräusch von Holzpantinen auf den Bohlen der nahegelegenen kleinen Brücke. Mit Grabesstimme kam es von Napoleon:

»Alle Welt lügt mich an.«

»Du brauchst mir kein Theater vorzuspielen, wir sind unter uns.«

Sie duzten sich wie zu Zeiten der Italienfeldzüge des Direktoriums.

»Kein Mensch traut sich je, mir die Wahrheit zu sagen«, sagte der Kaiser betrübt.

»Falsch!« erwiderte Masséna. »Ein paar von uns gibt es, die unter vier Augen mit dir reden können. Ob du aber auf uns hörst, ist eine andere Sache!«

»Ein paar. Augereau, du ...«

»Der Graf von Montebello.«

»Jean, natürlich. Es ist mir nie gelungen, ihn abzuschrecken. Einmal nachts, ich weiß nicht mehr vor welchem Gefecht, rennt er den Wachposten um, taucht in meinem Zelt auf, holt mich aus dem Bett, um mich anzuschreien: ›Willst du mich auf den Arm nehmen?‹ Er stellte meine Befehle stets in Frage.«

»Hör auf, in der Vergangenheitsform von ihm zu sprechen, er ist noch nicht tot, und du beerdigst ihn schon.«

»Es steht nicht gut um ihn, hat Larrey mir anvertraut.«

»Von einem Bein weniger stirbt man nicht. Ich habe deinetwegen ein kaputtes Auge, schmälert das meinen Wert?«

Der Kaiser tat, als habe er die Anspielung auf jene Jagd nicht gehört, bei der er Masséna ein Auge ausgeschossen und Berthier für seine Ungeschicklichkeit gerügt hatte. Er verharrte nachdenklich, dann, in unwirschem Ton:

»Ich bin sicher, daß die ganze Armee vor mir von Lannes' Unglück erfahren hat.«

»Die Soldaten schätzen ihn und machen sich Sorgen.«

»Deine Männer? Waren sie demoralisiert, als sie die Nachricht erhielten?«

»Demoralisiert nicht, aber betroffen. Sie sind mutig.«

»Ah! Wenn der arme Lannes nur in Wien unter den besten Bedingungen behandelt werden könnte!«

»Laß ihn in einem Kahn über den Fluß setzen.«

»Bist du des Wahnsinns? Bei dem Wind und der Strömung würde er durchgeschüttelt wie ein Sack, das würde er nicht überleben.«

Mit seiner Reitgerte drosch der Kaiser auf das Schilf ein und dachte nach. So vergingen eine Minute oder zwei, dann sagte er mit energischer Stimme:

»André, ich brauche deinen schlauen Kopf.«

»Willst du wissen, was ich an deiner Stelle täte?«

»Berthier schlägt vor, daß wir auf dem rechten Ufer Schutz suchen.«

»Blödsinn!«

»Der Generalstab meint sogar, daß wir uns hinter Wien zurückziehen sollten.«

»Der Generalstab hat nicht zu meinen. Schon gar nichts Falsches. Und überhaupt. Wenn wir schon dabei sind, können wir gleich nach Saint-Cloud zurückkehren! Wenn wir diese Insel aufgeben, bescheinigen wir Österreich den Sieg, dabei haben wir gar nicht verloren.«

»Wir haben aber auch nicht gewonnen.«

»Wir haben eine schreckliche Schlappe verhindert!«

»Ich bin vom Unheil verfolgt, Masséna.«

»Der Erzherzog Karl war nicht erfolgreich, wir haben ihn auf Abstand gehalten, seine Truppen sind erschlagen, er hat fast keine Munition mehr ...«

»Ich weiß«, sagt Napoleon und wirft einen Blick auf den Fluß. »Es war General Donau, der mich geschlagen hat.«

»Geschlagen! Erlaube mal! Die Italienarmee wird zu uns stoßen. Letzte Woche hat Fürst Eugène Triest erobert, er wird nach Wien marschieren mit seinen neun Divisionen, mehr als fünfzigtausend Mann! Lefebvre ist am 19. in Innsbruck eingezogen, sobald er mit den Tiroler Rebellen fertig ist, kommt er mit seinen fünfundzwanzigtausend Bayern ...«

»Sollen wir uns denn auf dieser Insel einschließen?«

»Heute nacht haben wir die Zeit, unsere Truppen hinzubringen.«

»Kannst du mir für einen geordneten Rückzug garantieren?«

»Ja.«

»Das ist prächtig! Zurück jetzt auf deinen Posten.«

Die Stille weckte Fayolle. Er schlug die Augen auf, um festzustellen, daß die Gefechte bei Einbruch der Dunkelheit geendet hatten. Der Kürassier blieb auf dem Rücken liegen, viel zu benommen, um sich aufzusetzen und seinen schweren Küraß hochzunehmen. Auch wenn er sich aufgerichtet hätte, hätte er die unzähligen Leichen nicht sehen können, die die Ebene übersäten und an Ort und Stelle verwesen oder von Raben in Stücke gerissen werden würden, denn es war pechschwarze Nacht. Mit einer Hand befühlte er sein Gesicht, winkelte das eine Bein an, dann das andere; ihm fehlte nichts, alles schien in Ordnung. Ein frischer Wind bog das Getreide, das noch stand, nach unten, ein Geruch nach Pulver, Pferdeäpfeln und Blut hing in der Luft, Fayolle hörte ein nagendes Geräusch; etwas machte sich an seinen kaputten Leinenschuhen zu schaffen. Er schüttelte das Bein. Ein behaartes Nagetier knabberte an seiner geflochtenen Sohle. Das Tier flüchtete, er wußte nicht, was es war, er, ein Mann aus den Pariser Armenvierteln, der nichts kannte als Ratten. Er atmete tief durch. Er erlebte ein seltsames und ganz egoistisches Gefühl von Frieden. Fayolle war zeit seines Lebens allein gewesen. Als Lastenträger, Lumpensammler und Kartenleger auf dem Pont-Neuf hatte er mit seinen fünfunddreißig Jahren viel erlebt, aber kein angenehmes Leben geführt. Nicht einmal die Revolution hatte ihm das Leben erleichtert. Er hatte auch von Barras' Regierungszeit nicht profitieren können, obwohl dieser eine Schwäche für die Gaunerei hatte. Damals, in der Zeit, die der Schreckensherrschaft folgte, hatte er sich in der Passage Perron niedergelassen, um erbeutete Gegenstände zu verkaufen, Seife, Zucker, Pfeifenstiele, englische Bleistifte. Er unternahm auch Streifzüge ins Palais-Royal. Unter den Arkaden und den Holzgalerien in ihrer Verlängerung boten sich die Mädchen zu Hunderten an. Im zweiten Stock eines Restaurants öffnete sich im orientalischen Saal die Decke, und nackte Göttinnen fielen vom Himmel in einen goldenen Wagen; im Etablissement nebenan wurde man von Hetären in einer Badewanne voll Wein massiert. Das hatte er gehört, denn mit seiner Fuchspelzmütze und seinem traurigen Anblick hätte man ihn nie hineingelassen. Er begnügte sich damit, die Frauen lüstern anzuschauen, die mit erotischen Gravuren die Blicke auf sich lenkten oder ihre Röcke hochhoben. Andere fuhren, um einen weich zu machen, gemietete Kinder spazieren. Wieder andere lockten einen in einen Raum oberhalb des Café des Aveugles mit ihren schwarzen Hüten und goldenen Quasten, die Füße in Ballettschuhen aus Satin. Sie waren großartig, aber gaben keinen Kredit; sie hatten Namen wie in Gedichten, die Mulattin Betzi, die schöne Sophie, oder Lolotte, Fanchon, Püppchen Sophie, die Sultanin. Chonchon mit ihren Allüren leitete eine Spielbank. Venus galt als Heldin, weil sie den Avancen des Grafen von Artois widerstanden hatte ...

Fayolle hatte geglaubt, daß ihm die blaue Kürassieruniform mit den roten Ärmelaufschlägen die Gunst der Damen bescheren oder zumindest seine Raubzüge erleichtern würde, aber weit gefehlt: Er hatte noch nie etwas erreicht, es sei denn mit Gewalt und dank des Krieges. Er dachte an die hübsche Ordensschwester, die er bei der Verwüstung von Burgos vergewaltigt hatte, dann an die Raubkatze aus Kastilien, die ihm das Gesicht zerkratzt hatte und die er einem brutalen polnischen Lanzenreiter überließ. Er dachte vor allem an das Bauernmädchen aus Eßling, deren Augen ihn nicht mehr losließen. Ihn fröstelte. War es vor Grauen oder vor Kälte? Der Wind wurde eisig. Er nahm all seine Kraft zusammen, hob den braunen Mantel auf und hörte, auf einen Ellbogen gestützt, Räder quietschen.

Fayolle kniff die Augen zusammen und versuchte, im Dunkeln etwas zu erkennen. In weiter Ferne, Richtung Bisamberg wie auch Richtung Donau, gestatteten ihm Biwakfeuer, die Entfernung zu den Lagern abzuschätzen. Wer kam da? Österreicher? Franzosen? Was hatten sie vor? Wozu diente dieser Karren? Die Personen kamen näher, denn das Geräusch der Räder schwoll an und vermischte sich mit gedämpften Stimmen und dem klirrenden Laut von aneinanderschlagendem Metall, den er nicht einzuordnen vermochte. Vorsichtshalber legte er sich wieder hin und bemühte sich nach Kräften, stillzuhalten. Der Karren kam auf ihn zu. Er war jetzt nur noch wenige Meter entfernt. Die Augen halb geschlossen, nahm er flüchtig die Umrisse gebückter Gestalten wahr, die eine Laterne hielten. Im schwachen Licht der Laterne erkannte er die Mütze eines österreichischen Grenadiers mit dem belaubten Zweig, der wie ein Federbusch aufgesteckt war. Er hielt den Atem an und stellte sich tot. Füße trampelten das Getreide nieder, blieben neben ihm stehen. Eine Hand knüpfte seinen eisernen Plastron auf. Er spürte den Atem im Gesicht.

»Hierher, hier gibt's was zu holen ...«

Als er hörte, daß der Betroffene französisch sprach, packte Fayolle den Dieb am Handgelenk, woraufhin dieser kreischte:

»Huch! Mein Toter wird wach! Hilfe!«

»Brüll nicht so rum«, sagte einer seiner Kameraden.

Fayolle setzte sich auf und stützte sich auf die Hände. Zwei Sanitäter sperrten die Augen auf:

»Du bist gar nicht tot?« fragte ihn der dicke Louis.

»Er sieht nicht einmal sonderlich verwundet aus«, fügte Paradis hinzu, der dieses Mal eine österreichische Mütze trug.

»Was treibt ihr da?« knurrte Fayolle böse.

»Beruhige dich, Freund!«

»Das siehst du doch«, erklärte Paradis, »wir sammeln Kürasse ein, eine Anweisung. Nichts darf zurückbleiben.«

»Nur die Toten«, sagte Fayolle voller Verachtung.

»Also für die Toten haben wir keine genauen Anweisungen, und außerdem gibt es zu viele davon.«

Fayolle stand schließlich auf, zog seinen Küraß vollends aus und warf ihn auf den Karren.

»Du kannst ihn behalten«, sagte der dicke Louis, »du lebst ja noch.«

Der Kürassier wickelte sich in seinen spanischen Mantel. Seine Augen gewöhnten sich an die Dunkelheit. Er konnte etwa ein Dutzend Laternen erkennen, die die Ebene abliefen. Paradis, der dicke Louis und ein paar Sanitäter suchten mit Stöcken den Boden ab; sobald sie auf einen Eisenplastron stießen, bückten sie sich, öffneten die Haken und luden ihn auf den Wagen.

»He, der da ist mindestens Offizier ...«

Bei Paradis' Worten eilte Fayolle sofort herbei.

»Kennst du ihn?« fragte Paradis und hielt die Laterne über sein Gesicht.

»Das ist Hauptmann Saint-Didier.«

»Der kann nicht allzu alt gewesen sein.«

»Nimm ihm den Küraß ab, und sei still!«

»Schon gut, ich hab ja nichts gesagt.«

Als Paradis mit seiner Arbeit fertig war, riß ihm

Fayolle die Laterne aus der Hand und beugte sich über den Hauptmann. Er war von einer Kugel in den Hals getroffen worden. Er schien mit offenen Augen zu schlafen. In der rechten Hand hielt er noch eine geladene Pistole, für deren Einsatz er keine Zeit mehr gehabt hatte. Fayolle bog die eisigen Finger auseinander und steckte die Waffe in seinen Gürtel.

Auf einer Lichtung der Insel Lobau lag Marschall Lannes auf ein Dutzend Soldatenmäntel gebettet. Hauptmann Marbot hatte ihn keinen Augenblick alleingelassen; er wachte bei ihm wie eine Amme, kam seinen Bedürfnissen zuvor, tröstete ihn durch seine aufmerksame Anwesenheit mehr als mit Worten. Lannes stammelte, brauste auf, seine Gedanken schweiften ab, er wähnte sich auf dem Schlachtfeld und verteilte zusammenhanglose Befehle:

»Marbot ...«

»Herr Herzog?«

»Marbot, wenn Rosenbergs Kavalleristen Eßling von hinten nehmen, von der Waldseite her, ist Boudet erledigt.«

»Haben Sie keine Angst.«

»Aber ja doch! Schicken Sie Pouzet zu dem befestigten Speicher, nein, nicht Pouzet, der ist verwundet, lieber Saint-Hilaire. Hat dieser Trottel von Davout mit Booten Munition rübergeschickt? Nicht? Worauf wartet er noch?«

»Ruhen Sie sich aus, Herr Herzog.«

»Dafür ist jetzt nicht die Zeit!«

Lannes packte seinen Adjutanten am Arm:

»Marbot, wo ist mein Pferd?«

»Es hat ein Eisen verloren«, log der Hauptmann. »Wir versorgen es gerade.«

Auf jede Frage, die Lannes im Fieberwahn stellte, antwortete Marbot mit sanfter Stimme, was den Marschall reizte:

»Wieso sprechen Sie mit mir wie mit einem dreijährigen Kind? Ich bin zwar verwundet, das weiß ich, aber es ist nicht das erste Mal! Ich bin schon in Akko gestorben, erinnern Sie sich? Eine Kugel im Nacken ist nicht nichts! Und in Governolo, Abukir, Pultusk ... In Arcole habe ich drei Schüsse abbekommen. Ich habe überlebt.«

»Sie sind unsterblich, Herr Herzog.«

»Wie Sie das sagen ...«

Lannes drehte den Kopf von einer Seite zur anderen und versuchte, mit der Zunge die trockenen Lippen zu befeuchten.

»Geben Sie mir zu trinken, Marbot, ich habe Durst, und danach führen wir unsere Grenadiere gegen Liechtenstein ins Feld, er oder wir, das ist die Frage. Verstehen Sie den Punkt? Oudinot wird uns unterstützen ... Was ist die Sonne schwarz, lieber Freund, wie ungünstig diese Wolken für unsere Sache sind, man sieht keine zehn Meter weit.«

Die Soldaten brachten einen Topf mit Wasser, das sie aus der Donau geholt hatten; in den Behältern der Küche gab es keine Trinkwasserreserven mehr. Lannes nahm einen Schluck und spuckte das Wasser wieder aus:

»Das ist kein Wasser, das ist Schlamm! Uns geht's wie den Matrosen, Marbot, wir sind von ungenießbarem Wasser umgeben ...«

»Ich werde Ihnen sauberes Wasser beschaffen, Herr Herzog.« Der Marschall hatte seinen Diener auf der Insel gelassen, damit er seine Garderobe bewachte. Marbot suchte ihn auf und bat ihn um ein Hemd aus feinstem Tuch. Mit Hilfe einer Schnur machte er daraus einen Schlauch, ging dann zum Flußufer, um den Beutel ins schlammige Wasser zu halten, hängte ihn an einem niedrigen Ast über dem Topf auf und erhielt ein frisches gefiltertes Getränk, das der Marschall erleichtert trank.

»Danke«, sagte Lannes, »danke, Hauptmann. Weshalb, zum Teufel, sind Sie eigentlich nur Hauptmann! Nach dem Sieg werde ich mich darum kümmern. Was täte ich ohne Sie, he? Ohne Sie und ohne Pouzet wäre ich längst tot, nicht wahr? Erinnern Sie sich an unsere erste Begegnung?«

»Ja, Herr Herzog, es war am Tag vor dem Sieg bei Friedland. Ich war frisch verheiratet.«

»Sie waren in Eylau verwundet worden . . .«

»Am Arm, das ist wahr, durch einen Bajonettstoß. Mein Hut war von einer Kugel durchbohrt worden.«

»Sie haben bei Augereau gedient, der Sie mir anvertraut hat, wie letztes Jahr noch einmal . . .«

»Ich bin in Bayonne zu Ihnen gestoßen.«

»Wir waren auf dem Weg nach Spanien, um die Ebro-Armee zu führen. Sie kannten das Land schon, ich nicht . . . Burgos, Madrid, Tudela . . .«

»Wo wir den Feind beim ersten Zusammenstoß weggefegt haben.«

»Ja genau . . . Beim ersten Zusammenstoß . . . Trotzdem ein übles Land! Dort hätte ich Sie beinahe verloren, Marbot.«

»Ich erinnere mich, Herr Herzog. Eine Kugel ging mir ganz dicht am Herz vorbei, um sich in den Rippen festzusetzen, eine Kugel, platt wie eine Münze, gezackt wie die Zahnrädchen einer Uhr und mit eingraviertem Kreuz wie eine Hostie.«

»Albuquerque war schon da, nicht wahr, als einer

meiner Adjutanten? Auf alle Fälle haben wir ihn aus Spanien mitgebracht, glaube ich ... Wo ist er? Warum ist er nicht in Ihrer Nähe?«

»Er ist sicher nicht weit, Herr Herzog.«

Doch Albuquerque war weit, und Marbot wußte es. An dem Abend hatte eine Kugel ihm das Kreuz zerschmettert. Er war auf der Stelle tot gewesen. Mit kaum hörbarer Stimme sprach Lannes weiter:

»Tragen Sie Albuquerque auf, Bessières zu informieren. Er soll seine Kürassiere einsetzen. Wir müssen um jeden Preis aus dieser Klemme befreit werden!«

»Zu Befehl.«

Lannes bewegte erneut die Lippen, ohne daß ein Wort zu hören war, dann senkten sich die Lider, und sein Kopf fiel auf den Mantel, der ihm als Kopfkissen diente. Marbot war völlig aufgelöst:

»War's das? Ist er tot?«

»Nein, nein, Hauptmann«, beruhigte ihn ein Hilfschirurg, den Larrey in die Nähe des Marschalls beordert hatte. »Er schläft.«

Nicht weit entfernt, in der Nähe des kaiserlichen Zeltes, wägte Lejeune die neuen Gefahren dieser Nacht ab. Er fürchtete zweierlei: daß die hochwasserführende Donau die Insel überschwemmen könnte und daß die Österreicher plötzlich Lust verspürten, sie vom Ufer hinter Aspern aus unter Beschuß zu nehmen. Er vertraute sich Périgord an, der skeptischer war und zuversichtlich:

»Ich habe an den Weiden und Ahornbäumen die Rinde untersucht, Edmond, und ich versichere Ihnen, daß daran Anzeichen einer früheren Überschwemmung zu erkennen sind.«

»Betätigen Sie sich jetzt als Gärtner, mein Lieber?«

»Ich meine es ernst! Alle Inseln können überschwemmt werden.«

»Mit Ausnahme der Île de la Cité in Paris.«

»Das war kein Scherz! Ich wünschte, Sie hätten recht, aber ich sehe ein gewisses Risiko.«

»Unsere Verwundeten würden ertrinken.«

»Und der Rückzug wäre vereitelt. Wir müßten alle daran glauben. Andererseits, wenn der Erzherzog Karl . . .«

»Ihre österreichischen Kanonen jagen mir keine Angst ein, Louis-François. Sind Sie blind? Und taub noch obendrein? Wenn der Erzherzog gewollt hätte, hätte er uns zur Donau zurückwerfen können, aber er hat die Schlacht zur gleichen Zeit beendet wie wir.«

»Der Kaiser hätte an seiner Stelle nicht gezögert.«

»Er aber tut es.«

Berthier hatte die gleichen Überlegungen angestellt wie Lejeune; er hatte sämtliche Lichter auf der Insel untersagt und ließ in der kleinen Ebene zwischen den Dörfern Biwakfeuer anzünden, um Armeepräsenz vorzutäuschen und ihre Flucht zu ermöglichen. Der Kaiser hatte das Vorgehen gebilligt. Lejeune und Périgord liefen deshalb in völliger Dunkelheit umher, die Arme nach vorn gestreckt, um nicht an einen Baum zu stoßen. Plötzlich fühlte Lejeune mit seinen ausgestreckten Fingern ein weiches Gesicht, und ein Mann mit starkem italienischen Akzent sprach ihn an:

»Wollen Sie wohl bald aufhören, mir das Kinn zu tätscheln?«

»Oh, verzeihen Sie, Euer Majestät . . .«

»Trottel! Es sei Ihnen verziehen, wenn Sie uns zur Uferböschung bringen!«

Der Wind bewegte die Blätter, die Ulmen und Weiden schwankten. Man konnte das Stöhnen und Röcheln Tausender Verwundeter hören, die auf der Böschung oder direkt im Gras lagen. Lejeune und Périgord liefen vor der Truppe her, die aus dem Kaiser, Berthier und den Offizieren des Hofes bestand.

»Das Boot liegt bereit Sire«, sagte Berthier und hielt sich an Caulaincourts Schulter fest, der vor ihm lief und das Gelände mit den Spitzen seiner Reitstiefel absuchte.

»Perfekt!«

»Ich habe selbst vierzehn Ruderer, zwei Lotsen und ein paar Schwimmer ausgesucht ...«

»Schwimmer? Wofür?«

»Falls das Boot kentert, Sire ...«

»Es wird nicht kippen!«

»Es wird nicht kippen, natürlich nicht, trotzdem muß man sich auf alles einstellen, auch auf das Schlimmste.«

»Ich hasse das Schlimmste, Berthier, Sie Esel!«

»Ja, Sire.«

Hintereinander und ohne zu fallen oder sich zu stoßen, gelangte Napoleon mit seinem Gefolge an das windgepeitschte Ufer, an dem das Boot lag. Der Kaiser zog eine Uhr aus seiner Westentasche. Er ließ sie schlagen:

»Elf Uhr ...«

Der Fluß war bei dem herrschenden Neumond schlecht zu erkennen, doch sein Lärm erschwerte jede Unterhaltung; die Wellen brachen sich auf den Uferhängen der Insel und erzeugten einen Regen aus kleinen Tropfen; das Wasser schoß dahin, der Wind pfiff.

»Berthier!« schrie der Kaiser, »ich werde Ihnen den Befehl zum Rückzug diktieren!«

»Lejeune!« brüllte Berthier.

Périgord war es gelungen, im Schutz des Unterholzes eine Fackel anzuzünden. In ihrem gelblich flakkernden Licht legte Lejeune seine Ledertasche gleich einem Pult über die angewinkelten Beine, und mit dem Papier und der tintengetränkten Feder, die der anwesende Sekretär ihm gereicht hatte, improvisierte er ein wenig beim Schreiben, denn bei dem Heidenlärm, den das Wasser und der Wind verursachten, verstand er nicht alles. Er ordnete an, daß sich Masséna und Bessières um Mitternacht mit sämtlichen Truppen auf die Insel Lobau zurückziehen sollten; war die Armee vollständig an diesem Zufluchtsort, bot es sich an, die kleine Brücke abzubauen und die Pontons und Gestelle mit Hilfe langer Karren auf die Insel zu bringen, da sie zur Ausbesserung der Hauptbrücke dienen sollten.

Als Lejeune geendet hatte, setzte Berthier seine Unterschrift unter das Dokument und trocknete sie mit einer Handvoll Sand. Dann stieg Napoleon die Uferböschung hinunter zu dem großen Boot, das von ein paar muskulösen Kerlen festgehalten wurde, die ihn unter den Armen faßten und ihm hineinhalfen. Périgord übergab einem der Steuermänner die Fackel. Berthier, Lejeune und wer sonst noch zurückblieb konnten verfolgen, wie sich der Kaiser von der Insel entfernte, einen Moment lang war sein ausdrucksloses Gesicht klar zu erkennen und auch sein Überzieher, der im Wind flatterte; nach ein paar Ruderschlägen wurde die Fackel von einem heftigen Windstoß gelöscht, und der Kaiser verschwand in der pechschwarzen Nacht, als hätte ihn die Donau verschluckt.

Lejeune mußte Masséna den Befehl zum Rückzug überbringen, den der Kaiser ihm diktiert hatte, aber er war nicht mehr im Besitz eines Pferdes. Seine Stute hatte sich beim letzten Galopp ein Bein verstaucht, und da sich seine Ordonnanz seit der Rückkehr aus Wien auf dem rechten Ufer die Beine in den Bauch stand, hatte er die Stute schließlich schweren Herzens dem Diener Périgords anvertraut, der sich auf die Pflege von Pferden nicht verstand. Die Zeit drängte. Da erblickte der Oberst einen Pionier, der das Tier eines ungarischen Husaren am Zügel hielt:

»Ich brauche dieses Pferd.«

»Es gehört nicht mir, sondern meinem Oberleutnant.«

»Ich borge es mir aus!«

»Ich weiß nicht, ob mein Oberleutnant damit einverstanden sein wird...«

»Wo ist er?«

»Auf der großen Brücke, die gerade repariert wird.«

»Keine Zeit! Und außerdem ist das Pferd gestohlen.«

»O nein, es ist Kriegsbeute.«

»Ich bringe es dir in spätestens einer Stunde zurück.«

»Ich kann die Verantwortung dafür nicht übernehmen...«

»Wenn ich es nicht zurückbringe, zahle ich dafür.«

»Wer beweist mir das?«

Genervt von diesem störrischen Pionier, hielt ihm Lejeune den vom Generalstabschef unterzeichneten Brief vor die Nase, der an Masséna adressiert war. Der andere war verblüfft und ließ die Zügel los. Bevor er seine Meinung wieder ändern konnte, stieg Lejeune in den roten, pelzverzierten Sattel mit goldenen Fransen, orientierte sich grob und passierte die Menge der Verwundeten, die weiterhin auf die Insel strömten. Je näher er der kleinen Brücke kam, um so mehr Menschenmassen versperrten ihm den Weg, aber Lejeune trieb sein Pferd in die Menge und zögerte nicht, ein paar Füsiliere mit verbundenem Kopf, Männer ohne

Arme, Hinkende oder Verstümmelte zu Fall zu bringen, die ihm daraufhin die Faust zeigten oder auf die Stiefel einschlugen. Das Gedränge auf der kleinen Brücke war dramatisch. Die Flüchtenden bildeten eine langsame kompakte Masse.

»Platz da! Platz da!« brüllte der Oberst.

Die Menschenmenge war stärker als er, drängte ihn zurück, doch er gab nicht auf, beugte sich über sein Pferd und stieß die Krüppel beiseite, hob sogar die Reitgerte, konnte sich jedoch nicht dazu entschließen, sie auf die Überlebenden der Schlacht niedersausen zu lassen. Diese blickten ihn mit drohenden oder leeren Augen an.

»Befehl des Kaisers!«

»Befehl des Kaisers«, kreischte ein Unteroffizier der Dragoner zurück und hielt ihm den Stummel seines linken Arms entgegen, der in ein Tuch gewickelt war.

Lejeune näherte sich dem Ende dieser endlosen Aufgabe und galoppierte, am linken Ufer angekommen, in das pechschwarze Feld oberhalb der Böschung. Er preschte von einem Feuer zum nächsten in Richtung Aspern, wo er Massénas Lager vermutete, aber wer konnte schon genau wissen, wo es war? Hier waren die dunklen Klötze der ersten Häuser, dort eine Gasse, aber das Pferd konnte nicht durch, denn eingestürzte Mauern versperrten den Weg; er ritt zur nächsten Gasse, um zum Kirchplatz zu gelangen, sah einen Wachposten, der sich eine Pfeife ansteckte, und hielt direkt auf ihn zu, um sich zu erkundigen. Der Wachposten hatte ihn kommen hören; noch bevor der Oberst etwas sagen konnte, fragte er:

»Wer da?«

Es war ein Österreicher, der ihn angesprochen hatte. Anstatt zu fliehen und sich in der Dunkelheit zu verstecken, was ihm möglicherweise einen Gewehrschuß eingebracht hätte, hatte Lejeune den Reflex, ihm in der gleichen Sprache zu antworten:

»Ein Stabsoffizier!«

Ein weiterer Mann kam aus der Gasse, ein Major von Hillers Regiment, der ihn auf deutsch nach der Uhrzeit fragte. Ohne seine Uhr aus der Tasche zu ziehen und dadurch Zeit zu verlieren, antwortete Lejeune:

»Mitternacht . . .«

Der Wachposten hatte sein Gewehr an eine Mauer gelehnt, der Major kam näher, Lejeune machte kehrt und rettete sich ins Gebüsch. Er hörte Kugeln vorbeizischen. Er irrte im leichten Trab in einem Hohlweg umher, die Ohren gespitzt, stieß auf brennende, aber verlassene Biwakfeuer, drang in ein Waldstück ein, das ihn an den toten Seitenarm der Donau zurückbrachte. Als er zwischen zwei Bäumen durchritt, packte ein Mann sein Pferd an den Zügeln, und ein anderer zog ihn am Arm, um ihn aus dem Sattel zu heben. Sie trugen keine Tschakos, aber an ihrer uniformähnlichen Kleidung und ihrem Lederzeug glaubte Lejeune, französische Füsiliere zu erkennen, und schrie:

»Oberst Lejeune! Mission des Kaisers!«

Die beiden Infanteristen entschuldigten sich:

»Das konnten wir nicht ahnen . . .«

»Sie haben ein ungarisches Pferd, und, na ja, da haben wir uns gedacht, das ist ein guter Fang.«

»Wo ist Marschall Masséna?«

»Das wissen wir nicht so genau.«

»Was heißt das?«

»Wir haben ihn vor knapp einer Stunde zusammen mit unserem General gesehen.«

»Wer ist das?«

»Molitor.«

»Und wo habt ihr die beiden gesehen?«

»Dort drüben, am Waldrand.«

»Seid ihr auf Patrouille?«

»So ungefähr.«

»Geht nicht zu dicht an das Dorf, die Österreicher nisten sich dort ein.«

»Das wissen wir.«

»Danke!«

Lejeune drang noch weiter in das Dickicht und wurde wegen seines ungarischen Pferdes beinahe erneut von Patrouillen niedergestreckt. Schließlich führte ihn ein Unteroffizier zu Massénas provisorischem Lager vor einem Schilfstück, das an Sumpfgebiet grenzte, aus dem kein Feind auftauchen würde. Zahlreiche Feuerstellen und Fackeln zeugten von einem wichtigen Biwak, und in diesem unruhigen Licht erriet Lejeune die schmächtige Gestalt von Sainte-Croix, den Offiziere umgaben, in Mäntel gehüllt. Er ging das letzte Stück zu Fuß und stieß dabei an einen Mann, der auf dem Boden lag und ihn anpflaumte:

»He! Wer tritt mir da auf die Füße?«

»Euer Exzellenz?«

Masséna hatte ein oder zwei Stunden gedöst, während er auf den Befehl zum Rückzug wartete. Er erhob sich, schüttelte sich, schimpfte auf das feuchtkalte Wetter und las im Schein einer Fackel, die ihm ein verschlafener Tirailleur hinhielt, die Botschaft des Kaisers; er faltete sie zusammen, steckte sie in die Manteltasche, rückte seinen Zweispitz zurecht, dankte Lejeune und ging ohne Eile auf eine Gruppe zu, die in der Nähe der Feuerstellen stand und plauderte.

Fayolle war dem mit Kürassen beladenen Wagen bis nach Eßling gefolgt. Die Füsiliere der Jungen Garde schlugen Feuer und zündeten damit Holzhaufen aus aufgeschichteten Brettern und Ästen an, als wollten sie sich niederlassen, doch behielten sie die Waffe im Gewehrriemen und den Tornister auf dem Rücken. Alles war von Leichen übersät, kunterbunt durcheinander lagen Ulanen, Füsiliere, Österreicher, Franzosen, Ungarn, Bayern, ihrer Stiefel und Uniformen beraubt, entblößt, zerschmettert, grauenerregend. Einige waren zur Hälfte verkohlt.

Fayolle ließ sich in dem geplünderten Gärtchen eines niedrigen Hauses auf einer Bank nieder, neben einem Husaren, der die Augen geschlossen hielt, aber nicht schnarchte. Leere Patronen flogen über das Gras.

»Weißt du, wo es Pulver gibt?«

Der Husar gab keine Antwort. Fayolle rüttelte ihn an der Schulter, und der Kavallerist sackte in sich zusammen; er war tot; wenn er seine Uniform noch trug, lag es daran, daß man ihn schlafend wähnte. Fayolle durchsuchte ihn, nahm das Pulver und die Kugeln aus seiner ledernen Umhängetasche und betrachtete seine eleganten und weichen Stiefel. Die Schlacht war zu Ende, aber er lächelte bei dem Gedanken, daß er schließlich doch ein paar Stiefel in seiner Größe gefunden hatte. Er zog sie ihm aus. Er entledigte sich seiner Leinenschuhe und streifte die Stiefel über. Dann lief er zum nächsten Feuer, in dem Stühle und Zweige verbrannten, und ging in die Hocke. Er streckte seine Hände darüber, genoß die Wärme. Da sprach ihn jemand von hinten an.

»He! Du da!«

Er drehte sich um und begegnete dem mißtrauischen Blick eines Gardegrenadiers, der die Hände in die Hüften stemmte, makellos mit seinen weißen Gamaschen.

»Bist du Franzose? Wo kommst du her? Welches Regiment? Sind das Husarenstiefel, die du da trägst?«

»Kannst du nicht den Mund halten, verdammter Schwätzer!«

»Deserteur?«

»Dummkopf! Wenn ich desertiert wäre, wäre ich längst über alle Berge.«

»Da hast du recht! Also?«

»Kürassier Fayolle. Meine Eskadron wurde von Kanonenkugeln ausgelöscht. Ich bin vom Pferd gefallen und habe das Bewußtsein verloren, ich wurde wieder wach, als mich die Aasgeier von Sanitätern ausrauben wollten.«

»Du solltest nicht in dieser Gegend bleiben. Wir machen uns aus dem Staub.«

»Du brauchst dich nicht um meine Gesundheit zu scheren!«

In Viererreihen ritten die Kavalleristen im Schritt zwischen den Feuerstellen hindurch; dahinter marschierten ohne jede Ordnung Infanteriebataillone, die sich eins nach dem anderen in der Hauptstraße verloren. Die Armee zog sich aus Eßling zurück. Der Grenadier ließ Fayolle stehen und zuckte mit den Schultern, er spuckte auf die Erde und sagte nur, er habe ihn gewarnt. Fayolle ließ sich erneut an einer Feuerstelle nieder. Er zog die Pistole des Hauptmanns Saint-Didier aus dem Gürtel, reinigte sie, denn das Pulver war feucht geworden, lud sie mit dem neuen Pulver des Husaren und ließ die Kugel hineingleiten. Mit der Waffe in der Hand stand er auf, stolz auf seine neuen Stiefel, und lief unter den Ulmen die Hauptstraße entlang. Die meisten Häuser waren zerstört oder drohten einzustürzen, das Dach von Kanonenkugeln aufgerissen; aus manchen stieg noch der Rauch; das Haus des Bauernmädchens, das er vorgestern mit dem mittlerweile toten Pacotte betreten hatte, hielt sich kaum mehr aufrecht. Ein Teil der Mauer zum Garten hin war zusammengesackt. Fayolle wollte es betreten, brauchte dazu jedoch eine Fackel, also kehrte er um, hob einen Stock auf und zündete ihn an einer der Biwakattrappen an. Dieser spendete zwar wenig Licht, aber egal. Den brennenden Stock in der Hand ging er durch die Maueröffnung hinein. Die Treppe schien erhalten. Er wagte sich darauf. Er bewegte sich durch das Halbdunkel der oberen Etage, als hätte er lange Zeit hier gewohnt, und stieß die Tür zum hintersten Zimmer auf. Auf der Matratze lag ein Mensch. Sein Herz schlug wie die Trommeln der Garde. Er beugte sich mit seiner Fackel nach vorn und betrachtete den Leichnam, den eines Tirailleurs wahrscheinlich, der zwar keine Kleider mehr trug, aber an seinem Backenbart zu erkennen war. Und wenn es das Bauernmädchen von neulich gar nicht gegeben hatte? Er legte die Fackel aufs Bett, das sofort Feuer fing, hielt dann die Pistole des Hauptmanns Saint-Didier an die Schläfe und drückte ab.

Nachdem sie die letzten Weiden hinter sich gelassen hatten, hielt der Karren mit den Harnischen im hohen Gras. Paradis und seine Leute konnten mit einem Mal das Schauspiel des Rückzugs vor sich sehen. Unter ihnen, auf den Wiesen, die sich zum Brückenkopf hin senkten und aufgrund eines dichten Waldstücks von den Dörfern und der großen Ebene her nicht einsehbar waren, war der Rauch Hunderter Fackeln zu erkennen. Auf einer kleinen Erhebung stand Masséna und dirigierte mit der Reitgerte die Evakuierung, als inszeniere er eine Oper. Ordentlich aufgereihte Regimenter folgten dem Durcheinander der Verwundeten. Die Männer waren zerlumpt, übelriechend, dreckig wie die Schweine, ausgehungert, voller Bartstoppeln, aber glücklich, daß sie lebten mit ihren Armen, ihren Beinen, Augen, um sich zu erinnern, und Mündern, um zu berichten. Sie spürten ihr Glück, und man sah Offiziere mit einem Rosenkranz um die Faust. Sie lächelten vor Erschöpfung; es war vorbei. Das Hufgetrappel von Oudinots Kavallerie hallte auf den Bohlen der geflickten Brücke wider, dann folgten die Überreste der Division Saint-Hilaire, die Infanterie Molitors, ihre grünen Federbüsche mit gelber Spitze, ein Unteroffizier vorneweg, der seinen Wimpel an der Gewehrspitze befestigt hatte und wie eine Fahne trug; man konnte die Farben kaum erkennen, aber Vincent Paradis könnte schwören, daß er sie sah, so sehr war er an ihren Anblick gewöhnt. General Molitor salutierte vor Masséna, der seinen federgeschmückten Hut zog, dann reihte er sich hinter seinen zweitausend unversehrt gebliebenen Soldaten wieder ein. Dahinter marschierten weitere Füsiliere, Jäger zu Fuß, die von Carra-Saint-Cyr und Legrand neu zusammengestellt worden waren; letzterer, ein wahrer Herkules, trug seinen riesigen Zweispitz, dessen Rand von einer Kanonenkugel zu einem Halbmond reduziert worden war. Kein Murmeln, nur ein Klappern war zu hören; die Stiefel hallten auf der Erde, dann auf der hölzernen Brückendecke wider, und die Bataillone verschwanden eins nach dem anderen unter den schwarzen Bäumen der Insel Lobau.

»Beeilung, ihr Trottel!«

»Selber Trottel!«

Ein Artilleriezug näherte sich den Krankenwagen von hinten. Den Zugpferden stand der Schaum vor dem Maul, während sie die schweren Kanonen zogen, die von jeder Unebenheit erschüttert wurden. Ein Kanonier saß auf einem der Pferde mit einem nicht enden wollenden roten Federbusch am Tschako, den Schnurrbart wie eine Flaschenbürste gesträubt, und schrie aus Leibeskräften, um den Konvoi anzutreiben. Die Kutscher mit himmelblauer, aber vom Pulver verdreckter Jacke, droschen auf die Kruppe der verängstigten Pferde ein.

»Aus dem Weg!«

»Nur, wenn ich will!« schrie der dicke Louis und schlug dem Pferd mit der flachen Hand auf die Nüstern, woraufhin es sich aufbäumte; um ein Haar wäre der Kanonier gestürzt, fand sein Gleichgewicht in letzter Sekunde wieder und fluchte. Die Artilleristen umringten den Dicken; er zog ein Messer aus dem Gürtel; der Kanonier legte einen Karabiner an und zielte.

»Ist schon gut«, sagte der dicke Louis und steckte sein Messer zurück.

Die Sanitäter schoben ihren Karren in die Brombeeren und sahen zu, wie die Kanonen und leeren Munitionswagen vorbeifuhren und den Abhang hinunterrollten. Ein Rad brach auf den Steinen, ein Munitionswagen kippte um. Die Kutscher stemmten sich gegen das Rad, um das Fahrzeug wieder aufzurichten.

»War's jetzt nötig, sich so zu beeilen«, murmelte der dicke Louis.

Der Karren rollte den Abhang hinunter, scherte aber aus den Reihen der Regimenter aus, die zum Ende der Wiesen strömten; der dicke Louis lenkte ihn hinter Doktor Percys ehemaliges Lazarett, das auf die Insel verlegt worden war. Von der Kalesche bis zum Heuwagen standen zahlreiche beschlagnahmte Wagen in der Reihe, um die kleine Brücke zu passieren. Sie beförderten den gleichen Plunder an Kürassen und Gewehren. Paradis lehnte sich an einen größeren Hügel, um den Rückzug der Truppen geduldig zu verfolgen. Als er feststellte, daß er sich an den Haufen aus Armen und Beinen gelehnt hatte, die Percy und seine Helfer amputiert hatten, war er mit einem Satz wieder auf den Beinen, wankte davon und ging in die Knie, um sich an der Böschung zu übergeben, dann wischte er sich mit Laub über die verschmierten Lippen. Da er einen schalen Geschmack im Mund hatte, riß er einen Grashalm ab und kaute darauf herum. Als er seinen Konvoi wieder einholte, tauchte auf der Anhöhe eine große Anzahl Kavalleristen auf. Neu formierte Eskadronen trafen ein. Aus einer löste sich Bessières, galoppierte zu Masséna, vor dem er anhielt, und warf, fest im Sattel sitzend, zwei österreichische Fahnen ins Gras. Unterdessen zog die Kavallerie an den Fackeln vorbei, die die Waffen und Ärmelaufschläge der Uniformen glänzen ließ, bei denen man heute nacht vergaß, daß sie zusammengeflickt und bunt kombiniert waren. Es war allen voran die vom Grafen von Nansouty kommandierte 1. Division der schweren Kavallerie mit ihren Kopfbedeckungen aus schwarzem Pelz, aus denen ein kupferner Helmstutz hervorragte, dann glänzend die weißen Hosen der Dragoner und die scharlachroten Aufschläge der Karabiniere zu Pferd ...

»Es ist soweit«, sagte Paradis, »jetzt regnet's!«

Dicke Tropfen zerplatzten auf den übereinandergestapelten Eisenplastrons auf dem Karren.

Um drei Uhr morgens wurde das Fenster plötzlich von einem kräftigen Windstoß aufgestoßen, und Henri stand sofort auf. Er klapperte mit den Zähnen, zog seine Schlafmütze tiefer über die Ohren und streifte einen Mantel über das Nachthemd. Ein heftiger Regenguß ging nieder. Er wollte das Fenster gerade wieder schließen, da vernahm er einen dumpfen Knall; er streckte den Kopf nach draußen, um die Straße zu inspizieren. Die Polizeikutsche stand noch immer auf der anderen Straßenseite, aber eine weitere mit triefnassen Pferden stand daneben und blockierte die Türen. Wer hatte geschossen? War es überhaupt ein Schuß gewesen? Henri fror nicht mehr, seine Neugier war stärker. Getrampel im Treppenhaus, knarrende Türen, Gewisper: Er brannte darauf zu erfahren, was sich da abspielte, und kleidete sich im Dunkeln eiligst an. Als er sich ein weiteres Mal aus dem Fenster beugte, konnte er Gestalten erkennen, die sich in den zweiten Wagen drängten; unter einem Umhang glaubte er Annas Umrisse, die zierlicheren Körper ihrer Schwestern und der Gouvernante zu erkennen. Männer mit breitkrempigen, triefenden Hüten halfen ihnen beim Einsteigen, dann kletterte einer von ihnen auf den Kutschbock und knallte mit der Peitsche. Im strömenden Regen fuhr der Wagen davon. Henri stürmte aus dem Zimmer, stürzte die Haupttreppe hinunter und gelangte ins untere Stockwerk. Er schreckte zusammen, als er auf jemanden stieß, der ihm im Dunkeln auflauerte, aber nein, es war nur sein eigenes Spiegelbild; er fühlte sich lächerlich in seinem Aufzug, den er sich in aller Eile übergeworfen hatte, seinem Überzieher, dem Mantel darüber, der Unterhose in den Stiefeln, vor allem der Mütze mit herunterhängendem Zipfel, die er mit einem Griff abnahm und in die Tasche stopfte. Er stieß das zweiflügelige Tor auf, wagte sich jedoch nicht in den sintflutartigen Regen hinaus. Rinnsale flossen über das Pflaster, Wasser stürzte in Bächen vom Dach und spritzte ihn naß. Er dachte an die Soldaten in der

Ebene, die jetzt in ein Schlammloch verwandelt wurde, dann an die Szene, der er soeben beigewohnt hatte, und mußte niesen. Er kehrte in die Küchenräume zurück und sah auf die Uhr, dann rief er nach oben, stieg wieder in das obere Stockwerk und stieß die Türen auf; die Betten waren unberührt, Annas Flucht und die ihrer Familie war sorgfältig vorbereitet worden, aber wem war sie gefolgt und wohin?

In der Eingangshalle waren Schritte zu hören. Stimmen und Stiefelgeräusche erfüllten das Treppenhaus. Henri fand nicht einmal die Zeit, sich im ersten Salon einzuschließen, da wurde er schon von einer Schar Gendarmen umringt.

»Wer sind Sie?« fragte ein Brigadier in durchnäßter Uniform.

»Ich gebe die Frage an Sie zurück.«

»Oho, der Herr ziert sich!«

»Lassen Sie Kommissar Beyle in Ruhe, er hat nichts damit zu tun.«

Schulmeister kam die Treppe herauf, und seine Gendarmen stießen sich gegenseitig zur Seite, um ihn durchzulassen. Er schüttelte sich und reichte einem Untergebenen, der ihm folgte und den Henri vor der abgestellten Kutsche in der Jordangasse gesehen hatte, seinen Umhang. Er erkannte auch den zweiten, der eine Art Kompresse an seinen Arm drückte. Eine Kugel, die aus dem Fenster des Wagens abgefeuert worden war, hatte seinen Überzieher getroffen und seinen Arm verletzt.

»Monsieur Schulmeister, können Sie mir das Ganze erklären?«

»Ist kein Mensch mehr in diesem Haus?«

»Es ist völlig verlassen.«

Der Polizeichef entließ die Gendarmen und begleitete Henri in sein Zimmer. Einer seiner engsten Mitarbeiter zündete die Kerze an, während der andere, der Verletzte, das Fenster mit seinem gesunden Arm schloß.

»Mademoiselle Krauss ist auf dem Weg zu ihrem Geliebten, Monsieur Beyle.«

»Zu Lejeune?«

»Zu einem anderen Oberst.«

»Périgord? Das glaube ich nicht!«

»Ich auch nicht.«

»Sagen Sie mir, zu wem, Herrgott noch mal!«

»Einem österreichischen Offizier, Monsieur Beyle, einer Art Feldmarschalleutnant des Prinzen von Hohenzollern.«

Henri sank auf den einzigen Stuhl, er nieste erneut, war völlig baff, seine Augen tränten vor Fieber.

»Haben Sie nichts gesehen?«

»Nichts, Monsieur Schulmeister.«

»Sie sehen überhaupt nie was, ich weiß ...«

»Wer hat Anna mitgenommen?«

»Partisanen«, wird behauptet, »Unruhestifter wie Monsieur Staps, die uns Kummer bereiten! Was ist das?«

»Die Glocken vom Stephansdom«, sagte Henri und zog die Nase hoch.

»Man könnte meinen, sie läuten Sturm ... Erlauben Sie?«

Schulmeister deutete auf das Fenster.

»Ich bin ohnehin schon krank«, erwiderte Henri, »Machen Sie es nur auf...«

Und er schneuzte sich, daß die Scheiben bebten. Die Glocken Wiens läuteten mit aller Kraft, sie antworteten sich gegenseitig von Kirche zu Kirche, stimmten sogar jenseits der Wälle in die Glocken der Vororte ein und vielleicht sogar in die der Dörfer in zehn Meilen Umkreis. Trotz des Regens gingen die Leute auf die Straße und schrien.

»Was rufen die Wiener, Monsieur Schulmeister?«

»Sie rufen ›Wir haben gewonnen‹, Monsieur Beyle.«

»Wer ist wir?«

»Erkundigen wir uns.«

Sie zogen Hut, Umhang und Mantel wieder an und traten auf die Straße, als wären sie auf Diebeszug. Kleine Gruppen von Städtern standen zusammen und unterhielten sich lebhaft. Schulmeister bat Henri, die Kokarde von seinem tropfenden Zylinder zu lösen, und sie mischten sich unter die aufgeregten Bürger, die unerhörte Neuigkeiten verbreiteten:

»Die Franzosen sind auf der Insel Lobau eingeschlossen.«

»Der Erzherzog schießt sie zusammen!«

»Der Kaiser ist gefangengenommen worden!«

»Nein, nein, er wurde getötet!«

»Bonaparte ist tot!«

Schulmeister ergriff eine Liste, die herumgereicht wurde, und sah sie sich unter einem Portalvorbau an, der von einer Laterne beleuchtet wurde.

»Was sagt dieses Papier?«

»Daß fünfzigtausend Franzosen gefallen sind, Monsieur Beyle. Hier sind ihre Namen, na ja, ein paar davon ...«

Die Glocken läuteten ohrenbetäubend.

Die Gerüchte, die in Wien verbreitet wurden, entbehrten jeglicher Realität. Der Kaiser befand sich in Schönbrunn und unterhielt sich mit Davout. Er hatte noch vor dem Regen unter begeisterten Zurufen die Rheinarmee aufgesucht, anschließend hatte ihn der Marschall in seiner Kalesche und mit der Eskorte einer Eskadron berittener Jäger begleitet. Während der Fahrt hatte er den Mund nicht aufgemacht, aber im Schloß, im Lacksalon, versuchte er die Situation zu analysieren:

»Heute nacht habe ich etwas gegen Flüsse!«

Napoleon ergriff einen kleinen vergoldeten Stuhl an der Rückenlehne, schleuderte ihn gegen einen runden Tisch und tobte:

»Davout, ich hasse die Donau, wie Ihre Soldaten Sie hassen!«

»In diesem Fall, Sire, hege ich Mitleid mit der Donau.«

Den Schädel kahl, aber einen Backenbart, der sich auf den Wangen kräuselte, eine runde Brille auf der Nasenspitze, denn er war äußerst kurzsichtig, wußte Marschall Davout, Herzog von Auerstedt, daß er wegen seiner großen Strenge und seinen unflätigen Worten verabscheut wurde. Seine Offiziere behandelte er wie Diener, aber dafür war er niemals besiegt worden, und er war unnachgiebig. Dieser Burgunder Aristokrat, leidenschaftlicher Republikaner zu Beginn der Revolution, zeichnete sich durch außergewöhnliche Ergebenheit gegenüber dem Kaiserreich aus. Er bewahrte Ruhe, was Napoleons Wut nur noch mehr steigerte:

»Es hat nicht viel gefehlt! Sie wären rechts von Lannes aufgetaucht, und wir hätten den Sieg in der Tasche gehabt!«

»Gewiß.«

»Wie in Austerlitz!«

»Alles stand bereit.«

»Wenn dieser Esel von Bertrand die große Brücke heute nacht hätte wiederherstellen können, hätten wir morgen Karls abgekämpfte Soldaten überrannt!«

»Mühelos, Sire, sie können nicht mehr, die Österreicher. Ich hätte mit meinen frischen Truppen die Donau überquert, und wir würden sie wie Wanzen erdrücken.«

»Wanzen! Genau! Wanzen!«

Der Kaiser nahm eine Prise Tabak und stopfte sie sich in die Nase.

»Was schlagen Sie vor, Davout?«

»Mein Gott! Wir könnten zu Abend essen, Sire, ich sterbe vor Hunger, und eine Batterie österreichischer Puten würde mich nicht erschrecken!«

Die Insel wurde voller. Tausende von Soldaten glitten wie Schatten in den Schutz der Wälder; wer am meisten Glück hatte, lehnte sich an einen Baumstamm, ließ sich ins Moos fallen und schlief ein, die Füße in einer Pfütze. Diese Einquartierung versetzte die Intendantur in Panik, da sie unter keinen Umständen eine solche Menschenmasse ausreichend versorgen konnte; die Lebensmittelvorräte, die Davout in Kähnen herüberschickte, wurden, so sie überhaupt unversehrt ankamen, kurz nach ihrer Ankunft verschlungen. Die Verwundeten lagen stöhnend unter großen Wagenplanen oder lehnten an irgendwelchen Karren. Die Sanitäter hatten Fässer aufgestellt, um das Regenwasser aufzufangen, und Rinnen aus Schilf konstruiert, die das Wasser kanalisieren sollten, das sich auf den Planen angesammelt hatte, die sie zwischen den Ästen gespannt hatten. Sie gaben sich alle erdenkliche Mühe, um ihre widerliche Pferdebouillon im Trockenen zu erhitzen, und bewahrten in Kübeln die Köpfe und Gedärme auf, um sie den Gefangenen am äußersten sandigen Ende der Insel Lobau vorzuwerfen, die zusehen sollten, was sie mit dem rohen Zeug anstellen konnten. Von Zeit zu Zeit sammelte ein Sanitäter, der zwischen den herumliegenden Verwundeten seine Runde drehte, einen Toten auf, schleppte ihn unter allgemeiner Teilnahmslosigkeit zum Ufer und stieß ihn in den Fluß.

Auf der Wiese gegenüber waren die Fackeln unter dem Platzregen längst erloschen, aber Masséna hatte sich nicht von der Stelle gerührt. Starr und triefend, eine wahre Statue im Schlamm, wachte er darüber, daß die ganze Armee, die ihm der Kaiser anvertraut hatte, das linke Ufer verließ, um sich in die Wälder der Insel zurückzuziehen.

»Jetzt fehlt nur noch die Alte Garde, Herr Herzog«, sagte Sainte-Croix, an dessen Zweispitz die Federn jämmerlich herabhingen.

»Der Tag bricht gerade an, wir haben es geschafft.«

»Da kommen die letzten ...«

General Dorsenne kam tatsächlich an der Spitze eines Bataillons von schemenhaft grauen Gestalten, die in regendurchnäßte Mäntel gehüllt waren. Sie wateten durch den Schlamm und rutschten fast den Abhang hinunter, aber sie zwangen sich, im Gleichschritt zu gehen, trotz der schweren Erdklumpen, die an ihren Sohlen klebten. Die nassen Fahnen wickelten sich um ihre Schäfte. Die Klarinetten spielten verhalten einen kaiserlichen Marsch; die Trommeln schwiegen und waren mit Schutzdecken verhangen, damit sich das Fell durch das Wasser nicht verzog. Dorsenne hielt neben Masséna, und Sainte-Croix mußte ihm aus dem Sattel helfen, denn er war am Kopf verwundet und wirkte sehr schwach; seine Handschuhe dienten ihm als Verband um die Stirn.

»Es ist nur ein Splitter«, sagte er.

»Lassen Sie sich eiligst untersuchen«, knurrte Masséna. »Lannes, Espagne, Saint-Hilaire, das genügt.«

»Sobald meine Grenadiere und Jäger drüben sind.«

»Dickschädel!«

»Herr Marschall, es steht mir nicht zu, vor dem letzten Akt ohnmächtig zu werden. Das würde ein unrühmliches Vorbild abgeben.«

Masséna packte ihn am Arm und sah den Grenadieren zu, wie sie vorbeizogen und auf die kleine Brücke zugingen, die auf der Donau schaukelte.

»Ich bringe mehr als die Hälfte zurück«, fügte Dorsenne hinzu.

»Sainte-Croix«, sagte Masséna, »bringen Sie den General persönlich zu Doktor Yvan.«

»Oder Larrey«, sagte Dorsenne erschreckend blaß.

»Auf keinen Fall! Larrey ist imstande und amputiert Ihnen den Kopf! Er schneidet alles ab, was übersteht, müssen Sie wissen, wie Doktor Guillotin.«

Auf diesen Scherz hin trennten sie sich. Masséna befahl seinen Offizieren sodann:

»Jetzt Sie, Messieurs. Ich folge Ihnen.«

Die Offiziere waren gerade auf der Insel, als unmittelbar in der Umgebung von Aspern eine Salve ertönte. Masséna lächelte:

»Die Lumpen werden wach!«

Doch es war nur ein Einzelfall. Die österreichischen Soldaten hatten ihre Waffen an einem verlassenen Biwak entladen. Der Erzherzog war über die Ausmaße der Schäden an der großen Brücke nicht informiert, er fürchtete, daß die Brückenbaupioniere sie schnell reparierten und daß die Verstärkung der Franzosen wie am Vortag auf das rechte Ufer übersetzte. Ängstlich und unentschieden hatte er das Gros seiner Truppen auf ihre vorigen Stellungen zurückgeholt. Er dachte nicht einmal daran, anzugreifen. Seine Armee war ausgeblutet.

Ganz allein, zu Fuß, langsam und ohne sich umzudrehen, überquerte Marschall Masséna als letzter die kleine Brücke. Schon schickten sich die Matrosen und Brückenbaupioniere an, sie abzubauen. Schmale lange Wagen ohne Leitern standen für die Pontons bereit, die man auf die andere Seite der Insel Lobau bringen würde, um die große Schiffsbrücke wieder instandzusetzen: Es fehlten fünfzehn Boote. Um sechs Uhr morgens war die Schlacht bei Aspern und Eßling zu Ende. Mehr als vierzigtausend Mann hatten auf den Feldern ihr Leben gelassen.

Siebtes Kapitel

Nach dem Blutbad

Oberst Lejeune verbrachte auf der Insel Lobau zwei zermürbende Tage. Voller Ungeduld folgte er den Instandsetzungsarbeiten an der Brücke und rechnete mit einem Bombardement, seit Hillers Leute in den verlassenen Dörfern Stellung bezogen hatten; sie machten sich daran, das Ufer zu befestigen, und würden sicher Kanonen aufstellen. Er trank Regenwasser und probierte die Pferdebouillon (die Masséna vorzüglich fand), aber seine Gedanken waren ausschließlich bei Fräulein Krauss, von deren Flucht er nicht wußte. Sobald die große Brücke wiederhergestellt war, erhielt der Oberst die Erlaubnis, einen Abstecher nach Wien zu machen. Er erstand zu einem viel zu hohen Preis ein Husarenpferd und galoppierte in die Jordangasse, wo ihn Enttäuschung und Bitterkeit erwarteten. Es fing mit einem Wutausbruch an und artete dann in einen Tobsuchtsanfall aus, trotz der Sätze, die sich Henri zurechtgelegt hatte, um den zu erwartenden Zorn und Schmerz seines Freundes aufzufangen. Lejeune stürzte ins Zimmer der Treulosen, der Betrügerin, dieser eingebildeten Pute, dieses Teufelsweibs, denn er bezichtigte sie aller erdenklichen Untugenden, zog ihre Kleider aus den Schränken, zerriß sie, trampelte auf ihnen herum, schimpfte sie eine Verräterin, ertrug den Gedanken nicht, daß sie ihn an der Nase herumgeführt und lächerlich gemacht hatte. Nachdem er drei Truhen und mehrere Schränke verwüstet hatte, verbrannte er seine Skizzen, von denen Henri nur eine einzige zu retten vermochte, legte sich dann atemlos mit seinen Kleidern ins Bett und starrte an die bemalte Holzdecke.

So verharrte er mehrere Stunden. Henri nutzte Doktor Carinos tägliche Besuche und bat ihn besorgt, den Oberst zu behandeln. Lejeune schickte den Arzt zur Hölle:

»Was ich habe, Monsieur, läßt sich mit Ihren Arzneien nicht heilen!«

Henri hingegen nahm seine Medikamente weiterhin ein, und angesichts der Bestürzung seines Freundes Lejeune kam er wieder zu Kräften; der große Schmerz eines anderen läßt einen zuweilen den eigenen vergessen; und der Körper erholt sich oft schneller als der Geist. Périgord sprang ihm bei, denn er war zurückgekehrt, um in dem rosafarbenen Haus Quartier zu beziehen, mit seinem dicken Diener und seiner Patronentasche aus Vermeil, die mit dem Allernötigsten an Toilettenartikeln ausgestattet war, angefangen von einem Zungenreiniger bis zur Schminke. Gemeinsam mit Henri suchte Périgord nach Mitteln, seinem Freund die gute Laune zurückzugeben, sie wollten ihn mit in die Oper nehmen und stöberten in einer Buchhandlung seltene Ausgaben über venezianische Maler auf. Périgord hatte sogar einen der Schönbrunner Köche ausgeliehen, der abends kam, um unwiderstehliche Ragouts zuzubereiten, doch Lejeune widerstand. Er verspürte keinerlei Appetit. Er wollte keine Musik mehr, keine Theaterstücke, keine Bücher. Er weigerte sich, in ein Wirtshaus zu gehen, in den Gärten des Praters Luft zu schnappen, die Menagerie aufzusuchen, im Bastionscafé ein Eis zu essen. Eines Morgens traten Périgord und Henri wildentschlossen in sein Zimmer:

»Mein Lieber«, sagte Périgord, »wir nehmen Sie mit nach Baden.«

»Wozu?«

»Um Sie ein bißchen aufzumuntern, um Sie auf andere Gedanken zu bringen und Ihnen eine kleine Freude zu machen.«

»Edmond, das interessiert mich nicht! Aber was ist das für ein Parfüm, mit dem Sie sich besprühen?«

»Gefällt es Ihnen nicht? Dieses Parfüm, stellen Sie sich vor, gefällt den Damen. Es besitzt den Vorzug, sie magisch anzuziehen. Sie sollten es verwenden.«

»Lassen Sie mich in Ruhe, alle beide!«

»O nein!« ereiferte sich Henri. »Seit drei Tagen vergräbst du dich und machst uns Sorgen!«

»Ich mache niemandem Sorgen, ich existiere gar nicht mehr.«

»Es reicht, Louis-François!« sagte Périgord. »Morgen fahren wir nach Baden.«

»Gute Reise!« brummte Lejeune.

»Mit Ihnen.«

»Nein. Im übrigen sollen wir morgen mit dem Generalstab an der samstäglichen Parade im Hofe Schönbrunns teilnehmen.«

»Ich habe Ihren Fall mit Berthier erörtert«, sagte Périgord, »und er hat mir aufgetragen, Sie Ihrer Gesundheit zuliebe nach Baden mitzunehmen.«

»Was haben Sie ihm erzählt?«

»Die Wahrheit.«

»Sie Irrer!«

»Sie sind der Irre, Louis-François. Gehorchen Sie dem Befehl.«

Eine Wasserkur in Baden war Henris Idee gewesen, der sie wiederum vom Baron Peyrusse hatte, dem Zahlmeister des Kaisers; dieser hatte von seinem kurzen Aufenthalt in dem vier Meilen vor Wien gelegenen Tal berichtet; für ein Bündel Gulden mietete man dort ein Haus. Das Wasser? Man plantschte mit zwanzig weiteren Personen in Bottichen aus Tannenholz, die mit mineralhaltigem Wasser gefüllt waren, vor allem badeten dort gemeinsam mit den Männern auch junge Mädchen in nassen Hemden, was noch den am wenigsten träumerisch Veranlagten zum Träumen veranlaßte. Wenn sich Lejeune in eine junge Österreicherin verliebte, die Anna ersetzte, käme er schnell wieder auf die Beine...

Doktor Corvisart mit seiner hohen Stirn und dem weißen, nach hinten gekämmten gelockten Haar nahm im Büro des Kaisers Platz:

»Ihr altes Ekzem meldet sich zurück, Sire.«

»Am Hals?«

»Es wäre nicht nötig gewesen, mich dafür extra aus Paris anreisen zu lassen.«

»Die deutschen Ärzte sind alles Nieten!«

»Ich schreibe jetzt für die Apotheker Seiner Majestät die Bestandteile unserer üblichen Salbe auf...«

»Schreiben Sie, Corvisart, schreiben Sie!«

Der Kaiser ließ sich von seinen Dienern ankleiden, während Doktor Corvisart notierte, woraus sich das Präparat zusammensetzte, das das übliche Ekzem des Kaisers abklingen ließ, fünfzehn Gramm gemahlene Sabadillsamen, neunzig Gramm Olivenöl, neunzig Gramm reinen Alkohol. Das hatte sich seit dem Konsulat bestens bewährt.

»Monsieur Constant?«

Der Erste Kammerdiener erschien in der Tür des Lacksalons, verbeugte sich und verkündete:

»Seine Exzellenz, der Fürst von Neuchâtel...«

»Er soll reinkommen, wenn er gute Neuigkeiten hat. Wenn er schlechte bringt, soll er sich zum Teufel scheren! Von den schlechten Nachrichten bekomme ich nur Ekzeme, nicht wahr, Corvisart?«

»Vielleicht, Sire.«

»Die Neuigkeiten sind gut«, sagte Berthier und betrat den Salon. »Euer Majestät wird sich freuen.«

»Dann sagen Sie schon, erfreuen Sie Meine Majestät!«

Der Kaiser nahm Platz, um seine weißen Strümpfe hochzuziehen. Sein Schuhmacher kniete vor ihm und zog ihm die Stiefel an.

Berthier schilderte kurz die Situation mit den Informationen, die ihm am Morgen zugetragen worden waren:

»Die Divisionen Marmont und MacDonald haben sich am Paß von Semmering vereinigt. Die Italienarmee marschiert derweil auf Wien zu.«

»Der Erzherzog Johann?«

»Er hat seinen Vorsprung nicht halten können und zieht sich mit seinen dezimierten Truppen nach Ungarn zurück.«

»Der Erzherzog Karl?«

»Er rührt sich nicht.«

»Wie dumm von ihm!«

»Ja, Sire, gleichwohl scheint unsere vermeintliche Niederlage unsere Feinde in Europa aufzumuntern . . .«

»Sehen Sie, Corvisart«, sagte der Kaiser zu seinem Arzt, »dieser Nichtsnutz will mich krank machen!«

»Nein, Sire, er sucht lediglich Ihren Gedanken Nahrung zu verleihen.«

»Was noch?« fragte der Kaiser seinen Generalstabschef.

»Ein paar Russen begehren in Mähren gegen uns auf, aber Zar Alexander versichert Sie seiner Freundschaft.«

»Natürlich! Er legt keinen Wert darauf, daß die

Österreicher nach Polen zurückkehren! Er überschüttet mich mit freundlichen Worten, aber er schickt mir keinen einzigen Kosaken! In Paris?«

»Gerüchte über eine Niederlage haben die Runde gemacht, sogar bei Hofe, und Ihre Schwester Caroline litt an Herzklopfen. Die Börse ist gefallen.«

»Diese dämlichen Bankleute! Und Fouché?«

»Der Herzog von Otranto hat die Situation wieder in die Hand genommen, kein Mensch muckst sich mehr.«

»So ein Fuchs! Was für ein hervorragendes Barometer! Ich will, daß seine Machtgebiete ausgedehnt werden. Wenn er nicht verrät, heißt das, daß er seine eigenen Vorteile sieht!«

»Entgegen unseren Befürchtungen«, fuhr Berthier fort, »drohen die Engländer nicht mehr, in Holland einzufallen ...«

»Der Papst?«

»Hat Sie exkommuniziert, Sire.«

»Ach ja! Das hatte ich vergessen. Wer befehligt unsere Gendarmen in Rom?«

»General Radet.«

»Vertrauen Sie diesem Offizier?«

»Er war es, der unsere Polizei neu organisiert hat. In Neapel und in der Toskana war er sehr erfolgreich.«

»Wo hält sich dieses Schwein von Papst auf?«

»Im Quirinal, Sire.«

»Radet soll ihn dort herausholen und verhaften!«

»Verhaften?«

»Weit weg von Rom, in Florenz zum Beispiel. Seine Unverschämtheiten gehen mir auf die Nerven, und mein Ekzem frißt mich auf, oder etwa nicht, Corvisart? Machen Sie nicht so ein Gesicht, Berthier! Es geht hier nicht um Religion, es geht um Politik.« (*Zu seinem*

Schuhmacher, mit einem Blick auf seine Stiefel:) »Sehen Sie das Leder? Es ist frisch geputzt und doch rissig.«

»Sie brauchen neue Stiefel, Sire.«

»Wie teuer käme das?«

»Ungefähr achtzehn Francs, Euer Majestät.«

»Zu teuer! Berthier, ist die Parade soweit?«

»Die Truppen warten auf Sie.«

»Haben wir Zuschauer?«

»Viele. Die Wiener lieben die Parade und brennen darauf, Sie zu sehen.«

»Schnell!«

Über eine Stunde lang harrte Napoleon in der Hitze auf seinem Schimmel aus, in seiner Uniform als Grenadieroberst mit Weste, blauer Jacke und roten Aufschlägen und schnupfte unablässig, von seinem gesamten Generalstab umgeben. Die kaiserliche Garde defilierte in perfekter Anordnung zur Musik. Die Männer waren ausgeruht, sauber, rasiert, herausgeputzt, kein Knopf, kein Zierat fehlte, und die Menge klatschte den Fahnen Beifall. Der Kaiser wollte demonstrieren, daß seine Armee nicht am Boden war, daß die mörderischen Gefechte am Donauufer nur ein Zwischenfall waren. Dies sollte die Bewohner Wiens beeindrucken und die Kampfmoral der Soldaten heben. Am Ende dieser Vorführung stieg Napoleon vom Pferd und überquerte den Schloßhof, um zum Palast zurückzukehren. In diesem Augenblick trat ein junger Mann aus der Menge, die von den Gendarmen kaum im Zaum gehalten wurde. Berthier stellte sich ihm in den Weg:

»Was wollen Sie?«

»Den Kaiser treffen.«

»Wenn Sie dem Kaiser ein Bittschreiben übermitteln wollen, geben Sie es mir, ich werde es ihm aushändigen.«

»Ich will mit ihm reden, mit ihm ganz allein.«

»Das ist nicht möglich. Auf Wiedersehen, junger Mann.«

Der Generalstabschef gab den Gendarmen ein Zeichen, den Jungen in die Menge zurückzudrängen, die noch immer jubelte, und folgte dann dem Kaiser ins Innere des Schönbrunner Palastes. Der junge Mann gab aber keine Ruhe, er riß sich von neuem los und drang weiter in den gepflasterten Hof vor. Dieses Mal griff der Gendarmerieoberst persönlich ein und bat ihn weiterzugehen, aber, beunruhigt vom Blick des Erregten, ließ er ihn von seinen Männern ergreifen. Er schlug um sich. In seinem grünen Überzieher, der ein wenig offenstand, erblickte der Offizier das Heft eines Messers, nahm es an sich und befahl, den Mann einem der Ordonnanzoffiziere des Kaisers vorzuführen. Es war Rapp, der Elsässer, und ein Gespräch entspann sich auf deutsch:

»Sind Sie Österreicher?«

»Deutscher.«

»Was wollten Sie mit dem Messer?«

»Napoleon töten.«

»Sind Sie sich über die Ungeheuerlichkeit Ihres Geständnisses im klaren?«

»Ich höre auf Gottes Stimme.«

»Wie heißen Sie?«

»Friedrich Staps.«

»Sie sind ganz blaß!«

»Weil ich meine Mission verfehlt habe.«

»Weshalb wollten Sie Seine Majestät töten?«

»Das kann ich nur ihm selbst sagen.«

Über diesen Zwischenfall unterrichtet, willigte der Kaiser ein, Staps zu empfangen. Er war verwundert über sein jugendliches Alter und lachte laut:

»Aber das ist ja ein Kind!«

»Er ist siebzehn, Sire«, sagte General Rapp.

»Er sieht aus wie zwölf! Spricht er französisch?«

»Wenig, behauptet er.«

»Sie werden mir übersetzen, Rapp.« (*Zu Staps*:) »Weshalb mich erdolchen?«

»Weil Sie mein Land ins Unglück stürzen.«

»Ihr Vater ist wahrscheinlich auf dem Schlachtfeld gefallen?«

»Nein.«

»Habe ich Ihnen persönlich geschadet?«

»Wie allen Deutschen.«

»Sie sind ein Verrückter!«

»Ich bin bei bester Gesundheit.«

»Wer hat Sie indoktriniert?«

»Niemand.«

»Berthier«, sagte der Kaiser und wandte sich an den Generalstabschef, »holen Sie mir den guten Corvisart ...«

Der Arzt kam, wurde in Kenntnis gesetzt, beobachtete den jungen Mann, fühlte ihm den Puls und sagte:

»Keine außergewöhnliche Erregung, Herzschlag normal, Ihr Mörder erfreut sich bester Gesundheit ...«

»Sehen Sie!« sagte Staps triumphierend.

»Monsieur«, sagte der Kaiser, »wenn Sie mich um Verzeihung bitten, können Sie gehen. Das ist ja die reinste Kinderei.«

»Ich werde mich nicht entschuldigen.«

»Zum Teufel! Sie wollten ein Verbrechen begehen.«

»Sie töten ist kein Verbrechen, sondern eine gute Tat.«

»Wenn ich Ihnen Gnade erweise, werden Sie dann nach Hause zurückkehren?«

»Ich werde es noch einmal versuchen.«

Napoleon klopfte ungeduldig mit dem Fuß auf das Parkett. Das Verhör begann ihn zu langweilen. Er senkte den Blick, um den jungen Staps nicht länger anzusehen, wechselte den Ton und sagte kurz und nüchtern zu den Zeugen des Vorfalls:

»Man führe mir diesen engelgesichtigen Idioten ab!«

Das war gleichbedeutend mit einer Verurteilung zum Tode. Friedrich Staps ließ sich fesseln; die Gendarmen stießen ihn zu einer der Türen, während der Kaiser den Raum durch eine andere verließ.

Das Leben in Wien ging weiter wie vor der Schlacht, beinahe jedenfalls. Daru hatte die Erlaubnis erhalten, mehrere Palais zu beschlagnahmen, um darin ordentliche Krankenstationen einzurichten. Die Verwundeten waren von der Insel evakuiert worden und erholten sich jetzt in weißen Laken, einen Zweig in der Hand, um sich Luft zuzufächern und die Fliegen zu verscheuchen. Für die verschiedenen Arten der Verwundung waren Tarife festgesetzt worden: vierzig Francs für zwei abgetrennte Gliedmaßen, zwanzig Francs für eins, zehn Francs für Verletzungen, die zu einer Behinderung führten. Der Schatzmeister Peyrusse bedachte nach seiner persönlichen Einschätzung zehntausendsiebenhundert Verwundete mit dieser Unterstützung.

Da es Doktor Percy trotz seiner anhaltenden Klagen an Arbeitskräften fehlte und die große Zahl der Verwundeten nach Scharen von Krankenpflegern und Aushilfskräften verlangte, die sie bekochten, sauber machten und die Wäsche wuschen, hatte er von General Molitor die Erlaubnis erhalten, den Füsilier Paradis in seinem Dienst zu behalten: »Der Mann ist zum Kampf auf dem Schlachtfeld ungeeignet, denn nach allem, was er erlebt hat, hat sein Gehirn Schaden genommen, aber er hat zwei Arme, zwei Beine, ist robust, und ich brauche ihn. Er wird mir mehr nützen als Ihnen.« Molitor hatte, ohne zu murren, die Abkommandierung unterzeichnet; er wartete im übrigen auf die Ankunft der Rekruten, die seine Division verstärken sollten. Einen Eimer mit Schmutzwasser in der Hand, sah Paradis seinen Kaiser auf diese Weise zum ersten Mal aus nächster Nähe: Er besuchte das Stadtpalais des Prinzen Albrecht, das in ein Krankenhaus umfunktioniert worden war, um ein paar tapfere beinlose Krüppel auszuzeichnen, denen vor Ergriffenheit die Tränen kamen.

Man hatte nach Wien nur die am schwersten Verwundeten bringen können, die übrigen nahmen die Bewohner von Ebersdorf gegenüber der Insel Lobau auf. Marschall Lannes waren beide Beine amputiert worden; er hatte bei einem Bierbrauer im ersten Stockwerk, in einem Zimmer über dem Stall, Logis erhalten. Vier Tage lang glaubten alle, er würde sich wieder erholen, er sprach von Prothesen, träumte von der Zukunft, dachte über Möglichkeiten nach, ohne Beine eine Armee zu führen, in einem Faß, wie er sagte, wie Admiral Nelson. Doch die frühsommerlichen Temperaturen waren enorm hoch und stiegen bis auf dreißig Grad. Die Wunden entzündeten sich. Das Zimmer stank bestialisch; ein Diener verließ den Marschall aufgrund der Ausdünstung, die er nicht mehr ertrug, der andere wurde krank, und Marbot, der treue Marbot, blieb allein am Krankenbett seines Marschalls zurück; er vergaß jedoch, sein eigenes Bein zu pflegen, das anschwoll und sich entzündete. Er wachte Tag und Nacht. Er bekam Vertraulichkeiten und Hoffnungen zu hören. So gut er konnte, assistierte er Doktor Yvan und Doktor Franck, einem österreichischen Hofchirurgen, der seinem französischen Kollegen beisprang. Nichts half. Marschall Lannes redete wirr, schlief nicht mehr, glaubte fest, sich auf dem Marchfeld zu befinden, erteilte Befehle, sah im Nebel Bataillone vorrükken, hörte die Kanonen. Schon bald erkannte er seine Nächsten nicht mehr, verwechselte Marbot mit seinem Freund Pouzet, den sie beerdigt hatten. Napoleon und Berthier besuchten ihn jeden Tag, ein Taschentuch vor dem Mund, um den schrecklichen Gestank von verwesendem Fleisch nicht einatmen zu müssen. Der Kaiser hatte es aufgegeben, mit ihm zu sprechen. Lannes sah ihn an wie einen Fremden. Im Laufe einer Woche hatte er vor Napoleon nur einen einzigen klaren Satz von sich gegeben: »Du wirst nie mächtiger sein als jetzt, aber du könntest mehr geliebt werden ...«

Die Wiener können nicht lange auf Musik verzichten. Eine Woche nach der Schlacht war das Theater an der Wien vollbesetzt. Die französischen Offiziere besetzten die Logen, zumeist von hübschen Österreicherinnen begleitet, die sich in tief ausgeschnittenen Kleidern voller Firlefanz vor ihren nackten und runden Dekolletés mit Federfächern Luft zufächelten. An diesem Abend wurde Molières *Don Juan* in einer Opernfassung gegeben; Sganarella trat singend auf, und das Bühnenbild wechselte vor den Augen der Zuschauer. Die Bäume im Garten, die echt aussahen, drehten sich, um sich in rosafarbene Marmorsäulen zu verwandeln, ein Busch entpuppte sich nach einer Drehung als Karyatiden, das Gras wurde, zusammengerollt, zu einem orientalischen Teppich, der Himmel verblaßte, monumentale Lüster senkten sich aus dem Schnürboden herab, Wände glitten herein, eine Treppe entfaltete sich; eine Vielzahl Choristinnen in Dominokostümen überflutete die riesige Bühne, um einen Maskenball darzustellen, und Donna Elvira sang die Einladung, die sie von Don Juan erhalten hatte. Die Zuschauer nahmen Anteil, sie schlugen den Takt, standen auf, brachen in Hochrufe aus, gaben Ovationen, forderten, daß ein Lied, das ihnen gefallen hatte, wiederholt wurde. Henri Beyle und Louis-François Lejeune in seiner Galauniform fanden Gefallen an diesem doch so wienerischen Schauspiel. Der Oberst hatte Anna über die Wasser in Baden nicht vergessen, aber seine Rachsucht war weniger lebendig, und ein paar blonden Mädchen war es gelungen, ihn etwas abzulenken. In ihrer Loge tauschten die beiden Freunde kurz ihre Ansichten über die Lieder und das Dekor aus, fanden Frau Campi, die die Tochter des Komturs spielte, zu dünn und eher häßlich, waren jedoch von ihrer Stimme entzückt.

»Gib mir dein Fernglas«, bat Henri.

Lejeune lieh ihm das Fernrohr, das er in Eßling benutzt hatte, um sich die Bewegungen der österreichischen Armee anzuschauen. Henri hielt es sich vors Auge und streckte dem Oberst das Instrument wieder hin:

»Schau, es ist die dritte Choristin von links.«

»Süß«, sagte Lejeune und betrachtete sie. »Du hast Geschmack.«

»Süß ist bei Valentina vielleicht nicht das richtige Wort. Hübsch, ja, oder schelmisch, verspielt, witzig.«

»Stellst du sie mir vor?«

»Kein Problem, Louis-François. Gehen wir nachher hinter die Kulissen.«

Henri wagte nicht darauf hinzuweisen, daß Valentina geschwätzig war wie eine Elster, vereinnahmend und überschwenglich, aber war sie nicht mit all ihren

Fehlern das, was Louis-François brauchte? Sie war das Gegenteil von Anna Krauss. Sie verdrehte einem den Kopf. Der *Don Juan* ging weiter und entfernte sich zunehmend von Molière. Im letzten Akt, als die Statue des Komturs unter die Erde hinabstieg, wurde Don Juan von einer Horde gehörnter Dämonen gefangen. Auf der Bühne brach der Vesuv aus, und die künstlichen Lavaströme flossen bis zum Proszenium. Die Dämonen warfen den Edelmann hämisch lachend in den Krater, und der Vorhang fiel. Henri zog Lejeune zu den Garderoberäumen, in den Gängen trafen sie halbbekleidete Schauspielerinnen, die unter den Komplimenten ihrer Bewunderer dahinschmachteten. »Man könnte meinen, man sei ihm Théâtre des Variétés«, sagte der Oberst und lächelte endlich wieder, und tatsächlich, hier wie in Paris kam man mit Stückeschreibern, Nymphen und Journalisten in Berührung, die kritisierten oder einfach nur plauderten. Henri kannte den Weg. Valentina teilte ihre Garderobe mit weiteren Choristinnen, die sich gerade abschminkten. Sie war nur mit einer Tunika bekleidet und war entzückt über Louis-François' Handkuß.

»Wir nehmen dich zum Abendessen mit auf den Prater«, sagte Henri.

»Gute Idee!« antwortete sie, den Blick auf den Offizier geheftet, den sie in scherzhaftem Ton fragte: »Sie waren also bei dieser schrecklichen Schlacht dabei?«

»Ja, Mademoiselle.«

»Erzählen Sie mir davon? Von den Wällen aus sieht man gar nichts!«

»Gerne, wenn Sie bereit sind, für mich Modell zu sitzen.«

»Louis-François ist ein hervorragender Maler«, erklärte Henri der überraschten Valentina.

Sie klimperte mit den Wimpern.

»Maler und Soldat«, fügte Lejeune hinzu.

»Bewundernswert! Ich werde für Sie Modell sitzen, General.«

»Oberst.«

»Sie haben mindestens die Uniform eines Generals!«

»Er hat sie selbst entworfen«, erläuterte Henri.

»Werden Sie mir Kostüme entwerfen?«

Sie warteten draußen, bis Valentina ihre Abendgarderobe gewählt hatte. Eine Gruppe diskutierte in ihrer Nähe, und sie fingen Bruchstücke der Unterhaltung auf:

»Ein Verrückter, sage ich Ihnen!« behauptete ein beleibter Herr im schwarzen Überzieher.

»Aber er war noch so jung!« erwiderte eine der Sängerinnen mit bebender Stimme.

»Trotzdem, er hat versucht, den Kaiser umzubringen.«

»Versucht, wie Sie richtig sagen, aber er hat es nicht getan!«

»Der Vorsatz genügt.«

»Trotzdem, ihn für so ein verrücktes Ansinnen zu erschießen!«

»Seine Majestät wollte ihn retten.«

»Na na!«

»Doch, doch, ich weiß es von General Rapp, der dabei war. Der Junge war ganz dickköpfig, er hat den Kaiser beleidigt, wie sollte man ihm daraufhin verzeihen.«

»In Wien wird gemunkelt, daß er zu einem Helden wird.«

»Das ist leider nicht ausgeschlossen.«

»Man wird dem Kaiser seine Härte vorwerfen.«

»Sein Leben war in Gefahr, und unseres auch.«

»Und wie hieß er, Ihr Held, der sich für Jeanne d'Arc hielt?«

»Stabs oder Staps.«

Bei dem Namen fuhr Henri zusammen; er war das ganze Abendessen über in gedrückter Stimmung. Valentina gefiel Louis-François, und sie beschlossen, sich wiederzusehen.

Die Insel Lobau war nicht wiederzuerkennen. Innerhalb weniger Tage war aus dem befestigten Lager, über das Masséna herrschte, eine kamouflierte Stadt geworden, aus Dickicht und Schilf hervorgegangen, mit Straßen, die von Straßenlaternen gesäumt waren, soliden Befestigungsanlagen und ausgebauten Kanälen, auf denen Boote mit Mehl und Munition verkehren konnten. Hier eine Fabrik. Dort ein paar Öfen, in denen man Brot buk. Und auf eine eingezäunte Lichtung ein Stück weiter weg hatte man Rinderherden gebracht. In den benachbarten Klöstern oder den Kellern der Wiener Bourgeoisie hatte die Armee Wein beschlagnahmt, um die Truppe und die Arbeiter aufzuheitern, denn zwölftausend Seeleute und ebenso viele Ingenieure und Zimmerleute waren am Bau dreier großer Brücken auf Pfählen beschäftigt, die stromaufwärts von einem Wehr aus Balken geschützt wurden, das alle vom Fluß mitgeführten Gegenstände aufhalten sollte. Die Österreicher auf der Uferseite von Eßling konnten die großkalibrigen Kanonen nicht sehen, die auf sie gerichtet waren. Nachdem er die Bauarbeiten inspiziert hatte, eilte Oberst Sainte-Croix jeden Morgen nach Schönbrunn, um dem Kaiser über das Fortschreiten der Arbeiten Bericht zu erstatten. Die Wachposten und die Kammerherren kannten ihn allmählich und respektierten ihn, er wurde zu einem Vertrauten und betrat, ohne zu klopfen, den Lacksalon.

Am 30. Mai, um sieben Uhr morgens, fand Sainte-Croix den Kaiser bei einem Glas Wasser vor.

»Wollen Sie welches?« fragte der Kaiser und zeigte auf die Karaffe. »Das Quellwasser von Schönbrunn ist frisch und schmeckt vorzüglich.«

»Ich glaube Eurer Majestät, aber ich ziehe einen guten Wein vor.«

»In Ordnung! Constant! Monsieur Constant, schikken Sie dem Oberst zweihundert Flaschen Bordeaux und genausoviel Champagner.«

Anschließend stiegen der Kaiser und sein neuer Günstling in die Kutsche, die sie zu den Brücken nach Ebersdorf bringen sollte. Napoleon hielt sich in dem Dorf einen Augenblick auf, um Marschall Lannes zu besuchen, dessen Gesundheitszustand sehr instabil war. Sein Todeskampf zog sich in die Länge. An diesem Morgen hatte Marbot seinen Platz am Bett des Sterbenden verlassen; er wartete vor den Ställen, aufgrund der Schmerzen im Bein auf einen Stock gestützt. Der Kaiser sah ihn, als er von der Kutsche kletterte:

»Der Marschall?«

»Er ist heute morgen verstorben, Sire, um fünf Uhr. In meinen Armen. Sein Kopf fiel auf meine Schulter.«

Der Kaiser erklomm die Stufen und verweilte eine Stunde bei dem Leichnam, im Gestank seines Zimmers, dann beglückwünschte er Marbot für seine Treue und bat ihn, den Marschall für die Überführung nach Frankreich einbalsamieren zu lassen. Nachdenklich folgte er Sainte-Croix, der ihm die letzten Arbeiten zeigte. Er schwieg. Er öffnete erst wieder den Mund, als er in Massénas Zelt anlangte. Der Herzog von Rivoli hatte das eine Bein verbunden und empfing ihn in seinem Lehnstuhl.

»Was! Sie auch? Was ist Ihnen denn zugestoßen? Soweit ich weiß, ist die Schlacht zu Ende!«

»Ich bin in ein Loch gefallen, das von einem Gitter verdeckt war, und seitdem humpele ich. In meinem Alter sind die Knochen zerbrechlich, Sire.«

»Nehmen Sie Ihre Krücken und folgen Sie mir.«

»Mein Arzt muß den Verband jede Stunde wechseln, Sire, entfernen wir uns nicht allzusehr.«

Masséna hinkte dem Kaiser und Sainte-Croix hinterher, der erläuterte, wie die Transportboote funktionieren sollten, die er in Auftrag gegeben hatte:

»Jede Barke, Sire, faßt bis zu dreihundert Mann. Am Bug ist, wie Sie sehen, eine Klappe angebracht, hinter der man sich verbergen kann, und sobald wir das Ufer erreichen, wird sie heruntergeklappt und dient als Landesteg.«

Der Kaiser besichtigte mehrere Werkstätten und die Befestigungsanlagen, dann wünschte er, am Sandstrand spazierenzugehen, wo seine Soldaten für gewöhnlich unter den amüsierten Blicken der Österreicher badeten. Um keine Risiken einzugehen, zogen Napoleon und der Marschall Kapuzenmäntel von Unteroffizieren über.

»In einem Monat greifen wir an«, sagte der Kaiser. »Dann haben wir hundertfünfzigtausend Mann, zwanzigtausend Pferde und fünfhundert Kanonen. Das hat Berthier mir versichert. Was ist denn das da vorne am Ende der Ebene?«

»Das Feldlager des Erzherzogs.«

»So weit weg?«

Mit einem Zweig zeichnete der Kaiser einen Plan in den Sand:

»Anfang Juli werden wir mit voller Stärke vorrükken. MacDonald und die Italienarmee, Marmont und die Dalmatienarmee, die Bayern Lefebvres, die Sachsen Bernadottes; Ihre Divisionen, Masséna, beziehen zwischen den Dörfern Stellung...«

Er hob den Kopf, um die Ebene zu überblicken.

»Masséna und Ihnen, Sainte-Croix, sage ich es, dort, wo der Erzherzog sein Feldlager aufgeschlagen hat, wird er sein Grab finden! Wie heißt das Plateau, an das er sich anlehnt?«

»Wagram, Sire.«

Paris, 17. März 1997

Historische Anmerkungen

1809

Darwin, wird am 12. Februar geboren
Gérard de Nerval ist ein Jahr alt
George Sand, 5 Jahre
Victor Hugo, 7 Jahre
Alexandre Dumas, 7 Jahre
Balzac, 10 Jahre
Vigny, 12 Jahre
Lamartine, 19 Jahre
Schopenhauer, 21 Jahre
Stendhal, 26 Jahre
Sainte-Croix, 27 Jahre
Louis-François Lejeune, 34 Jahre
Marbot, 27 Jahre
Antoine de Lasalle, 34 Jahre
Dorsenne, 36 Jahre
Caulaincourt, 36 Jahre
Duroc, 27 Jahre
Walter Scott, 38 Jahre
Erzherzog Karl, 38 Jahre
Davout, 39 Jahre
Beethoven, 39 Jahre
Hegel, 39 Jahre
Zar Alexander, 39 Jahre
Napoleon, 40 Jahre
Wellington, 40 Jahre
Espagne, 40 Jahre
Lannes, 40 Jahre
Chateaubriand, 41 Jahre
Franz II. von Österreich, 41 Jahre
Bessières, 41 Jahre
Benjamin Constant, 42 Jahre
Daru, 42 Jahre
Saint-Hilaire, 43 Jahre
Larrey, 43 Jahre
Madame de Staël, 43 Jahre
Fouché, 46 Jahre
Cherubini, 49 Jahre
Masséna, 51 Jahre
Talleyrand, 55 Jahre
Percy, 55 Jahre
Berthier, 56 Jahre
Goethe, 60 Jahre
Goya, 63 Jahre
Sade, 69 Jahre
Haydn, 77 Jahre

In den zwanziger Jahren des 19. Jahrhunderts erfährt Walter Scott bei den französischen Schriftstellern große Bewunderung, der historische Roman kommt in Mode. Vigny erzielt einen Erfolg mit *Cinq-Mars*; noch zu seinen Lebzeiten wird das Buch vierzehn Auflagen erreichen. Hugo denkt über *Notre-Dame de Paris* nach. Balzac veröffentlicht einen Roman über die Chouans, aber das Werk findet nur dreihundert Leser und erhält vernichtende Kritiken; es gilt als verworren, anmaßend, kompliziert, stillos. Balzac läßt nicht lokker. Und 1831, nach *La peau de chagrin*, wendet er sich wieder seinem historischen Roman zu, korrigiert ihn, vervollständigt ihn und kündigt gleich im Anschluß daran »Scènes de la vie militaire« an, unter die er auch *La Bataille* einordnet. Angeblich arbeitet er an diesem Buch bei seinem Aufenthalt in Aix, aber die Marquise de Castries, in die er sich verliebt hat, beschäftigt ihn zu sehr. Er gibt sein Projekt jedoch nicht auf. Im Dezember 1834 spricht er noch sehr zuversichtlich davon. Er verspricht eine Schilderung von Paris zu Beginn des 15. Jahrhunderts, eine Geschichte aus der Zeit Ludwigs XIII. und immer wieder jene berühmte Schlacht, für die er den genauen Zeitrahmen benennt, denn er will sie aus Sicht des Kaiserreichs 1809 schildern.

Welche Schlacht?

Wagram? Nein. Eßling [auf deutsch: für gewöhnlich: Aspern]. Im Jahr davor hat er seine Idee in einem Brief an Madame Hanska dargelegt:

Darin werde ich Sie mit allen Greueln, allen Schönheiten eines Schlachtfeldes vertraut machen; meine Schlacht heißt Eßling. Eßling mit all seinen Folgen. Selbst ein kühler Kopf soll in seinem Sessel die Gegend vor sich sehen, das Gelände, die Menschenmassen, die strategischen Schachzüge, die Donau, die Brücken, soll die Details und den Kampf als Ganzes bewundern, die

Artillerie hören, sich für die Bewegungen der schachbrettförmigen Aufstellung interessieren, alles sehen, in jeder Äußerung dieses großen Heers Napoleon spüren, den ich nicht zeigen werde oder den ich am Abend auftreten lasse, wie er in einem Boot die Donau überquert. Kein weibliches Gesicht, nur Kanonen, Pferde, zwei Armeen, Uniformen; auf der ersten Seite ertönt die Kanone, auf der letzten verstummt sie; Sie werden sich durch den Rauch hindurch lesen, und wenn Sie das Buch wieder zuschlagen, sollten Sie alles intuitiv erfaßt haben und die Schlacht in Erinnerung behalten, als wären Sie dabei gewesen.

1835 hält sich Balzac in Wien auf. Er überreicht Madame Hanska das Manuskript der *Seraphîta*. Er nutzt den Aufenthalt, um sich einen Wagen zu mieten, und fährt nach Eßling, schaut sich die Ebene Marchfeld, das Plateau Wagram und die Insel Lobau an. Prinz Schwarzenberg begleitet ihn auf das Schlachtfeld. Er macht sich Notizen. Dann kehrt er zurück und schreibt *Le Lys dans la Vallée*. Mit unzähligen Figuren und Themen beschäftigt, wird uns Balzac seine Schlacht niemals schenken.

Warum hat Balzac diese verkannte Schlacht ausgewählt? Vielleicht, weil die Schlacht bei Eßling den Krieg in seinem Wesen verändert. Das unterstreicht der Historiker des Kaiserreichs Louis Madelin: »Diese Schlacht läutete das Zeitalter der großen Blutbäder ein, die von nun an die Feldzüge des Kaisers kennzeichnen.« Mehr als vierzigtausend Tote innerhalb von dreißig Stunden, siebenundzwanzigtausend Österreicher und sechzehntausend Franzosen, das bedeutet ein Toter alle drei Sekunden; nicht zu vergessen die annähernd elftausend Verwundeten der Grande Armée. Und außerdem erlebt Napoleon zum ersten Mal eine persönliche militärische Niederlage, die seinen Ruhm schmälert und seine Feinde ermutigt. Nach Eßling erwachten überall in Europa nationale Bewegungen.

In einem ersten Arbeitsgang habe ich die Historiker konsultiert, um die Schlacht und die verschiedenen Bewegungen zu situieren. Rasch war zu beobachten, daß es den Spezialisten an Objektivität fehlt. Was Napoleon betrifft, läßt er die wenigsten von ihnen gleichgültig; Jean Savant haßt ihn, Elie Faure verehrt ihn, Madelin preist ihn, Bainville schätzt ihn, Taine bekämpft ihn usw. Daraufhin habe ich mich auf die Suche nach Zeitzeugen gemacht. Balzac hatte sie zur Hand, sie waren größtenteils noch am Leben und konnten berichten. Glücklicherweise haben sie Memoiren und schriftliche Erinnerungen hinterlassen. Wenngleich auch sie starke Gefühle hegen, ob für Napoleon oder gegen ihn, so liefern sie uns eine Fülle von Details, die ich nicht zu erfinden gewagt hätte. Auch Historiker, die eine Vorliebe für Anekdoten haben, versorgten mich mit geeignetem Material. So erzählt Lucas-Dubreton die Geschichte von dem Adlerträger der Leibgarde, dessen Kopf von einer Kugel weggerissen wird: seine Ersparnisse, Goldstücke, die in seinem Halstuch verborgen waren, regneten auf die Erde. So verdanke ich die Pferdebouillon, die mit Kanonenpulver gewürzt wurde, den Erinnerungen Constants, dem Kammerdiener des Kaisers. Die Bekleidung ist realitätsgetreu, ebenso die Lieder und das Dekor, die Topographie, die Wetterverhältnisse, die Porträts der wichtigsten Personen, ihre Stärken und Schwächen. Ich habe mich bemüht, nicht über die Soldaten zu richten. Zum Beispiel hinsichtlich der Person Dorsenne. Wenn ich den *Mémoires* von Thiébault glauben darf, war er ein regelrechter Dummkopf, aber Thiébault war nicht in Eßling und die Beispiele, die er anführt, wollen nicht so recht passen, außerdem übertreibt er, das ist deutlich zu spüren.

Ein historischer Roman ist die Inszenierung wahrer Begebenheiten. Deshalb habe ich neben die Marschälle und den Kaiser fiktive Personen gestellt; sie haben eine Gliederungsfunktion und dienen der Ergänzung. Ich habe so wenig wie möglich erfunden, aber es war oft nötig, von einem Hinweis oder einem Satz ausgehend, eine ganze Szene zu entwickeln.

Alexandre Dumas hat gesagt, daß ein Historiker seinen Standpunkt verteidigt und die Helden auswählt, die seine These unterstützen. Er fügte hinzu, daß nur der Romanautor unparteiisch ist: Er urteile nicht, er zeige auf.

Hier ist nach Themen geordnet die Liste der Bücher, die mir geholfen haben, die Schlacht bei Eßling mit der größtmöglichen Genauigkeit wieder lebendig werden zu lassen. Bei den Büchern, die ich vom ›Service historiques des armées‹ im Fort Vincennes herangezogen habe, gebe ich die Standnummer an, unter der sie zu finden sind, und stelle ihr den Buchstaben V für Vincennes voran.

1. Über den Feldzug von 1809 und seinen Verlauf

– Martin, Henri, *Histoire de France populaire*, Band V. Paris: Furne, Jouve et Cie, o. J. Lebhaft genau, anschaulich und mitreißend vermittelt Henri Martin einen unvergleichlichen Eindruck des Ganzen.

– Cadet de Gassicourt, *Voyage en Autriche, en Moravie et en Bavière fait à la suite de l'armée française pendant la campagne de 1809*. Paris: L'Huillier 1818 [dt.: Reise nach Österreich, Mähren und Bayern. Mit der französischen Armee im Feldzug 1809. Wien: Karolinger Verlag 1985]. Dieses seltene und wertvolle Buch ist kurz nach dem Kaiserreich von Napoleons Hausapotheker verfaßt worden. Der Bericht ist bisweilen bissig. Cadet de Gassicourt ist der Vorläufer der Arbeitsmedizin.

– Tranier, Jean und Carmigniani, Juan-Carlos, *Napoléon et l'Autriche, la campagne de 1809*. Herausgegeben anhand der Aufzeichnungen und Dokumente des Kommandanten Henri Lachouque. Paris: Copernic 1979. Dieser umfassende Band war für mich unersetzlich. Der Text ist klar und enthält unzählige Details. Das Buch umfaßt eine Vielzahl Fotos, Gemälde, Skizzen, Porträts und Uniformtafeln, die die Schlacht für mich mit Leben erfüllt haben. Außerdem haben mich die Schlachtpläne für jeden einzelnen Tag davor bewahrt, Fehler bezüglich der Truppenbewegung zu machen.

– Pelet, *Mémoires de la guerre de 1809*, Band 3, V. 72905. Militärbericht eines Augenzeugen.

– Marcellin de Marbot, *Mémoires*, Band 1, Paris: Mercure de France 1983 [dt.: Memoiren des französischen Generals Mercellin de Marbot. Band 2, Lünen: Agema 1994]. Einer der besten Memoirenschreiber, reich an Details und Anekdoten. Ihm verdanke ich die meisten Hinweise auf Marschall Lannes in Eßling, seine Verwundung, seinen Tod. Ich verdanke ihm ebenfalls die Figur des Sainte-Croix, der er nahezu ein ganzes Kapitel widmet.

– Lejeune, Louis-François, *Mémoires, de Valmy à Wa-*

gram, V. 40518. Auch hier habe ich wenig erfunden. Diesen Mann, wie ich ihn beschrieben habe, hat es gegeben. Er war ein großer Maler und Verbindungsoffizier des Generalstabs, was ihm ermöglichte, sich von einem Ende des Schlachtfeldes zum anderen zu bewegen. Die von der Strömung der Donau mitgerissenen Hirsche, der österreichische Wachposten, der in Kapitel VI auf ihn schießt, all das stimmt. Erfunden ist die freundschaftliche Beziehung zu Stendhal (der in Wien beim Grafen Daru war) und seine verhinderte Leidenschaft zu Anna Krauss (die es nicht gegeben hat). Louis-François Lejeune konnte ebensogut schreiben, wie er malte, und seine *Mémoires* sind ein reines Leservergnügen.

– Masséna, André, *Mémoires*, Band VI, V. 6835 [Verlag Paulin et Lechevalier, 1849-1850]. Der Marschall spricht wie Julius Cäsar in der dritten Person von sich und stellt sich in gutem Licht dar. Er ist unerreicht, wenn er uns seine Topographie des Schlachtfeldes bietet. Dank seiner bin ich die Hohlwege abgelaufen, das Wäldchen aus Weiden oder Ulmen, habe die Dicke der Mauern des Eßlinger Speichers, die Anordnung der Häuser usw. erfahren. Die Anekdote von seinem Stallmeister, der von einer Kugel getötet wurde, als er ihm die Steigbügel nachzog, entspricht der Wahrheit (sie ist auch bei Marbot erwähnt).

– Renemont, *Campagne de 1809*, V. 55192. Technik.

– Camon, *La Guerre napoléonienne*, V. 66363/I. Technik.

– Napier, *Campagne de 1809*, V. 73099, Band 3. Technik.

– Brunon, »Eßling«. Artikel in der »Revue Historique des armées«, V. Titre III, ch. II, 1959/I. Dort habe ich erfahren, daß die Pferde aus Mangel an Hafer mit Ger-

ste gefüttert wurden und daß sie am zweiten Tag im Trab angegriffen haben.
– Peyrusse, Guillaume, *Lettres inédites*, Paris: Perrin 1894.

2. Über die Armee

– Masson, *Cavaliers de Napoléon*, V. 24811. Ein Klassiker. Alle Regimenter, alle Uniformen, alle Offiziere.
– Lucas-Dubreton, Jean, *Les Soldats de Napoléon*, Paris: Flammarion 1948, V. 61835. Ein weiterer Klassiker, reich an Details und erhellenden Anekdoten.
– Coignet, Jean-Roch, *Les Cahiers du capitaine Coignet*, Paris: Hachette 1883, und *Souvenirs d'un vieux grognard*, V. 21980. [Neuauflage: Paris Hachette 1970; Etablissement du texte et préface par Jean Mistler. Édition conforme au manuscrit original.] Über die kaiserliche Garde. Herausragende Arbeit.
– Pils, *Journal de marche d'un grenadier*, V. 20291.
– Parquin, Denis-Charles, *Souvenirs et campagnes d'un vieux soldat de L'Empire par un capitaine de la Garde impériale*, V. 41352. [Neuauflage unter dem Titel: *Souvenirs de commandant Parquin*. Pres. et annotés par Jacques Jourquin. Paris: Tallandier 1979.]
– Chevalier, *Souvenirs des guerres napoléoniennes*, V. 17804.
– Brice, *Les Femmes et les armées de la Révolution et de l'Empire*, V. 4354.
– Masson, *Jadis*, Band 2, V. 9989.
– Caziot, *Historique du corps des pontonniers*, V. 37488.
– Chardigny, Louis, *Les Maréchaux de Napoléon*, Paris: Flammarion 1946, Paris: Tallandier 1980. Sehr umfangreich.
– Zieseniss, Jérôme, *Berthier*, Paris: Belfond 1985.

– Fierro, Alfred, André Palluel-Guillard und Jean Tulard, *Histoire et dictionnaire du Consulat et de l'Empire*, Paris: Robert Laffont 1995.
– In der Reihe »Vie Quotidienne« von Hachette kann man die drei Bände konsultieren, die sich mit dem Kaiserreich beschäftigen und verschiedene Epochen behandeln, von Paul Robiquet, Marcel Baldet [*La vie quotidienne dans les armées de Napoléon*. Paris: Hachette 1964] und Jean Tulard [*La vie quotidienne des français sous Napoléon*. Paris: Hachette 1983.]

3. Über die Epoche und über Wien

– D'Alméras, Henri: *La Vie parisienne sous le Consulat et l'Empire*. Paris: Albin Michel 7. Auflage, o. J. [1933 Second Empire, 1921, Repr. von 1848.]
– Bertaut, *La Vie à Paris sous le Ier Empire*, Paris: Calmann-Lévy 1949.
– Kralik, Richard, *Histoire de Vienne*, Paris: Payot 1932.
– Staël-Holstein, Anne Louise Germaine de, *De l'Allemagne*. Band 1. Paris: Garnier-Flammarion 1968 [dt.: Über Deutschland. Hrsg. und mit einem Nachwort versehen von Monika Bosse. Frankfurt: Insel Verlag 1986.]
– Grueber, *Sous les aigles autrichiennes*, V. 3523. *La Vie quotidienne à Vienne au temps de Mozart et de Schubert*. Paris: Hachette 1988. In ein Buch von Marcel Brion wird man sich immer mit Freude versenken. Er hat mich auf den verschwundenen Wällen der alten Stadt herumgeführt sowie in den Wirtshäusern am Ufer der Donau. Dort habe ich von der Anwesenheit Haydns erfahren, der kurz nach der Schlacht bei Aspern verstorben ist.
– Vienne, *Guide Gallimard*, in dem ich die Fauna und Flora der Insel Lobau beschrieben fand.

4. Über Kriegsmedizin

– Percy, *Journal de campagne*, V. 31488.
– Larrey, *Mémoires de chirurgie militaire*, Band 3, V. 71126, und Clinique chirurgicale, 4 Bände, V. 71125.
– Ross, *Souvenirs d'un médecin de la grande armée*, Paris: Perrin 1913.
– *Toute l'Histoire de Napoléon*, Band 8, *Napoléon et les médecins*, Januar 1952, in Caen gedruckte Zeitschrift. Dort habe ich das Arzneimittel aufgespürt, das der Arzt Corvisart zusammengestellt hat, um das Ekzem des Kaisers zu behandeln.

5. Über Napoleon

– Constant, Wairy, gen. Benjamin, *Mémoires intimes de Napoléon Ier*. Paris: Mercure de France 1967. Ein unentbehrliches Buch. Constant, der Kammerdiener des Kaisers, hat mich nach Schönbrunn geführt. Die zahlreichen und aufschlußreichen Notizen am Ende der Arbeit sind phantastisch; sie gehen zurück auf Maurice Dernelle von der Académie d'histoire, dem ich für sein Wissen danke.
– Stendhal, *La Vie de Napoléon*, Paris: Payot 1969. Ohne Wärme und sehr selbstgefällig.
– Bainville, Jacques, *Napoléon*, Fayard 1931.
– Godechot, Jacques, *Napoléon*, Paris: Albin Michel 1969. Eine gut komponierte, nach Themen geordnete Studie mit Aussagen von Zeitzeugen. Hier ist die Geschichte von Friedrich Staps zu finden, das vollständige Verhör, das General Rapp (vgl. dessen *Mémoires*, V. 73242) aufgezeichnet hat. Im Roman habe ich den Zeitpunkt des Attentats vorverlegt, es hat in Wirklichkeit im Oktober 1809 stattgefunden. Diese Figur ist

mir nachdrücklich in Erinnerung geblieben, weil sie einen schönen mystischen Gegensatz zum Kaiserreich darstellt, das sich in der Folge entwickeln sollte. Der Kaiser ließ das Küchenmesser aufbewahren, mit dem Staps ihn töten wollte. Die Einzelheiten des Verhörs sind in der Mai-Juni-Ausgabe der »Études Napoléoniennes« 1922 abgedruckt.

– Ludwig, Emil, *Napoléon*, Paris: Payot 1929. [Dt. Originalausgabe: Napoleon, Berlin: Rowohlt 1925.]

– Savant, Jean, *Tel fut Napoléon*, Paris: Fasquelle 1953. Dieser Text wurde 1974 in einem Sammelband bei Henri Veyrier mit dem Titel *Napoléon* wiederaufgenommen. Die jüngste Ausgabe wird ergänzt durch eine Vielzahl von Abbildungen, Gemälden und Porträts. Für Jean Savant ist Napoléon ein durch und durch negatives Wesen, und für diese Auffassung sammelt er Belege. Fast zu viele.

– Lenotre, G., *Napoléon, croquis de l'épopée*, und *En suivant l'Empereur*, »La petite histoire«, Grasset 1932 und 1935. Der erste der beiden Bände ist in den »Cahiers rouges« wiederabgedruckt. Unvergleichlich. Mein großer Meister. Als Hommage an ihn habe ich die Beschreibung des kaiserlichen Zweispitzes bei ihm entliehen, die er wiederum in einer Rechnung des Hutmachers Poupard gefunden hat.

– Bouhler, Philipp, *Napoleon*. Paris: Grasset 1942. [dt.: Napoleon. Kometenbahn eines Genies. München: Callweg 1942.]

– Mauguin, *Napoléon et la superstition, anecdotes et curiosités*, Paris: Carrère, Rodez 1946.

– Bertaut, Jules, *Napoléon ignoré*, Sfelt 1951 [1952 laut einer frz. Bibliographie]. Hier werden seine Talismane, seine Pferde, seine Launen enthüllt.

– Brice, *Le Secret de Napoléon*, Paris: Payot 1936.

– Frugier, *Napoléon, essai médico-psychologique*, Paris: Ed. Jean Raymond Albatros 1985.
– Emerson, Ralph Waldo, Hommes représentatifs, Crès 1919. [Engl. Original: Representative men New York: Caldwell 1849. Dt. Übersetzung: Repräsentanten des Menschengeschlechts. Leipzig: Reclam 1895.] Der amerikanische Philosoph widmet Napoleon, oder dem Mann der Welt sein 6. Kapitel. Ein Porträt, das um so interessanter, weil unerwartet ist.
– Taine, Hippolyte, *Les Origines de la France contemporaine*, Paris: Hachette 1907, Band 11. Ein bissiges Porträt.
– Faure, Élie, *Napoléon*, »L'Herne«, Paris: La Table Ronde, 1964. Eine Übung in Bewunderung und Kontemplation.

6. Über Stendhal

– *Œuvres intimes I*, »La Pléiade«, 1981. Hier kann man im Anhang Auszüge aus dem Journal von Félix Faure 1809 lesen. Die Szene aus Molières *Dom Juan* in der Opernfassung habe ich hieraus entnommen. Die Aufführung hat am 12. August stattgefunden und nicht Ende Mai wie im Roman. Sooft es ging, habe ich meinem Henri Beyle Worte in den Mund gelegt, die er wirklich ausgesprochen hat. Das gleiche gilt für Napoléon, Masséna oder Lannes, und ich habe mir erlaubt, Sätze zu konstruieren, die tatsächlich von ihnen sein könnten (nach Aussage von Zeugen).
– *Correspondance I*, »La Pléiade« 1968.
– Stendhal, *De l'amour*. Paris: Gallimard 1980 [dt.: Über die Liebe, Frankfurt: Insel Verlag 1987.]
– Crouzet, Michel, *Stendhal ou Monsieur Moi-même*, Paris: Flammarion 1990.

De profundis!

Zum Abschluß möchte ich noch berichten, was aus den historischen Personen geworden ist, auf die ich in diesem Roman mein besonderes Augenmerk gelegt habe.

– Louis-François Lejeune, General und Baron, geht 1813 nach einer sehr wechselvollen Militärlaufbahn in den Ruhestand, um sich der Malerei zu widmen. Er leitet die École des beaux-arts in Toulouse und stirbt in dieser Stadt im Februar 1848, im Alter von 73 Jahren. In Frankreich hat er die Lithographie eingeführt.

– Mit seinem kaputten Bein wird André Masséna Fürst von Eßling und leitet die Schlacht bei Wagram aus einer Kalesche. Nach einer unglücklichen Schlacht in Spanien fällt er in Ungnade. Kurz nach Waterloo zum Gouverneur von Paris ernannt, stirbt er dort an einer Lungenkrankheit, acht Jahre nach der Schlacht bei Aspern.

– Louis-Alexandre Berthier, Fürst von Neuchâtel und Wagram, fällt 1815 aus einem Fenster des Bamberger Schlosses in Bayern. Selbstmord? Er war sehr deprimiert über Napoleons Rückkehr von der Insel Elba. Mord? Wollte man ihn daran hindern, Napoleon zu treffen?

– Jean-Marie-Pierre-François Dorsenne stirbt drei Jahre nach der Schlacht bei Aspern an den Folgen seiner Kopfverletzung.

– Jean Bessières wird beim Sachsenfeldzug im Mai 1813 wie Lasalle in Wagram von einer Kanonenkugel tödlich getroffen.

– Charles-Marie-Robert, Graf d'Escorche de Sainte-Croix, wird in Portugal, ein Jahr nach Eßling, von einer Kanonenkugel zerrissen. Er war achtundzwanzig Jahre alt.

– Jean Boudet begeht im September 1809 in Böhmen Selbstmord: Der Kaiser hat ihn zu Unrecht wegen seines Verhaltens in Eßling getadelt.
– Jean-Baptiste, General und Baron de Marbot, wird zum Hauslehrer des Sohnes von Louis-Philippe. Als Pairs von Frankreich starb er mit 72 Jahren im Zweiten Kaiserreich.
– Einundzwanzig Jahre nach der Schlacht bei Aspern unterzeichnet Henri Beyle *Rot und Schwarz* mit dem Namen Stendhal.

Inhalt